一路还乡

YI
LU
HUAN
XIANG

黄耀红 /// 著

漓江出版社

·桂林·

图书在版编目（CIP）数据

一路还乡 / 黄耀红著 . —— 桂林：漓江出版社，
2021. 12
ISBN 978-7-5407-9177-3

Ⅰ . ①一…　Ⅱ . ①黄…　Ⅲ . ①散文集—中国—当代
Ⅳ . ① I267

中国版本图书馆 CIP 数据核字（2021）第 236565 号

一路还乡

作　者　黄耀红

出 版 人　刘迪才
特约组稿　集贤文化
策划统筹　文龙玉
责任编辑　宗珊珊
助理编辑　肖　霞
营销编辑　徐嘉忆
书籍设计　石绍康
责任监印　黄菲菲

出版发行　漓江出版社有限公司
社　　址　广西桂林市南环路 22 号
邮　　编　541002
发行电话　010-65699511　0773-2583322
传　　真　010-85891290　0773-2582200
邮购热线　0773-2582200
电子信箱　ljcbs@163.com
网　　址　www.lijiangbooks.com
微信公众号　lijiangpress

印　　制　大厂回族自治县聚鑫印刷有限责任公司
开　　本　710 mm×1000 mm　1/16
印　　张　18
字　　数　302 千字
版　　次　2021 年 12 月第 1 版
印　　次　2021 年 12 月第 1 次印刷
书　　号　ISBN 978-7-5407-9177-3
定　　价　49.80 元

目录 | Contents

第四辑　心中的桃花源

总有一条小路通往故乡

十年砍柴

每个作家，总有一条小路通往故乡。读完黄耀红兄的散文集《一路还乡》，尤觉此言不谬。

耀红兄长我三岁，算是同龄人，都出生在二十世纪六十年代末七十年代初的湘湖乡村。自清季以来，看起来安静而美丽的三湘四水，一次次成为席卷中华的激流发源地之一。尽管一个世纪的波诡云谲、世局变易深刻地影响着包括湖湘在内的中华大地，但远离都市的僻远乡村，是激流最后抵达的地方。因此，还是有比通衢大都更完整的古建、风俗乃至民谣和传说留存，让我们这一代人童年时耳闻目睹，或身栖其中。

生长在故乡时，我和耀红兄大约是差不多的心思，既不觉得故乡风景之秀丽，也不觉得风俗有何值得称道之处。我记得上初中时正流行一首歌曲《我热恋的故乡》："我的故乡并不美／低矮的草房苦涩的井水／一条时常干涸的小河／依恋在小村周围／一片贫瘠的土地上／收获着微薄的希望"。哼唱这首歌时，觉得"并不美"是写实，可要说"热恋"，万难同意，当时一门心思只想离开那四壁青山的贫穷山村。

人到中年，再回首往事，忆及故乡风土，很庆幸在遥远的南方还有一个故乡在等着我，庆幸在故乡自己能和家人完整地度过童年、少年，直至十八岁负笈北上。读万卷书，行万里路时，故乡的风景与人事总是不由自主地冒出来做参照或映射。

读"昔我往矣，杨柳依依"，必然会想起故乡的春天，花红柳绿，燕子呢喃；读"昔别君未婚，儿女忽成行"，心底里会对久疏音讯的童年好友问一句："日子过得还好吗？"而行旅天下，看山看水，总不由得拿来和故乡做对比。或有

"村桥原树似吾乡"之感触，或有"故乡无此好湖山"的叹服。

耀红兄比我更幸运，他虽然进了省城，但距离生养他的山村并不远。而我自离乡后近三十年一直客居北方，由陇原而京师，即便是交通很发达的今天，回乡一趟也非易事。然而，一位写作者对故乡所思所感之深刻悠长，并不完全取决于距离之远近。

在我看来，对一个人特别是以写作为生的人而言，故乡有三个维度：一曰空间，二曰时间，三曰心灵。

只有离开故乡，从熟悉的空间到了另一个空间，故乡才会被一次次在心底里咀嚼回味。对身在距离故乡三千里外的北京的我而言，是如此；对生活在离故乡山村只有二十多公里的省城的耀红兄而言，亦是如此。无论远近，只要日常生活中与故乡有空间上的阻隔，故乡的一切便只有在回忆中呈现了。如耀红兄这本书中的宗祠、老屋、池塘，以及老屋旁边的一枝芙蓉花、池塘边的一株古香樟。

只有消耗过时间的空间才有意义。天下村落、街巷千千万万，若你未曾到过，又与你何干呢？故乡是一个空间，但只有在那里度过一段时光特别是人生最重要的童年、少年，那才是真的故乡而非符号意义上的。如故乡对我在北京生长的儿子来说，尽管节假日带他回去过，于他这只是祖籍地，是父亲、祖父的故乡。

因为故乡容纳了自己的童年和少年，故乡所有的风物在回忆中才能鲜活起来，具有质感。在时间和空间的叠加下，祖母的小脚，父亲的静坐，母亲的操劳，以及和小伙伴在池塘溪流中的嬉闹，不是虚幻的影像，而是真实的存在。

只有丰盈而宽阔的心灵，才能充分地容纳故乡的时间与空间。即使垂老他乡，故乡也永不老去，依然是自己灵魂深处的后花园。

漂泊在外的游子，多少都会有思乡之情，而作家和艺术家的乡情恐怕最为浓烈，此乃职业使然。故乡从来都是作家和艺术家创作的最重要源泉。一个伟大的作家，不管他多么年轻就离乡，终其一生都在写故乡，如鲁迅，如沈从文，如莫言，皆是如此。

当一种超越时空的文化意义上的故乡或"乡愁"，被不断地暗示和强化，对敏感的人来说，即便从未踏过故土，念及那个地方，心中也有一种柔软而激动的情感。席慕蓉第一次回到父母的故乡内蒙古大草原，写下了《父亲的草原母亲的河》，歌中说："虽然已经不能用不能用母语来诉说／请接纳我的悲伤我的欢乐／我也是高原的孩子啊。"

这是心灵的还乡，是文化的还乡。

耀红兄和我是同龄人中的幸运者，因为我们的故乡，在空间、时间和心灵的三个维度上是统一的。在故乡或曰老家，我们度过了上大学以前的时光，曾在故乡的山水间牧牛采樵。故乡还有父亲或祖父建造的老屋，有历代祖先的坟茔。每到清明，有不得不回故乡的理由。对我们一部分同龄人和儿女辈的大部分人来说，这是近乎奢侈的事。故乡于他们而言，是不完整的。他们的故乡或曰老家只是一个概念，是父母念叨的地方。他们成长在异乡，父母的方言几乎是另一种语言。因为很少亲近，故乡是那样的隔膜，而把自己生长的异乡说成故乡，确有些理不直气不壮。

故乡在空间、时间和心灵层面的分割，将是以后大多数中国人的生存常态。我知道，传统的乡村并不只有炊烟袅袅、牛羊下山的牧歌情调，那里有贫穷和伤痛。有着几千年农耕文明史的大中国，集体告别乡村，告别故乡，是不可阻挡的历史潮流，而在改革开放的四十年内，这股潮流是加速度的。作为写作者，理性告诉我，多数人包括我们自己只能顺着潮流漂向大都市，一如向往人气和暖意的燕子，在这里建造自己和家人的"巢穴"，日复一日地在钢筋水泥搭建的丛林里觅食。然而心里还是不免惆怅，或有一丝忧伤。都市化的代价难道就是更多的人舍弃故乡？

耀红兄处都市之中，执拗地、坚持不懈地在心灵深处开辟一条通往故乡的小路，并多年来持之以恒地将心灵归乡的一点一滴记录下来。这部散文集既有对故乡风物的眷恋，对故乡往事的追忆，对亡父无尽的思念；也有游历湖湘和省外名胜地的观感，在别人的故乡回想起自己的故乡；还有对乡土母题的文艺鉴赏所得……总之，书的主题不离"还乡"二字。耀红兄文笔优雅、情感细腻，我想各位朋友在阅读这些篇章时，应该有和我相同的感受。

读耀红兄这部书稿，我也经历了一次心灵上的还乡。耀红兄书中写到他故乡的老屋数百步之外有一个小地名曰棠坡。恰好去年一位朋友赠送我一幅当代湖南籍书法家龙开胜书写，清人吴敏树所撰的《棠坡恬园记》影印件。文章开首道："恬园，长沙朱氏之山庄也。地名棠坡，去会城东北六十余里。古驿道旁，岗岭回复，数转乃入。至则柴关矮屋，甫见竹树间游舆且停，客惊而问，不意所称恬园者之在此也。"

这篇文章是清代散文名篇。作者吴敏树号南屏，乃岳阳名士，和曾国藩是一生的至交好友，晚年主编了《湖南通志》。同治十年（1871），曾国藩在两江总督衙门收到老家弟弟寄来的茶叶、笋干、酱油等物，回信说"川笋似不及少年乡味"。此时距离这位中兴重臣去世不到一年。可见，"乡味"渗入一个人的记忆密码中，到死方休。

古代人宦游或经商于外地，人生大约经历着离乡、望乡和还乡三个阶段，到年迈时多数要回乡养老。即使客死他乡，也要归葬于故里。我和耀红兄这代人，离乡、望乡的经历亦然，但人生最后阶段肉身的还乡，恐怕很难了。这是时代的大变局使然，无可奈何的我们只能守着心中这条归乡的小路，漫步其间，时时清除杂草，切莫让其荆棘丛生，荒芜难行。

（十年砍柴，湖南新邵人，文史学者、时评家）

第一辑

白果树

白果树何尝不是村里最老的老人？
他沉默地守望着老家，
守望着那个普通的村落，
守望着那些人间岁月

白果树

从老屋的门前抬眼北望，就见到那株高大的白果树，那撑住了一角云天的白果树。

没有人能说出老树的年岁，就连村里最老的老人。人们只知道，白果树下的那个屋场，叫朱家祠堂。与我家老屋不过数百步之遥，南北相望，鸡犬相闻。我们就叫它上屋。从未见过朱家的祠堂，只是将童年的记忆留给了白果树，留给了那一株长在祠堂前方的老树。

父亲倒是见过朱家的祠堂。对于一辈子不曾离开故土的父亲来说，回想祠堂的旧貌似乎是一份显赫的荣华。

旧时的祠堂，为宗族供奉与祭祀自己的列祖列宗所建。而我们那一带，朱氏是显赫的名门望族。

在父亲缓慢的神往里，仿佛遥想起千百年的斑驳晨昏和迷离烟雨，白果树下的那一片檐牙高啄和青灰错落，当初所惊起的或许不只是鹧鸪与山鹰，还有那些染着稻香的纯朴目光。

父亲描述的朱家祠堂，正中为门楼，上书"朱氏宗祠"四个大字。进入祠内，正厅供奉着朱氏族人的祖先神位。那些蝇头小楷凝结的人世遗踪，在香的温热与烛的亮光中，隐约如梦。左右两厢，前后三进。房舍森然，地铺青砖。祠内所有天井，皆以细麻石砌成，连接屋宇的回廊。两侧有兰草、菊花、松柏等花木。祠后建假山，辟清池，曰荷花池。夏养荷花，碧波蛙语，蜻蜓其上；月色无声，暗香盈袖。

远看朱氏宗祠之形构，山围如椅。左右短短的两脉山嘴，如椅之扶手。中间两山相连，势平如椅之背。越过这个椅背，即朱氏宗祠的背面，山势亦如座椅。其地曰棠坡，此为朱氏族人日常所居，后为朱家私塾时中学校所在地。想当年，宗祠之肃穆与黉舍之喧闹，一山前，一山后，判然两个天地，而由朱家祠堂至棠坡，皆以翻山的风雨长廊连成一个整体。

父亲指着白果树说，原来祠堂前像这样的白果树有四棵，左右各二，有公有母。二十世纪五十年代，在破旧立新的政治激情里，一夜之间，在乡民的吆喝中，朱氏宗祠的匾额连同所有对祖宗的铭记，对神明的谦敬，对亲缘血脉的归依，夷为一片平地。曾经的雕梁画栋、曲角回廊转眼间成了一堆横七竖八的黑色檩木，成了惨白的断壁残垣。那片土地上的庄严肃穆，也如夜鸟一样惊恐飞散。

我小的时候，祠堂遗址的山后是一片红薯地，到处是细碎的瓦砾。山那边棠坡的原物，仅留一口老井。白果树砍去其三，唯一株得以幸存。朱家祠堂当年的形胜与光华，就留在这棵树的记忆里。

棠坡的时中学校，语出《中庸》"君子而时中"。二十世纪三十年代，可谓远近闻名。这是朱镕基总理的祖业，也是他发蒙的地方。不知年迈的总理，在他关于故乡的记忆里，是否还长着这么一株白果树？

先父曾在棠坡读过五年私塾，我一辈子以刻字为生的爷爷，也在白果树下长大。他长年在外闯荡，白果树看着他渐渐由孩子到青年，由中岁到垂垂老矣。

在一个不曾有文字史的村落里，一株老树便是它所有的记忆。

村落里所有的岁月都曾被白果树翻阅过。日本兵追杀乡野的那份惊恐，新中国成立时的那份激昂，"大跃进"时代高音喇叭里的那些口号，青山绿水间乡里楼宇的渐次崛起，竹篱茅舍的悄然隐退……村落里，到底有多少拨、多少代孩子爬上它的枝上摇落那金黄的果子？到底有多少乡民叼着旱烟、捐着木犁从它身下走过？有多少女子在它的眼光里遭遇人生的初恋？有多少归乡的浪子在寂然凝望中莫名感伤？村落里生老病死，有哪一桩能逃得过白果树的眼睛？

白果树像一个孤独的哲人，在朱家祠堂右侧的山嘴上，守着这个寻常村落的无语沧桑。它以四季轮回的方式，记录着生命的代序。

对于一个家族来说，老人在哪里，"家"就在哪里，"团圆"就在哪里。白果树何尝不是村里最老的老人沉默地守望着老家，守望着那个普通的村落，守望着那些人间岁月。那里有远山近水，有参差绿树，有生命的逝去与生长，有午后的寂寥和黄昏的炊烟……

乍波塘

一

老屋因塘而名，曰乍波塘。塘基在东，曲岸于西。

乍波塘并不曾绘入过哪张地图，也不曾写入哪篇文字。然而，世间没有哪处名胜能替代这个小地方在我心中的位置。万水千山走过，那一碧水塘，那一脉青山，那一片错落的黑色屋宇，如同我长不大的乳名，散不去的乡音。

儿时的记忆里，塘之西南端撑一株巨大的古樟。根扎于草石，数人合抱的树干湿黑地立在天宇之下，俯视着四周的竹林、屋脊，亦超拔于对面山顶的丛林。

没有人知道樟树的年纪，它立在岁月里，遇见过我遥远的先祖。

古樟，曾是乍波塘的标志。你赶一头水牛，或背一筐柴薪；推一车沙石，或挑一担谷子，抬眼能看见那冠盖的风姿，亦如月行中天。其树干略略向塘中倾斜，茎、枝、叶与水面便成为美的构图，生出一种张力。披着黑白羽衣的喜鹊们，日日衔来小树枝，在枝叶间筑起黑而大的窝巢。乍波塘的远山曙色，都被鹊儿喳喳叫醒。慵懒的午后或落寞的黄昏，树上立着的那两只小鹊，正与对面山上的那一对，家长里短，高谈阔论。无心的乡炊听着，悠然的云霞听着，一朵晚云亦静静地听着。

喜鹊，古樟，静水。

远山，飞鸟，流云。

那是乍波塘寂然无波的时间。

疯狂与荒谬的岁月，终于打破这份亘古的寂静。上世纪七十年代的伐木终结了古樟的生命。在那个沉闷的夏日午后，"轰"的一声，古樟应声倒在池塘

中。巨大枝干，溅起几丈高的浪。

一树记忆，一个时代，在那一刻，轰然坍塌。乍波塘的历史，从此失去了生命的参照。

<h2 style="text-align:center">二</h2>

古树是塘的生命，石头亦然。

塘之北端，铺一条长长的麻石跳。高低三级，以应春夏水涨，秋冬水落。

每天，当太阳从对面山上马尾松尖升起时，石跳上便出现洗衣的女子。那是乍波塘的女性，母亲，姐姐，抑或隔壁的婶婶，邻家的少女。

浣衣女子，蹲于青石跳上。捣衣声掠过水面，在山野之间，一声一声，清脆地回响着。阳光从女子的身后投下来，刚好勾勒出她捣衣的侧影，那立在身旁的木桶，放在脚边的脸盆，亦被朝霞烘托，如一幅油画。

邻家女子年少，她们的捣衣节奏轻巧而柔和，仿佛一款起伏的心事。或许，她们并不知"玉户帘中卷不去，捣衣砧上拂还来"的朝夕相思，也不知"长安一片月，万户捣衣声"的水阔山长，她们素朴的心事只如阡陌上疯长的紫云英。

那是女子们此生最绚丽的开放，开在那样的清晨，开在贫寒而苍白的时代。然而，也是转眼之间，她们一个个又从乍波塘嫁到了别的村落。乍波塘从此又成了她们的娘屋。

石跳的记忆，是浣衣的记忆，亦是洗菜的记忆，濯足的记忆。

乍波塘的水很清很清，清到可以洗菜。春寒料峭的时候，竹制的菜篮或笠箕，盛着从地里新摘的菜蔬，茎叶上似乎见得到露珠的痕迹。碧绿的莴笋，耳状的冬苋菜，凝玉的包菜，草色的四季青，瓷白的芽白，金灿的韭黄，蓬勃的菜薹，秀发般的薏子、大蒜叶……洗菜的时候，水波轻轻晃动，那些碎的菜叶便漂向塘中。倏忽间，那儿漩起一个湍急的水涡。一片绿色菜叶，瞬间就被塘中巡游的草鱼卷走。

日暖水清的日子，父亲从田间上来，便弯腰在这石跳上，随手从塘边扯一撮青草，细细擦洗腿肚上的春泥。孩子们则不同，一屁股坐在石跳上，双脚静静泡在清水里。不一会儿，细小的鱼虾，会用嘴在脚上轻轻碰触，左右嬉戏，那种若有若无的麻痒快感，叫人生出莫名的怜爱。

三

月出短松冈，塘基是纳凉的最佳去处。

乍波塘这个大屋，几家人断断续续吃过晚饭，男女老少，收了晚工，次第从内屋走出来。老人们着一袭月衫，婶子们摇一把蒲扇，中年人端一缸凉茶，年轻人搬一把椅子。塘基上，由南往北，铺着好几个竹铺，经年的汗水早将其色浸成老旧的暗红。

躺在竹铺上，萤火点点，星斗满天，夜空幽蓝而干净。月亮，如刚刚梳洗过的女子。清辉悲悯，亦有禅意。而此时，近处的草丛、田畴、水圳，远处的泥地、庄稼，虫子们开始热闹地合奏。或高而悠远，或低而浑厚；或稀落数语，或众声鼎沸。灯火深处，偶有狗吠声传来。

这时候，有故事多好。婶婶对我说，你爷爷最会讲故事。爷爷以雕刻为业，年轻时走南闯北，见多识广。字好，文亦佳。他讲故事的时候，操一口稍别于本地方言的长沙官话，慢条斯理，不疾不徐。爷爷故去之后，我那上过朝鲜战场的叔叔，也喜欢坐在塘基上给我们几个孩子讲当年的战场经历。他喜欢抽着烟，幽幽讲述异国战场上的那些惊险，语气里交织着物是人非的沧桑。

多少年了，坐在乍波塘塘基上讲故事的老人，一层一层，先后故去。当年在故事里入迷的孩子，也人到中年。

乍波塘没有记录历史，草木就是时光的表达。红的桃花，白的李花，紫的扁豆花，黄的丝瓜花，以及水面漂零的那些叶子，它们都是如水日子的见证。

乍波塘是故土的眼睛。一个屋场里的喜与欢欣，痛与隐忍，可能全在塘的映照里。每一寸岁月就这样，融入了水天之间。

斑鸠

草籽花开的时节，斑鸠披一身柔顺的铁灰或浅灰，立在屋后或对面山上的熹微里歌唱，整个村子都是那婉转而悠扬的调子在回荡，从淡蓝的山间到远处的云端。

咕——咕——咕咕——

斑鸠的唱词，永远这么朴素、简单、经典。它从《诗经》时代，一直唱到今天，唱到被沙沙细雨濡湿的早晨。这是千年不变的平仄和调子啊。

"咕——"，半拍上声；"咕——"，半拍去声；再连着两拍平声，"咕——咕——"。

那么流畅，又如此悦耳，仿佛千山万水都在那里轻轻应和。

唱着唱着，料峭的春寒渐渐散开了，池塘里的天光明亮了，田埂深红了、浅绿了，而屋上的烟霭与头顶薄薄的阴，也忽而就有了一层欢喜的跃动。

整个村落都沉浸在斑鸠的吟唱里，却不曾看到它的身影。

斑鸠从不会像水鹭鸶那样掠过树梢盘旋降临到田间，像飘逸的仙子一样扇开洁白的翅翼，它也不会像黑色的八哥一样站在牛背上。斑鸠的性情，亦如它的羽毛，是一派灰的平和。

没有发现哪一只斑鸠不会唱歌，也没有发现哪一只唱歌的斑鸠会寂寞。每到春天，山冈与山冈之间，高树与竹林之间，屋脊与屋脊之间，永远都有斑鸠们呼朋引伴地唱和，晨光被它们奏响，午后与黄昏也被它们吟唱。

咕——咕——咕咕——

儿时，春天，早晨。时间，永远以斑鸠的节奏欢快地流动。

有一天，我躲在树下，终于从层层绿叶间目遇了一只吟唱的斑鸠。

它状如鸽子，有一种处子似的骄矜，秀美中见出灵动。

那样子，无端叫我想起宋词里的一阕小令，抑或那个称作"鹧鸪天"的词牌。

斑鸠唱歌的时候，全然不像喜鹊那么"喳喳喳"的粗犷，更不像公鸡伸长脖子甚至拍动翅膀那么夸张，它仿佛就那么气定神闲地安坐在繁花绿叶当中，"咕——咕——咕咕"的声音像是清泉一样汩汩而流，仿佛唱歌是它的本能与天命。

很多时候，你甚至分不清，那到底是斑鸠在唱歌，还是它生来就是一个江南秀丽的春之音符。

我见过斑鸠筑的窝。相对于喜鹊窝而言，那窝简直温柔得像一个手掌，每一根黑色小枝，都那么细、那么小、那么精，像是经过了千挑万选。

每一个秀美的窝里，往往会有两枚玲珑的蛋。那么白，那么晶莹，一切都是一副惹人怜爱的样子。

斑鸠在孵蛋的时候，总是安静地坐在绿叶丛中，一动也不动。倘若对面的山间有歌声响起，它同样会柔和地予以回应：咕——咕——咕咕——

很多次，母亲在灶膛里燃起炊烟的时候，窗外的竹林里忽而传来一声扑棱。露珠纷纷滴落之际，我知道，有一只斑鸠正翻过黑色的屋瓦，振翅飞向对面的山坡，抑或南飞。这时候，它会掠过乍波塘的清波，倏然融入南方的天际。那黑豆似的眼睛里，辉映着山南水北的村落晨光。

紫苏

不知什么时候，围墙边那线空地上，冒出一大片柔嫩的紫色。高高低低，密密麻麻，挨挨挤挤。阳光下，嫩叶们迎风起舞，似乎远远就可以听得见它们窃窃私语。

那就是紫苏，随处可见的乡间芬芳。

表姐从城里来看我年迈的母亲。一进院子，就被五月惠风里这群可爱的紫色精灵吸引。她蹲在墙边，摘了好大一把叶子，还一个劲地将头埋进那弥漫的清香里。

俯身在紫苏前，就像面对一片孩子似的天真。叶子摇曳着，像无数小小的脸蛋。初生的，如蝶翅，如耳朵；舒展的，像手掌，像圆扇。它们的紫，从来就不是孤立的一抹，而是被泥土的黑、围墙的白衬着，被山的绿、水的清和天的蓝烘托着，亦如将一个小小的摇篮放在外婆的吟唱里，和谐，安稳，而又温馨。当紫苏的叶子们在微风里沙沙翻动，叶子的正面与背面便在深紫和浅紫之间层层叠叠，呼应着天光云影的调子。那时候，细细的紫色叶脉间，也流动着天清地朗的遥远消息。

记得去年秋冬时节，这里确乎有过一株老紫苏。其时，它的叶子已经掉光，只剩下那衰朽的枯枝断茎。可是谁又知道呢，就从那时候起，老紫苏已将种子撒入脚下松软的泥土里了。从此，母鸡领着叽叽喳喳的小鸡在那里觅食的时候，白鹅站在那里嘎嘎嘎高歌的时候，残雪积压在它身上的时候，除夕夜的烟花落在它头顶的时候，紫苏的种子们始终在大地里沉默，默默地做着春回大地的梦。

原来这一片紫色，竟是一片经霜历雪的梦想啊。平日里，我甚至没有关注过它们的存在。紫苏都那么小、那么矮、那么幼弱，远远比不过田里的紫云英，比不过菜畦上的萝卜花和黄云似的油菜，更比不上朱家祠堂前面那株参天的白果树。然而，那又有什么关系呢？对一只飞虫、一只蜜蜂或一只蚂蚁来说，这里就是一片紫色的梦想世界，就是一片莽莽苍苍的紫色森林啊。

多年以后，我知道紫是高贵的象征。可是，在我心里，紫苏从来就没有高贵过，相反，它是童年寒素的见证，连着一份摸鱼的记忆。

江南多春雨。一夜雷电交加后，清晨最是捉鱼的好时候。赤脚踩在软软的春泥上，从南边的水塘沿哗哗流淌的溪水上溯。凡流水没过水草的地方，那些窜动的鱼儿会将那绿草撞得微微晃动。而在流水产生落差的深潭，你可以听见鲫鱼逆水而上的声响。那么，挽起裤腿，下水摸鱼吧。惊慌失措的鱼儿，会碰到你的腿或手，那是一种不可言传的酥麻与惊喜，足以弥漫周身。鱼篓并不必需，你随手摘一根小小枝条吧，它可以穿过鱼鳃和鱼嘴。不一会儿工夫，摸鱼少年的口里便叼着一串银闪闪的小鱼。回家将鱼剖开洗净，在那煮得发白的鲜汤里，加上一把细碎的紫苏，那么香、那么嫩，那是一辈子都无法忘却的童年与故乡啊。

多年之后，与紫苏在城市里重逢。其时，它们躺在菜市场的香葱与韭菜之间无精打采，像一群沦落天涯的游子。更可怜的是，它们也完全不再是当年的种性。那些紫苏茎很壮、叶很大，一副空空洞洞的样子。那些紫苏，颜色虽是紫的，灵魂却完全不再是当初。环顾四周，与紫苏一样，大蒜、红椒、蘑菇、韭菜，所有大棚里催生的蔬菜，大多身形健硕，而精神仿佛全被掏空。我知道，它们的身上再也没有了天青水碧的消息。

父亲的菜地

记忆里的老屋，上下两栋，两扇风雨剥蚀后的灰白木门。屋宇与前坪之间，上栋与下栋之间，皆以石级相连。前坪为泥地，北连水田，南接池塘，西为屋后青山，东指门前阡陌。坪并不大，却与天地四时相连，夏日绿野簇拥，金秋稻菽飘香。

每天打开门，见到的就是青山、曙色与田园，或是见到从塘基或田间走过的人们。摘一筐茶，背一篮草，捎一把犁，或咬一支烟。他们多是上下左右的乡邻。早晨或傍晚，偶尔也会见到一头老水牛从门前步子沉沉地走过，它低头啃着草，间或以尾巴卷着背上的蚊蝇。

这样的时候，父亲便在前坪菜地里忙碌。

每年清明前后，土坪被整成一片菜地。薄薄的春阴日子，正是栽菜的好时候。父亲以锄头打出一长溜土窝，整齐而匀称，亦如横平竖直的间架。阳光下，那些准备种菜的土窝像一小小的摇篮，领受着春雨春风。父亲挑一担黑色猪粪，混着一些黑土，放入小窝里作为底肥。

每逢栽菜的时候，父亲会将箢箕放到菜畦一头，里面齐崭崭立着瓜秧。子叶厚厚的，根须上粘着黑的土。父亲从箢箕挑出一根菜秧的时候，那粗糙的手掌却是格外轻柔，仿佛它们是睡在摇篮里的婴儿。栽下去，再掩上松软的泥。那么简单的一个动作，于父亲而言却是一场庄严的仪式。这时候，总有一个矮矮的身影会跟在父亲的身后。那是少年的我。持一把木瓜瓢，小心翼翼地舀着清水，绕着小苗儿轻轻给它们浇水。那种水润泥地声响里，有希望的音符在飞扬。

一畦瓜秧全都栽好以后，父亲会用杉枝盖在行垄之上，以免鸡鸭上来。多少个明亮的早晨，我猫着腰，透过褐色的杉枝去打量小小的瓜秧。一天一天，

我看到新叶从两片子叶间长出来。一片新裁的三角慢慢在阳光里舒展，长得像一片小手掌，叶尖上还挂着一粒晶莹的露珠。于是，那片盖着杉枝的寻常泥地，忽而有了勃勃生机。新生的冬瓜叶和南瓜叶，都生着细细的芒刺。过了几周，菜地里一片葳蕤。瓜藤开始爬着前行，它的须攀着杉丫向前走。不久，那亭亭如伞的叶子便遮住了泥地。

冬瓜叶与南瓜叶的茎是空的。去除一端的叶子，再从那里剖出一线刀口。这时候，你将茎管衔到口里吹，那里会发出呜呜的调子，像一支绿色的箫管。瓜藤满地的日子，屋前屋后到处都是少年吹出的悠扬调子。南瓜花，像倒着的吊钟，却是萤火虫的宫殿，里面的花蕊很长，蕊尖上有一撮暗色的花粉。南瓜花也是很嫩的一道菜，炒出来黄嫩嫩的，带着一股清香。冬瓜花不能吃，却最惹蝴蝶喜欢。

瓜叶弥望的时候，父亲背来一捆细细的竹子或小小的杉树，将其根部削尖，然后在每株瓜苗边扦上一根。下雨的日子，父亲坐在大门高高的门槛边，以那灰白的稻草结出长长的草绳。有了草绳，所有孤立的木棒被连成一行。行与行之间再用树枝交通，则成了纵横相连的瓜棚了。小时候，总觉得父亲搭的瓜棚很高，走在下面像是一个绿色的穹顶。阳光从那里照下来，地上满是斑驳的光点。

某一天，我从前坪走过。父亲叫住我，指着一粒算盘子大小的绿色对我说："呵呵，看见没？开始结瓜了！"我仰头在瓜棚下寻找，像哥伦布一样，不断向父亲报告着惊喜。父亲听了，浅浅地笑着，或轻轻将某一根掉下的瓜藤扶到竹子上。这时候，扁豆也开花了，那是母亲随手种在瓜地边上的。于是，在南瓜花的明黄、冬瓜花的素雅之间，有了扁豆花的星星般的点缀。扁豆的叶子秀秀气气，结出的豆荚状如小小的船只，镶着一道紫色的边。

盛夏到了，瓜棚下是一派喜人的气象。冬瓜们，有的矮胖矮胖，有的木讷憨厚，有的表皮青青，有的长如扁担。父亲用草绳将它们紧紧缚在瓜棚上。南瓜也很可爱，有的盘坐空中，敲起来却空空如鼓；有的小巧玲珑，拎起来却状如葫芦；有的皮红如橘，仿佛贮满了一个夏天的霞光；有的又皮青带白，恍若落满了月夜的清幽。它们静静地坐在棚上或悬于叶间，聆听着夏日如瀑的蝉声，吹着南来的微风。

父亲的瓜菜永远是丰收的，冬瓜和南瓜得收十余担。将它们放到杂屋或床下，一直要吃到秋凉之后。

洋姜

冬天吃洋姜，是一种久远的甜蜜。

老屋门前有一条水沟，自北而南，流入乍波塘。故临水一侧的墙，皆由长条的麻石砌成，麻石墙高过我的头，其上为赭黄的土砖。每隔几步，就分布着一块长方的粉壁。每一块都是清一色毛笔小楷，工整地抄录着毛主席语录。那是上世纪七十年代的乡居。

一路之隔，乃方方正正的一块水田。然而，很多时候，那里种的并不是稻子，而是芋头。或许，对于水珠而言，芋头叶才是人间最美的舞池。落在那光滑而阔大的翠绿上，每一颗都有珠玉的晶莹。

然而，我对于芋头的记忆却远不如洋姜来得深切。

洋姜生在屋的西北角，一沟屋檐水在此汇入水沟，因而略略形成了一点儿落差。这样，水流夹着白沙土里的沙，铺开一片小小的冲积扇，枯枝败叶也在那儿有些淤积。

就在那片湿黑之中，每年都生出一大片洋姜来。它们挤挤挨挨，在风中发出沙沙的绿色声响。

那么疯长的一片洋姜林啊，像是一片绿的幽光，映着灶屋外的木窗，甚至映着低矮的屋瓦，从此整个屋角都显得生机勃勃，就像惊蛰的桃花开出了一树灿烂，乳白的炊烟里掠过一只斑鸠一样明媚而欢喜。

不知为什么，小时候，总羡慕邻家屋前屋后是清一色的黄泥，他们整个后园都种着橘子，甚至井边还有一株高大的臭皮柑。一只黄色的狗，或一只麻色的猫，常常睡在树下的光影里。

可是我家穷一些，连土质都是白沙土，一点都不丰腴。可是，洋姜和泡桐不同，它们喜欢这块地。

洋姜喜阴，喜欢水沟拐过的小小湿地。从来也不见谁给它施过肥，也不见有谁给它下过种，到了一定时候，葳蕤总会如约而至。若只看茎叶，洋姜高大，而生姜矮小，二者颇为不同。可是，它们的根却又长得有几分像。或许，洋姜得名于此？

小时候，家里兄弟姊妹多，主要劳力却只有父亲一人。家境的清贫、经济的拮据可想而知。或许正是那些寒素的境遇吧，洋姜给过我们最温情的抚慰。那时候，每年从屋角挖出的洋姜，会有好几笸箕。洗净，鲜炒可食。然而，母亲更喜欢将它们阴干之后切成片状，腌着放到坛子里密封。

正月年味正浓，在腊鱼、腊肉、腊八豆热腾腾摆将上来的时候，母亲会从坛子里夹出一小碟洋姜。黑亮黑亮的一坨，细看其肉色却是一片透明的金黄。咬一口，冰冰的，真是甜到了心底。特别是天空飘着小雪的日子，洋姜的甜和它的冷一样，都是那舌尖上的铭心刻骨啊。

坛子里的洋姜，也是一道零食。那时候，学校离家近，中午可以回家吃饭。下午上学时，母亲照例准我带几片洋姜上路。我记得，每次走到云湾的百年樟树下，正是洋姜吃完的时候。

多年后，当我重走那段路程的时候，香樟依旧、白云依旧，而洋姜却无处可寻，我的两鬓已然成霜。

上世纪九十年代，老屋重新砌过。门前水沟，从此改了道。到了二十一世纪，拆除老屋之后，又拓址建成了几间青砖房。当年生长了洋姜的那个屋角，连同桃花、泡桐和喜鹊，都像梦一样飘散了。

芙蓉花

多年后遇见芙蓉花，是在一个高楼环抱的小区里。

隔着一泓清池，她静静地开在那里，仿佛她的姿势里有一场思念，有一种等候。鲜艳的红，淡雅的粉；在水一方的活泼，临水自照的恬静。一点点妖娆，一片片深情。

就在那一刹那，就在那午后，心里的那份柔软，一瓣一瓣，开成了儿时的记忆。

很多很多年前，老屋的左侧也有一株芙蓉。它开在裸露的山边，开在那片寒碜而松散的白沙地。不知那是父亲的手植，还是谁随手插在那里？

花树斜斜地长着，一副弱不禁风的样子。树下呢，长着一蓬凌厉的蒺藜，或常年覆盖着枯死的杉丫。然而，就在这寒鸦色的老屋边，这一树芙蓉，仿佛从贫寒里开出了岁月的欢娱。

芙蓉花开的日子，满天夕阳从山后映出小村落的苍凉。

我的奶奶，就坐在那苍凉的余晖里。

其时，她那三寸小脚，不慎被开水烫伤，生出很大很大的水泡。在缺医少药的年代，奶奶便小心地将这芙蓉花的花瓣，一片一片贴到已然溃烂的脚背，并以花瓣捣出的液汁涂抹于患处。奶奶的脚伤后来究竟是怎么好的无从记起，倒是从此记住了这株芙蓉花。

奶奶离开人间近三十年，她的音容早在记忆里模糊。除了草木深处的那一座坟墓，她在世间的影像唯余墙上那一帧褪色的照片。然而，每当芙蓉花开的时候，我会记起奶奶慈祥的微笑与皱纹，就像想起贫瘠的岁月与温和的斜阳。

在一个孩子眼里，奶奶的故事太古老，一如遥远村落里的传说。

我想，奶奶年轻时，也该是个美丽的女子吧。在芙蓉花开的青春里，她遇见了我的爷爷。当时，他正高大英武。后来，走南闯北，一辈子以雕刻为生，书法尤精。不知奶奶在怎样的时节嫁到了这个老屋，那种美丽的瞬间只如飞鸟一般掠过。

　　今天想来，奶奶的生命里，充满了人生的苦痛与苍凉。哪一件，都是人生的大悲苦：有儿子早夭，也有亲情阻隔、骨肉分离，有病痛、贫穷，还有老年的凄然。然而，那都是她的时代与她的遇见。

　　奶奶的人间记忆止于我的高中。她不曾知道我读了大学，也不曾知道我当了教师，我们隔着巨大的时空。每个人，都只与自己的时代遇见。

　　而此刻，我只想问一问眼前这一株芙蓉，你的眼里，是否有过多年前一个平凡老人的凝望？

马齿苋

马齿苋自生于菜地，无须栽，也不必种。在茄子、辣椒、蕹菜、豆角的间隙，它们默默地生长，一副水灵灵的样子。

其得名，盖与叶子的形状有关。那叶，细细的状若马齿。叶子是暗暗的深红，叶背却是浅浅的。最可人的，是它的茎，新嫩可人，脆生生的质地。

马齿苋是一道菜。黄昏或清晨，母亲摘回半篮马齿苋，在井边洗得干干净净之后，细细切碎，急火炒就，装入碟中，极可口的酸酸味道。当然，也可凉拌食用。母亲将洗净后的茎叶切成一小段一小段，以沸水烫过，再佐以醋、盐或白糖。那种植物的清香，远非鱼肉可比。

关于马齿苋最深的记忆，在暑热盛夏之时。热气消散的乡村黄昏，我们将一张被汗水浸红的竹床铺在塘基之上。全家老老小小，围着一张小小的饭桌，或站或坐，甚至捧着碗在桌边踱步。看对面山头流云西沉，看笼在波上的暮霭渐渐加浓。为了消暑，母亲会煮一锅绿豆稀饭。有稀饭的晚上，必定会有一大碗马齿苋，油亮油亮，映着满月的光。

马齿苋的样子，就像童年的样子，而它的味道，却是母亲的味道。

母亲极喜欢马齿苋，因为它还是一味药。

很多时候，母亲将洗过的马齿苋阴干，再以稻草扎成一小把一小把。那时候的灶屋烟特别重，屋上的檩木已然熏得黑乎乎的。母亲叫我将一扎一扎的马齿苋挂到灶头上方的屋梁之上。烟熏火燎经年，马齿苋便结下了长长的、厚厚的扬尘。

这时候，家里倘若有谁喉咙上火，母亲便取下一把乌黑的马齿苋，放到大瓷缸里，再加一匙白糖，以滚烫的沸水冲泡。待其凉了，母亲命我们闭上眼，咕噜咕噜喝下那杯黑黑的干马齿苋泡扬尘。别看那东西不好看，且极难喝，效果却是立竿见影。很多次，喝了半缸，咽喉的肿痛便药到病除。

人与植物相亲之后，总会发现它的神秘。一辈子在乡间生活的母亲，她的心里满是马齿苋之类的单方。比如消炎的鱼腥草，比如利尿的车前草，比如祛风的枫球、活血的当归……

于我而言，马齿苋唤起的记忆，不只是乡间的菜畦，不只是童年夏夜，更是那个烟熏火燎的厨房。它是那么低那么矮，遇上刮风或下雨的日子，一屋子烟就无法排出，往往熏得眼睛都睁不开。母亲实在没有办法，便在那屋子的东墙上掏开一块砖。从此，站在我家灶房也可以瞄见对面的田畴、山林与行人，就像一个瞭望的哨所。

零食

冬天，母亲做饭的时候，父亲便在灶膛下烧火。

灶脚里堆满了干枯的树枝、树兜、杉刺、松毛、稻草。煮饭或炒菜的时候，父亲喜欢将一两只洗净的红薯埋进柴灰之中。于我而言，父亲烧火的过程便成了一场等待，默默等着红薯烤熟的消息。饭熟了，灶里的红薯也熟了。焦焦的、皱皱的，还沾着些许灰烬。呼呼呼地吹过几口之后，父亲将烤红薯掰成两半。那是极诱人的色彩啊。或金黄金黄，或暗红暗红，芳香弥漫而热气腾腾，仿佛整个灰暗的灶脚忽而洋溢着幸福与期待。

冬日的黄昏，在北风凛凛的寒意里，在积雪压断竹枝的声响里，我常常捧着半个烤红薯，站在窗前，出神地望着对面山边的人家，看星星点点的灯光渐次亮起来，亮起来。

多年以后，当我读到"日暮苍山远，天寒白屋贫"的时候，脑海里闪过的正是当年的灶脚。

在儿时的记忆里，红薯曾是一家人的主食。每次揭开锅，永远是大半红薯在上，小半米饭在下。后来日子渐渐好了，红薯才成了偶尔的零食，吃法也越来越多。

和烤红薯一样芳香的，还有炸薯片。

在乡下，家家户户都会烫薯膏。阳光灿烂的日子，母亲将红薯洗得干干净净，煮熟后，再将其擂成黏稠的糊。做烫薯膏少不了那个长方的模子。模子挺简单，一块木板，四周钉了浅浅的边。烫的时候，母亲先在模子盖上那块干净的白纱布，等薯膏糊满模板后，再以工具将其抹得平平的，来来回回，像在熨平一件衣服。

这时候，我会将四方桌边的那些高凳搬到前坪，以之架起一块块木门板，再在门板上铺一层薄薄的草。母亲走到门板搭就的"台"前，将手中的模子反扣在稻草上，轻轻揭去那层白布。于是，一张薄薄的薯膏就这样做成了。不一会儿，满门板都铺着薯膏，整整齐齐。待它们全部晒干之后，母亲一张张剪成或方或角的薯片。

月光很好的晚上，我们开始炸薯片。油在锅里沸腾，发出嗞嗞嗞的声响，眼看着浮在其上的薯片一片片变得淡黄，进而金黄。越是薄的薯片，吃起来越是咯嘣咯嘣脆脆作响。乡间的夜，本就幽长而寂寥，可每当炸薯片的时候，那弥漫的馨香便在远近的空气里荡漾，而那简单的快乐也像灶膛里跃动的火苗。

其实，炒南瓜子也是挺让人兴奋和激动的。

每年父亲种的南瓜都很大一只，十多斤，剖开后，红瓤白子。每次剖开南瓜的时候，母亲从瓜瓤里掏出那些鼓鼓的、滑滑的瓜子，放入笠箕，在烈日暴晒。积攒到一定时候，母亲洗净菜锅，开始炒。我喜欢瓜子拌起来的索索声响，喜欢看白瓜子的肚子上渐渐出现金黄的点，喜欢加些许食盐后那温热和芬芳的味道。炒南瓜子的时候，左邻右舍的小伙伴都来了。于是，屋前屋后、草垛中间、禾场之上，到处都是我们飞跑、嬉闹、开心的身影。

小时候，几乎没有吃过花钱的乡间零食，只有人参米是个例外。

打人参米的老人，面色黧黑。在村口或马路上，他呼哧呼哧地拉着风箱。一群孩子候在那里好奇地观看。老人从孩子们手里接过米，将其倒入小小的黑铁罐，放一小勺糖精，再拧紧。铁罐被放到红炭上烤着，老人一边拉风箱，一边转动铁罐。不一会儿，他取下罐子，躬起身子，以锤子用力敲击那罐盖处。"当——当——当——"，随着砰的一声巨响，混着强大的气流，人参米像一把白色的子弹轰地射进纤维袋里。打开来一看，每一颗都白白胖胖，煞是可爱，吃起来甜甜的、软软的。

童年的快乐，永远是单纯而纯粹的，与金钱与物质关系不大。父母是内心的光明，天地也给了我们丰富的馈赠。春夏秋冬，漫山遍野到处都找得到零食。

放牛的时候，你可以随便在路边开着白花的荆刺上采摘乌泡果，红红的，像水汪汪的珠子攒成一团，又酸又甜。到了夏天，屋后高大的酸枣树上会结满青色的果子，待它变红的时候，你爬上去，坐在枝丫上将满树果子摇落如雨。母亲煮饭的时候，酸枣是可以放到饭上蒸的，加点糖，那舌尖上的味道，就像无数黄昏的炊烟一样，在记忆里袅袅不绝。

稻草

秋收之后，田野忽而变得空旷起来。

房前屋后，山间水畔，弥望的是高低错落的乡间草垛，像沉默的碉堡，又像雨后的蘑菇。然而，整个村子里最大的草垛，则在我家对面的禾场里。说是草垛，更像是一个长方的围墙，盖着一个华盖般的圆顶。那是充满劳动智慧的造型。雨一下，水滴会沿着表层的稻草向四周滑落，而草垛里的稻草一点都不会被打湿。

草垛刚刚立起的时候，整个禾场弥漫着温热的田间气息，仿佛在月色里暗暗浮动。

在孩子眼里，那可是一座壮观的草房子，何况它的四周还星散着十多个众星拱月般的小草垛。月光清幽的晚上，村头村尾的同龄孩子都跑到草垛间捉迷藏。大小草垛都堆在那里，像是月夜里的草迷宫。

那确是捉迷藏最佳去处。孩子一声喊，所有小伙伴瞬间消失在草垛之间。有时候，我们将整个身子都藏到草堆之中，悄悄躺到草丛里谛听着伙伴们的动静。听着砰砰砰的脚步声由远而近地来，又听着咚咚咚的声音由近而远地去。

那一份属于孩子的快乐，或许只有窸窸窣窣的稻草们最能心领而神会吧。

然而，那迷藏不会捉得太久。每当月亮升高的时候，北面山坡的那一片密密的马尾松会投下浓黑的影。松林里的那些坟冢，阴森森的，有些怕人。待母亲拉长声音叫我们的时候，伙伴们便回到各家的灶屋下，伏在老人们身边，听那永不老去的故事。

草垛由灰白变得灰黑的时候，节令也由萧索的深秋行至凛寒的隆冬。那样的草色变化里，是漫长的风霜雨雪。不过，不管多冷，乡间的草垛从来就是对抗一切冷硬的温暖力量。

冬日的清晨或黄昏，炊烟在村落屋顶上或幽蓝山谷间缓缓飘荡，那是诱人的烟火气息。这时候，假若遇上正在田间烧稻草做肥料的农人，半个村子就弥漫着稻草的温热与清香。稻草是冬天的陪伴。家家户户先把稻草堆在柴房或屋边，再一捆捆抱到灶脚下。或许那时个子还很小吧，总记得灶脚的柴禾堆得高高的，我坐在那里，将稻草折成一个个小圈扔进火里，听它们与杉刺、枯枝、树蔸一起，在灶膛里发出毕毕剥剥的欢快声响，那是冬天里最明媚的光影。

稻草烧得快，灰烬也多，然而，草木灰却有极妙的用途。

儿时的印象里，每到旧历年前，洗蚊帐从来是奶奶的岁末仪典。她会挑一个阳光灿烂的日子，将蚊帐从床的木架上取下。不用肥皂，也不用洗衣粉，她用的是稻草灰和米汤。草灰浸，米汤浆，赤脚踩，清水洗，奶奶将蚊帐洗得干干净净，即用两根长长的竹篙撑起来，将帐子晒在西墙之下。我喜欢在帐子下晃来晃去，仿佛那是一个洁白的童话屋。奶奶说，草木灰有很强的去污能力，她一辈子洗头乃至刷牙，用的全是这种天然的东西。

稻草是凛寒里的光明，更是深冬里的憧憬。它们见证着太多的故事。无数苦寒的日子里，一只老母鸡在稻草里孵着小鸡；一头老母猪，在稻草里产下猪崽；而关在对面的那头耕牛，嚼着干干的稻草，直到萧疏的山上冒出些微的绿意。

到了飘雪时节，你听，雪子落在草屋的顶上，才是世上最柔和而安静的声音。一夜过后，卧在草屋上的积雪比哪里的都要厚实和秀美，那样的景象总无端叫人想起"日暮苍山远，天寒白屋贫"。然而，在农人眼里，稻草却不一定意味着诗意，而是实实在在的生活。比如一顶遮阳的草帽，一双行走的草鞋，抑或一根搭瓜棚的草绳，甚至一张铺开的草席……

稻草如此朴素，朴素得就像乡民的日子。即使在菜地边上的那些稻草人，也全然不像童话的主角，它们红绿褴褛，摇一把破烂的蒲扇，纯然只是田间地头驱赶鸟雀的工具。

村落里的草垛，一天天减小，又一天天消逝。终于，冬天过去，春天又回到了人间。

在布谷响起的天空下，一根旧年的稻草系着一把新岁的秧苗，被抛向田野。这时候，只觉那小小的稻草，就像一根生命的脐带。那一刻，稻草的历史与未来，都在漫天春光里交响。

古樟与喜鹊

儿时记忆里，有一棵巨大的古樟，斜倾于乍波塘上。枝繁叶茂的冠盖，恍如水湄的绿色停云。一些粗黑而虬劲的树枝，低低地掠于清波之上，宛然一幅苍劲的水墨画。

古樟的枝丫之间，常年可见喜鹊们所筑的硕大窝巢。每根细小的树枝，都是喜鹊们一嘴一嘴从山上衔来的，它们如素描粗重的笔触，映于秋天之下。从此，碧波古樟之上，便是喜鹊的天堂。

早晨，天色未明，我们在喜鹊们"喳——喳——喳——"的叫声里醒来；黄昏，炊烟渐起，村人又在"喳——喳——喳"的呼唤里归家。喜鹊的叫声里，铺开一方田园的安静与充实，那是"日出而作，日落而息"的简单与和谐。很多次，我独自站在老屋那扇斑驳的木门前，或坐在阶前石级上，看喜鹊们从对面山头飞回来又飞出去，像一群黑白音符从窄窄的田畴和瓦楞上飞过。

喜鹊站在枝头歌唱的时候，声音便在两山之间回荡着，似乎那声音有一种池塘的清幽气质。不过，说喜鹊歌唱似乎也不准，它们的叫声更多还像是聊天，在对话，在应答。不管怎样，喜鹊的声音里，有一份明亮、高亢和昂扬。那里没有凝重的愁绪，更没有隐曲的忧伤。就像宋词的词牌"鹧鸪天"给人以烟雨凄迷的感觉，而"鹊踏枝"则自有一种轻跃的明亮在其中。

喜鹊喜欢栖高枝。当年，除了老屋所在的乍波塘，村子里还有一个地方的喜鹊特别多。那地方叫云湾。

我曾在那里上小学，初中也读了一年。当年的云湾，有一大片老房子，相传曾为朱氏族人所居。我多次站在云湾的后山俯瞰，整个山水都在簇拥这一片灰黑的屋宇。檐牙高啄，高低错落，屋脊绵延纵横，含蕴着一种大户人家钟鸣鼎食的恢宏气势。那时候，屋子已全部改成了村小校舍。

云湾最显赫的遗存，除了房子，便是散布在四周山上那些高入云天的古樟。它们远近不同，姿态各异，每一株至少都有上百年历史。那是云湾的时间，是这片土地的前世今生。然而，无论古樟凝聚了多么漫长的历史，它从未离开过这里。对古樟来说，云湾就是一个流动的世界。它的守望跨越百年，那里有池塘倒映的天空，有那些朝晖夕阴里奔跑的少年，有春天金黄的油菜花，有翠绿的清明茶绕着山角，有白色萝卜花菜畦上怡然飞舞的蜂蝶……

在乡民眼里，这些古樟与其说是树，不如说都是神的存在。

有一棵古樟长在我们每日上学必经的陡坳上。好多次，我看见老树前总插着一些香烛，树干上还贴着小小的红纸条，上以墨笔书写：天皇皇，地皇皇，我家有个夜哭郎，过路君子念一念，一觉睡到大天光。

在乍波塘，一棵古樟就是喜鹊的家园，更何况云湾的古樟那么多。

天气晴好的日子，喜鹊们喜欢从这一棵扑棱一下飞向那一棵。而那一棵树上的，又忽而展翅飞回到这一棵，仿佛那是它们的礼尚往来。

"喳——喳——喳——"整个云湾的山垭，因为那些喜鹊的叫唤而愈显安静，空气里洋溢着明快和欢娱。不过，那时候，我们都在教室里，听不到喜鹊的歌唱。可那又有什么关系呢，喜鹊更愿将歌声唱给山坡上的清风或古樟顶上的白云听。

喜鹊曾是我的童年的声响，可我后来离开故乡，在高楼里住着。从此，我只能在中国古典词境里寻找喜鹊的身影。因此，当我读到辛弃疾的"明月别枝惊鹊，清风半夜鸣蝉"的时候，莫名地，脑海里就会浮现出故乡的乍波塘与云湾，浮现那里的喜鹊与古樟。喜鹊是中国民间的审美，我记得爷爷奶奶雕花木床上画着的"喜鹊衔梅"，也记得姐姐出嫁时搪瓷脸盆里画着的"喜鹊报春"……

多年之后，我从城市归来和母亲坐在门前的桂花树下聊天，忽然就说到了喜鹊。她说，村子里很多年都见不到喜鹊了。没有喜鹊的村庄陷入莫名的寂寞里。乍波塘的古樟多年前倒了，云湾的古樟还在山上，可不知什么时候，喜鹊们飞走了就再也没有回来。我不知道，在喜鹊族类的记忆里，是否还存有我故乡的山水？然而，转念一想，我其实并没有多少资格去期许一只喜鹊的回眸。熙来攘往的功利世界里，还有多少人会在意一只鸟的来去与生死。

母亲的酸菜

酸菜，自乡野来，难登大雅之堂。这家伙看起来黑不溜秋，闻起来又一股浓郁的酸味。通常它被切成短短的，晒得干干的，以旧报纸包着，或被塑料袋拎着，或塞在车子后备厢，满身都散发出寒素与卑微的气息。

然而，做酸菜是母亲一辈子的习惯。

对她来说，萝卜、白菜、排菜、蕹菜，都可以做成酸菜。当然，最经典的还是排菜酸菜。

排菜似乎专为酸菜而生。它的叶子不像红菜、白菜那样规整，参差郁郁，形如齿状，较蕨叶则远为疏朗。排菜从地里砍回，会有一股刺鼻的青色气息。或许正是这个原因吧，排菜从来不会像其他小菜那样即炒即食。一般情况下，人们会将其以沸水烫煮，再放到盆子里搁一两晚，待它稍稍变黄后炒食，既无异味，又极爽口。人们赋予这道菜一个极诗意的名字，叫雪里蕻。

这只是最简单的排菜酸菜，更普遍的还是晒干后变黑的那种。

小时候，家里缺吃少穿。然而，再怎么清贫，一碗酸菜还是有的。那年月，乡下连豆腐皆为稀物，记忆里的酸菜汤就那么黑黑一碗，汤里浮着切碎的黄红辣椒。将酸菜汤泡到饭里，很有点酱油的味道。

酸菜除了开汤，炒辣椒亦是绝妙的做法。每年辣椒开园的日子，将青椒佐以酸菜爆炒。出锅之后，青与黑点染于白瓷碗里，油滴滴的，软软的，并不辣，恍如一碗春色。

酸菜也可用于蒸肉。相对于豆腐来说，那是难得的奢侈。到了每年过年，团年饭上往往会有一道保留菜，叫酸菜蒸肘子。肘子，即从猪的后腿处剜下的一团肉，半肥半瘦，看起来圆鼓鼓的，肉皮则往往被熏得黑里透黄。待其蒸熟之后，在腾腾热气里，肘子泛着膏脂的微光。而碗底那黑黑的酸菜，也在油亮中兀自柔软爽滑，成为南方过年的乡味。

记忆里，每当低矮厨房里弥漫起酸菜蒸肘子的异香时，年关就已到了。那样的时候，酸菜的味道里交织着一家人劳作后的天伦与幸福。

对母亲来说，酸菜则是她的日常，是她的生活，亦是她与世界相往来的方式。几十年来，酸菜与鸡蛋、红薯、萝卜、冬瓜一起，成为母亲在乡间的礼尚往来，成为她捎给城里亲戚的心意。

吃过母亲做的酸菜的人，都说极好。可我从来就不曾问过母亲，那酸菜到底是如何做成的。有一天，我和她坐在冬阳里聊天。母亲对我问及酸菜的做法，既感意外，又觉开心。

她说，当排菜长到一定时候，你把它从地里砍回来，以清水洗净，太阳下稍稍晒一晒。待排菜"劳"（音，意将菜梗变软了）了之后，收回来，匀匀地切碎，堆成一堆，再以手反复揉搓，最后装入坛里。注意坛沿里一定要加些水，以确保坛的密封。这样过了一两天，待菜变酸之后，又全部将它们从坛里掏出来，摆到篮盘或筛子里再来晒。大概晒了一两个太阳，干了，再以柴火去蒸。

"那蒸多久呢？"我问。

"根把香久。"母亲说。突然觉得母亲表述时间的方式如此特别，她向来不说多少分钟，而说"根把香久""碗把茶久""餐把饭久"。她的时间，就是她的生活。

酸菜在灶上蒸过之后，复在阳光里晒，直晒得它们全部黑黑的、焦干的，再以袋密封。

在凛寒冬日，特别是雨雪霏霏的黄昏，当酸菜摆上餐桌的时候，不知还有多少人会想起它的前身。那原是菜园一畦一畦蓬勃的春光，也曾是花开叶绿、蜂飞蝶舞的时光。

有人不喜欢它酸的味道，其实，那些青绿的生命正是以酸的方式开始了珍藏。也就是说，酸就是一切青青菜畦抵御时间的方式。

其实，酸菜的味道远非口舌之愉，它分明就是在一种朴素里品味丰富的境界。因为生活从来不只是五彩斑斓，它更可能是五味杂陈。

车前草

对母亲来说，哪片土地上长有哪种草木，她都一清二楚。很多草木都是她一辈子的乡邻。

这不是母亲有多喜欢弄花养草，而是那些草木是她眼里的单方。车前草，便是其中之一。

夏天天气酷热，谁小便发黄或短小，母亲知道了，就会跑到门前菜地里拔几株车前草，连着根须一起，在清水里洗得干干净净。一整蔸浸入大碗，加少许白砂糖，再以沸水冲泡，盖上盖，闷一闷。稍稍冷却之后，水里便氤氲着一缕淡淡的草色清香。你咕噜咕噜喝下去，不消半日便显出它的奇效。

车前草泡水，我从小喝过，我孩子也从小喝过。因此，每次在乡间路边看到这种草，就像遇到了旧时相识，有一种无以言传的欢喜与亲切。

不知车前草何以以"车前"为名，只是无端地觉得这名字极古老，总让人想起一驾遥远的马车或一条古旧的驿道。

莫非，最初的最初，车轮之前就是车前草的降生之地？

倘如此，那车也绝不可能是现在的宝马香车，而是中国民间最原始、最简陋的独轮车。

小时候曾见过父辈们艰难地推着独轮土车的情形。推车人往往赤裸着半个身子，一条毛巾挂在脖子上。负重前行的时候，那个木的独轮深深地陷入泥地，山水之间都在回荡着那吱呀吱呀的尖厉声响。

那单调的声调，莫名就叫人想起"一路来"的坚忍。

多年后，在"袅袅炊烟，小小村落，路上一道辙"的歌曲中，我尤其记得的是那独轮车的车辙，记得村前那辙痕深深的泥巴路。那深深的车辙，仿佛就是纤夫肩上的勒痕。

相对于炊烟与村落的静好，那条辙痕更像一种精神的绵延。

那一刻，我觉得车前草远远不只是母亲的单方。它不同于任何无名的故乡野草，它的前世今生里其实有一个"在路上"的故事，也含蕴着一份通向远方的力量。

然而，车前草并不曾有过什么英雄气，它永远是一副柔和秀美的样子。

春草初生的时节，在那片无名野草间，一眼就可能看到它翠绿的形色。它们杂居草间，那么紧簇，又那么舒展。圆润的叶子，仿佛有那清亮而欢喜的表情，而叶脉上的纹路也清晰可见。

到了夏天，车前草才平添了成熟的韵致，它绿得更深了。簇拥的叶子中间，会生出一茎浅浅的穗，那是它繁衍生息的种子。秋天，穗子一天天在风中变老变黑，直至悄无声息地落入泥土，等着春天再度吹开油绿绿的一片。

就这样，车前草长在某种地方，也像一个聚族而居的村落一样，多年不再改变。难怪母亲那么熟悉它们的居所。母亲说，车前草可以清热，鱼腥草可以消炎，端午的艾叶可以驱蚊，路边荆可用来炒那未开声的子叫鸡……

草木是母亲的单方，也是母亲走过的长长岁月。然而，母亲也并不知道，在古代、在北方，这种草可能与女性的妊娠或生育有一种神秘的关联。

三千年前，车前草并不叫车前草，它的名字温柔而婉约，被唤作芣苢。而今，这柔和的音节还留在《诗经》里。

"采采芣苢，薄言采之。采采芣苢，薄言有之。采采芣苢，薄言掇之。采采芣苢，薄言捋之。采采芣苢，薄言袺之。采采芣苢，薄言襭之。"

如此一唱三叹，分明是一首关于车前草的清丽歌词。当"采采芣苢"的旋律响起，我们是不是看到那些远古女子从时间深处走来，在河畔，在山坡，在古道，在篱前，在春云停驻的午后，抑或裙裾飞扬的风里，她们的青春开放得就像那翠嫩而茂盛的车前草啊。

那么自由，又如此健美。没有压抑，没有哀怨，没有苍白的病态，更没有诗意的矫饰。

"采、有、掇、捋、袺、襭"，仿佛生命的饱满和人生的幸福，就在这柔曼的春日劳作里。一切都那么娴熟，一切都那么简单而优雅，看不见女子们的姿容，却知道她们将车前草兜在衣襟，向着家园翩然而去。

　　清人方玉润在《诗经原始》中说："恍听田家妇女，三三五五，于平原旷野、风和日丽中，群歌互答，余音袅袅，若远若近，忽断忽续……"

　　母亲文化不多，耳朵也很背，我甚至无法以长沙方言念出"芣苢"二字，当然也不可能和母亲谈论这些古老的诗句。但我知道，那"三三五五"的田家妇女里有我母亲的母亲，有我们共同的遥远先祖。

映山红

"夜半三更哟盼天明，寒冬腊月哟盼春风。若要盼得哟红军来，岭上开遍哟映山红……"

多年以后，听到这首《映山红》。宋祖英的声音，仿佛从峻岭崇山间升起，云朵一样干净，晚风一样忧伤。然而，它更多的还是那一份穿越黑暗与寒冷的力量，那一份花开烂漫的执念。

是的，一切艺术，从来不会宣讲，它坚持以真正的美去拨动人们的心弦。每次听到这首歌，总是情不自禁地想起故乡的青山，想起那渐渐长大亦渐渐遗忘的青春。

在乡间，春天是一幅辽阔参差的绿色写意。

铺陈如山抹微云，飘逸如河堤垂柳，沉静如碧水清波。就在那浓暗幽明的绿色天地里，映山红开在煦暖的微风里。或是隐在灌木丛的一株，或是山崖边欣然怒放的一簇。

映山红开的地方，所有的绿色似乎都绽开了明媚的表情。

有一年，我们驱车至双牌阳明山看映山红。那是我第一次野营，抵达山腰时已是凌晨三点。我们在半山腰支起一个帐篷，在淅淅沥沥的雨声里睡到天明。次日醒来，身边全是如霞似火的映山红树。花多，树高，整座山恍如云蒸霞蔚。

然而，我老家的映山红，从来不曾这样漫山遍岭地开，它喜欢星星点点地缀在青崖之间。映山红的花朵小小的，像一只可爱的红喇叭，吹出无声的旋律，奏响江南的春光。同一株花树上，盛开的花朵里是那些黑而纤弱的花蕊，楚楚可怜的样子，而那些含苞待放的花骨朵，全都攥得紧紧的，像是一个个殷红的晓梦。

记忆里的映山红与一代人的青春连在一起。

每年春种时节，村里插秧的年轻女子会从塘基的南面走过来，她们的手里喜欢带几枝映山红。回到家里，她们会将一个透明酒瓶或罐头瓶洗得干干净净，瓶中注满清水，再将映山红剪成长短合适的一枝枝，插到瓶子里，摆到闺房的窗台或桌前。瓶中的映山红，也能开过五六天。

在寂寥的乡间，在贫乏的年代，这是一代乡村女子的爱美之心。不，映山红分明就是她们朴素而美丽的青春。

七十年代的农家女子，除了田间劳作，大多还会学一点手艺，比如做裁缝，比如绣花。后来，知青下乡，大队部建起了林场，女子和知青们便在山上摘茶。大队部放电影的时候，全村就像迎来了一个节日。所有的姑娘都聚到了银幕前，不时发出窃窃私语抑或银铃般的笑声……

然而，就那么几年时间，姑娘们就都到了谈婚论嫁的年龄。她们陆陆续续嫁到远远近近的外村。成家，立业，生儿育女，领受各自的命运，咀嚼各自的苦乐。而今，除了年年开放的映山红，谁还曾记得那些属于她们的青春呢？谁还记得当初那些乌黑的辫子、光洁的脸蛋、窈窕的身材，记得露天电影场里那些心跳与脸红？

映山红在乡间极普遍，却很少赢得诗人的歌吟，也从未成为春天的代言，它永远和明黄的菜花在一起，与荆刺上的白花在一起，与素朴而安静的农家女子在一起。桃花红，比她妖媚，比她纵情；山茶红，比她富丽，比她雍容。她含蓄、素朴，甚至没有浓郁的芬芳，只以那小喇叭歌唱着山高水长，天清地朗。

其实，花也是一个庞大的家族。

对映山红来说，她或许不知道城里的大街小巷里都开有花店，那里有很多自诩名贵的花种。据说最能代表尊贵爱情的，叫蓝色妖姬；据说最能代表母爱的，叫康乃馨。她都不知道这些人类的寓意，甚至连迎春花和郁金香也不曾相见过。

映山红从未离开过故乡，那里没有高楼上蓝色的玻璃墙面，没有这满地爬着铁甲壳的马路，当然也没有关于城里月光的怀念。在映山红的世界里，更多的是晨光与鸟鸣、黄昏和炊烟。当然，还有那只躺在绣花绷子下慵懒的小黄猫。

映山红还有一个名字叫杜鹃，而杜鹃同时又是一种鸟。"庄生晓梦迷蝴蝶，望帝春心托杜鹃。"杜鹃因思念致啼血。我不喜欢杜鹃这个叫法，它太忧伤、太凝重，完全失去了映山红的那一份明朗与轻快。

映山红，映着我的故乡与青春。

石磨

几十年过去，我还记得屋角的那爿石磨。

印象里，老屋分有上下两栋。堂屋居上，正中摆着一张吃饭的四方桌，还有四条高凳。堂屋两侧，左右木柱各一，唤作屋柱。其时，爷爷奶奶住左边正房，父母住右侧。

房子的下栋，并不是一栋，而是一个很长的敞厅。大门开在其中，其余空间主要用于堆放农具与杂物。

石磨长年摆在下栋靠天井的边上，打开大门即可看见。在我们的方言里，石磨就叫磨子。

母亲说，谁与谁交情好的时候，总是一句口头禅：他们有一磨子厚。听多了，我总想到那爿磨子的造型。上下两块圆圆的麻石，那么严丝合缝地叠在一起，几乎到了亲密无间的程度，那确是友情厚重而又默契的写照。

做磨子的麻石，皆为纹理细腻的品种，远不像铺垫小桥或房屋柱脚的那样粗糙。特别是，用磨子之前需要用清水将石头洗干净。

有一种磨子很小，一只手就可以旋得动。可是，我们家的磨子却不是这样。它很大，一只手根本不可能摇动，必须借助工具才能磨起来。因此，与磨子配套的，还有上半部分四根凿着圆洞的木条，支撑整个磨子的则是一个粗壮的木头架子。

父亲推磨的时候，会将那把"丁"字木推前那个尖尖的榫头，插入木方里的圆洞中。如是，推动木推带动石磨，沿着顺时针方向溜溜旋转起来。

这时候，我会站到磨子的另一侧帮忙。在推子转过去的一刹那，我要以迅雷不及掩耳的速度，将一小把水中泡过的黄豆或是糯米，灌到那磨上的石孔里。

磨子转动之后，上下两块磨石的缝隙里便涌出一圈白白的豆浆或米浆，然后，长长短短、一线一线地沿着石壁掉进磨下的大木盘里。

有时候，为了省一点力，父亲可能会从推子正上方的屋梁上垂下一根长长的棕绳，然后结一个"圈"，套在推子上。这样，推磨就可以借一些力量。

北方是驴推磨，我家的这种磨子多靠人推。可想而知，那是很艰苦的体力活。左右进退，手脚并用。用不了多久，你就会气喘吁吁，汗湿衣衫。

从小我就喜欢看父亲推磨。因为石磨启动的时候，母亲会做一些新的吃食。

春天艾叶或水腻子草长得翠嫩之时，夏天南瓜成熟之时，秋天豆子收割之后，父亲都会如期推动那石磨。糯米或黄豆磨过之后，我们就可以吃到艾叶粑粑、南瓜粑粑或是一碗自做的白豆腐……

这样过去了很多年。不知从什么时候起，在乡下，面粉也好，豆腐也好，都成了寻常的物质，根本就用不着石磨，到处都有现成的灰面可售。

从此，没有人再推石磨。它被久久地弃置在老屋，像一台停摆的旧钟表。再后来，老屋几经拆建，石磨便不知所终。

我时常怀念磨子。不知那两块厚厚的磨盘石，是垫了屋脚呢，还是被埋入哪一方土地之下？

磨子找不到了，而推磨的父亲也已在故乡的青山上长眠。

但是，我深深记得父亲的身影，记得那些充满着劳绩的时光，更记得磨子转动时老屋里那些熟悉的光阴和声响。一只母鸡忽而从柴堆里钻出来，前屋后屋都回荡着它那"咯哒咯哒"的叫唤；一只蝉，在树叶里兀自长鸣；而一只猫忽而从阳光里纵身一跃……

午后的光阴渐渐消散了，村子里的老人也一拨一拨离去。寻常的故事，就像石磨一样流转。我忽而觉得，石磨就是那一个古老的钟表。它不在刻度间移动，而是将一切生活的粗糙磨成了细切的怀念。

水牛

在诗人眼里，农耕和田园都是一首牧歌。牛背上有黄昏、炊烟和夜归的月亮，有牧童的短笛与歌声，甚至连那烟雨迷离的杏花村也是某个牧童指引的方向。

千百年来，牛与童年总是如此紧密地连在一起。

我的童年里，也曾走过一头水牛。那时，我未谙世事，它却已是"牛"到中年。

记忆中的水牛，沉默、缓慢、高大。两个半月状的角，又粗又长，很是威武，可并不叫人害怕，因为水牛目光清澈，一副温驯样子。平时很少见水牛有奔跑的时候，它走起路来永远是那样不疾不徐，吃起草来从来都慢条斯理。它肚子圆圆鼓鼓，在一个孩子眼里，仿佛是一面灰白的高墙。说灰白，也不全对。水牛的头部、耳朵与腿上的毛色深一些，是灰黑灰黑的。水牛笨笨的、重重的，走在寂静的山路上，总能踩出笃笃笃的沉闷声响。

记不清多少黄昏或清晨，我和这头牛在一起。

夏日，太阳尚未下山，正是放牛的时候。其时，乡间的田埂，每一条都草色青青。可是，那不是牛吃草的地方。田埂那么窄，泥土那么软，它们容不下粗重的水牛，更何况那上面还种着豆苗，田里正蓬勃着绿意的秧苗呢。对放牛的孩子来说，倘若牛吃了谁家的庄稼或践踏了谁家的菜畦，是要受到责骂的。

最自由的牧地在山上。小时候，我们去得最多的地方叫坟坡湾。不知道为什么叫这么个让人汗毛倒竖的地名，或许是那里曾有很多坟地吧。每次将牛赶到那个行人极少的山冲，只觉弥漫于四野的阴森与静穆。东西两条山脉，由北而南绵延数里，中间则是一线狭长的田地，缀着水田、池塘与红薯地。放眼望去，整个坟坡湾，只有孤零零的一栋草屋，住着两个老人。他们无儿无女，养着一只阴柔的黑猫。

每次水牛由南往北走到草屋对面山上的时候，那两个穿着月白衫子的老人，准时会在前坪的一张小桌前吃饭。我立在对面山上，可以清楚地看得见那桌上碗里的菜蔬、皮蛋、苋菜抑或丝瓜汤……

那时候，整个山冲安静极了，只有西天的火烧云辉映着山冈，水牛嚼草的声响显得格外清脆，一行飞鸟从山的这一边飞向了山的那一边。

坟坡湾也有稍许热闹的时候。那是邻近几个小伙伴相约在这里放牛。其时，靠南面的山坡没有高树，多为灌木与杂草，坡地也比较平整。小伙伴们便相约在那里骑牛背。

那是最惊险刺激的时刻。邻家伙伴放的是一头黄牛，性子有点烈，骑到它背上的时候，它很可能会突然跑起来，令小伙伴尖叫不已。我的水牛却从来一副好脾气，它的背很宽很平，走起来稳稳的。然而，我们都不敢骑得太久。遇到陡的地方，牛背上坐不住，有滑下的危险。即使没有陡的路段，也受不了那些牛蚊的侵扰。特别是黄昏时节，有一种极小的蚊子，没有嗡嗡的叫声，成百上千汇成一个滚动的球状，在牛背上飞舞。这时候，我们都会离牛远远的，立在山坡上看夕阳渐渐地落山。

到了草木凋零的冬日，水牛不必放了。它每天都被关在对面的牛栏里，靠吃干稻草度过那些苦寒的日子。小雪的日子，水牛看见我去给它送稻草的时候，总会不住地点头，仿佛以此表达它的欢喜与感恩。牛栏常常是湿的，即令在严寒的天气也是那样。于是，每次我向栏里投去干枯的稻草时，总会多投一些，期望水牛能在寒冬里拥有一个充满阳光气息的干燥角落。然而，它似乎并不怕冷。它卧在栏里，嘴里总在那里咀嚼，鼻子吐出白气，嘴边也隐约着一线白的泡沫。

牛的寂寞，就在于失去了春天与田野。等到每年清明之后，它就出栏了。这时候，整个村庄的田野都开满了一种紫色的小花，那是草籽。农人种草籽，并不在乎观赏，而在乎实用，那是最好的绿色肥料。因此，在乡下，并没有多少人知道草籽花也被唤作紫云英。牛并不喜欢吃草籽，它所钟情的是生在田间地头的香棍草。那种小草，一根一根像是香的形态。

熬过漫长冬日的水牛，忽而走到春日的田间，似乎重又找到了青春。它背着一把木犁，将那成片成片开着紫云英的大地翻成一垄垄泥土，仿佛满田掀开的书页。接着，它又背着一把铁耙，将那些泥土整得细碎，最后背着一个叫作蒲公船的农具，将一片水田打成细腻而平整的膏腴状，等着秧苗的植入。

田间劳作的水牛，才是它最美的样子。它从紫云英花间走过的时候，蜜蜂在阳光里如一朵小雾，而黑色的八哥鸟在它身边低低地飞过，偶有胆大的，甚至会站在它的背上……

童年总是很快过去，我与水牛只是相互陪着走了一程。而今，儿时记忆里的中年人，多已作古，何况一头水牛呢。

我不知道这头水牛最终是以怎样的方式告别村庄的。我知道作为一头牛它不可能慢慢老去，免不了被杀的命运。远在《诗经》或更远的时代，它的祖先就是先民的祭祀的祭品，谓之太牢之一。听说，在乡下杀一头牛算是一件兴师动众的事情，往往需要好几个精壮劳力以粗的绳索套住牛的四个脚，然后以红布蒙其头部，白刀子进红刀子出。

想想都不寒而栗。那一份残忍怎么对得起牛的一生？但生为水牛，它又怎么走得出这样的宿命。

桑

老屋后面，有一棵桑树。在半山挺拔而秀美的毛竹前，在荫翳了半爿瓦楞的酸枣树前，在撑开了一角云天的板栗或香椿树前，桑是那么柔和，又是那么纤弱。

整个冬天，没有人在意它的存在，除了我的母亲。母亲的单方里常年有一味药，叫冬桑叶。

春天一到，屋角的桃花开过，田里的紫云英和油菜花次第开放，那栋砖瓦老屋顿时沉浸在漫天浓郁的芬芳里。街前廊下，到处是蜂飞蝶舞的嗡嗡微响。这时候，推开堂屋开向后院的那扇小门，小桑树已然绿意参差，出落得如同一位袅袅婷婷的女子。母鸡带着一群小鸡在桑树下觅食，卵形的桑叶在光影闪动的枝头沙沙作响。

桑叶招引不了蜂蝶，它招引的是村前村后的少年。

那是一年里养蚕的季节。长沙并不是海滨吴越那样的桑蚕之乡。养蚕，只不过是孩子们的春日游戏。不知为什么，那时村子里的桑树并不多。谁家有一株，是长在屋前还是生在屋后，养蚕少年们心里清清楚楚。

那时候，坳前岭后的少年，大多养了蚕。少则数条，多则几十。一个废弃的纸鞋盒，就是蚕的华屋。对蚕宝宝来说，拥有一片嫩绿的桑叶，便拥有了世界的全部。

最初的蚕宝宝，以极缓极慢的速度在桑叶上蠕动，身子是一线细细的浅灰，头微微昂着，似乎一直在好奇地打探着周边的存在。

每当放学回家，少年安静地守着那个鞋盒。他一动不动地看着某条春蚕，从这条叶脉缓缓爬向另一条，仿佛那是一次万水千山的跋涉。

少年专注的目光里，贮满了内心的温柔与怜爱。那是比他更稚嫩的生命，是一天天长大的小小宠物。

夜深人静的时候，盒子里隐约传出一阵沙沙沙的声响，如同春雨飘在窗外。少年蹑手蹑脚地打开纸盒，就像打开一个童话的小屋。

灯光下，所有的蚕都在那里美美地吃着桑叶。他忽然记起《老山界》里那段写夜宿山间的文字："耳朵里有不可捉摸的声响，极远的又是极近的，极洪大的又是极细切的，像春蚕在咀嚼桑叶，像野马在平原上奔驰……"春蚕咀嚼桑叶的声响，确如天籁。

过了十几天，蚕们隐约变白了，也长胖了。看着那些被啃啮得百孔千疮的桑叶，少年这才觉得，人间与白纸上到处都写着"蚕食"，可是有哪一处能比得过这一片春天的桑叶？

终于有一天，蚕不再吃桑叶，再好的桑叶也不吃。其时，它肥肥胖胖、安安静静，躺在纸盒一角。它从嘴里幽幽吐出一根细而晶亮的丝，一线长长的、望不到尽头的丝。它一圈一圈地，将自己轻轻裹住，再裹住，直至那小小的肉身完全被裹进一个白色的茧屋。

少年早就读过"破茧成蝶"的寓言。然而，某一天清晨，当他打开纸盒真正看见蚕蛹生出的翅膀，看到纸盒里有了一只巨大的蛾蝶之时，他依然激动地发出了轻轻地叫唤。

那一刻，他懂了生命何以又称作造化。

造化，本是何等神奇的生命奇观啊。

多年后，少年告别了老屋，去到另一个远远的村落求学。

每当他读到与桑有关的诗句时，不知为什么，思绪总是倏尔回到老屋的后园，回到那一株秀美的桑树之下。

桑树，就这样长在少年的思念里。

那是拂晓的桑，"鸡鸣桑树颠"；那是午后的桑，掩映着良田、池塘与竹林的静好；那是重阳的桑，是农人们"把酒话桑麻"的话题。

少年明白，桑树在哪，烟火就在哪；烟火在哪，故乡就在哪。

中国人将故乡称作"桑梓"。《诗经》云："维桑与梓，必恭敬止。"你想啊，桑与梓，皆为父辈或祖宗所植。对老屋来说，桑梓就是它的历史。

你怠慢一棵桑，又何异于怠慢先祖之遗训？更何况，桑可养蚕，蚕可吐丝，丝可织锦，桑所带来的是人间的温暖。

孟子曰："五亩之宅，树之以桑，五十者可以衣帛矣。"

至于梓树，古人将其植于屋前屋后，意在以其树脂作为照明之物。桑在，温暖就在；梓在，光明就在。所谓故乡，不正是温暖与光明的心灵抚慰吗？

桑田，与沧海相对。前者是故乡，后者是远方。世事之变，还有甚于沧海成桑田的吗？

但是，桑田沧海并不止于地壳的运动，它在每个人的生命里悄然发生。当年在外漂泊的少年，终于也是满头霜雪。

老屋早已不在，桑树也不知踪影。然而，曾经的少年却在最早的诗句里重温一株桑树。其时，它正和三千年前的一个女子站在了一起。

那是《诗经》里一则关于"氓"的诗性叙事。

在那里，女子的青春，正是那"桑之未落，其叶沃若"。女子的现实，却是"桑之落矣，其黄而陨"。何止女子，每一棵桑的春秋代序，又何尝不是我们的韶华飞逝。

那是一个怎样的故事呢？陌生的微笑，青春的邂逅；淇水边惜别，复关前啼笑不能自已的思念……

三千年前的始乱终弃，与三千年后的情感狗血又有什么区别？由爱情而婚姻，由两情相悦而两情相怨，中间隔着无数粗糙而辛劳的岁月。女子年老色衰，男人"二三其德"，这故事古老得如同一个魔咒，在古老的桑树下发出千年回响。

这样的宿命，到底是基于人的心理，还是基于人的生理？

"于嗟鸠兮，无食桑葚！于嗟女兮，无与士耽！"

女子的声音，隔着数千年遥远的时空，依然充满着痛切，仿佛那余音还在空气里袅袅未绝。

然而，普天之下的红男绿女，谁又真正在聆听？

人们总在期待一个美丽而不忧伤的故事，亦如汉乐府里那位"采桑城南隅"的秦罗敷，亦如宋词里无数明快而欢娱的"采桑子"……

蚕与桑叶互为生命的唯一。有人实验过，一只春蚕，其实也可以其他春之树叶为食。只不过，无论哪一种树叶都不可能像桑叶一样为蚕带来生命的繁衍。

莫非，这是一种天启？采桑之于女子，也缘于这样一份遥深的文化隐秘？

父亲

午后的寂静里，捧一杯茶或燃一支烟，坐在老屋门前兀自出神的那个白头老翁，正是我的父亲。

窗含绿树，门对青山。这老屋，一直目送着父亲的岁月，像那流动的电影。

那是春天。父亲从劳作的田间回来，腿上的泥早在门前的池塘洗过。此刻，他吹着晚风，静静歇息。那个正趴在他腿上扯他汗毛的小男孩，就是我。很多时候，父亲会让我坐到他的脚上摇晃，摇着摇着，突然将腿高高地翘起来，再以手接住。父亲的"哈哈哈"与我的"咯咯咯"，便在那颠簸中交织成快乐的音符。

父亲一辈子苦做，这是他难得的片刻悠闲。

更多的时光，在老屋看得见的那些田间地头。父亲扶一张木犁，赶一头老水牛，将那毡子一样的紫云英翻卷成芬芳的泥土。农忙时节，他天不亮就得起床，割禾、扯秧、挑谷子。有时候，他会推着那吱呀作响的土车去镇上送公粮。秋收过后，父亲挥着一把长长的锄头，在田埂上铲草皮，或将码在田里的稻草挑到山上。入冬了，父亲就在菜园里侍弄，或在山腰上一垄一垄地种红薯……

天寒地冻或雨脚如麻的日子里，父亲就在家闲着。他不喝酒，不抽烟，不打牌。除左右邻舍外，他很少出去聊天。他喜欢笼着双手，静坐在暖和的灶膛脚下，任柴火的烟尘飘落于他的帽檐与衣襟。

父亲并不在意此灰尘，他从来就不修边幅。天更冷的时候，他甚至伏到烟熏火燎的灶头。闲得无聊的时候，偶尔也听见父亲哼歌。不过，那抑扬起伏的调子，竟有点像忧伤的挽歌。母亲的责备总在这样的时候响起。父亲也并不发火，呵呵呵地笑过，便住了口。

与大多数乡民比，父亲其实还是有文化的人。

这与我爷爷有关。爷爷当年是个刻字先生，他手艺极佳，慕名来请其刻章制印者络绎不绝。我见爷爷刻字的时候，已是他的晚年。夏天的时候，他打个赤膊，鼻梁上松松垮垮地挂一副铜边老花镜，目光如炬。他先在或方或圆的小小木面上涂一层黄色的颜料，又以铅笔细细画好格子，再以一支尖细的毛笔书写待刻者姓名。在那方小小的章子上，已很不易，何况还得写出反字！爷爷偏偏写得极灵秀而生动，即使反着写，也挥洒自如。据说，早年爷爷曾在常德津市开有刻字店。或许，这令父亲的家境略好于普通乡民，以至于父亲还能读书五载。

父亲发蒙的时候，正好八岁。当时，学校就在棠坡，乃朱氏族人的义学，谓之"时中学校"，取"君子而时中"。父亲记忆超群，跳过一级，以五年时间即获得"时中"的毕业文凭。在教育远未普及的时代，像父亲这样能读到高小毕业的已属凤毛麟角、鹤立鸡群。

很多次，父亲和我说起过棠坡。直到现在，九十多岁的父亲，居然能背得在此学习过的文章。

"孟子见梁惠王。王曰：'叟，不远千里而来，亦将有以利吾国乎？'孟子对曰……"《孟子》里的这些句子，就像流在父亲的血液里。

"点如瓜子，中含万象之光；捺似钢刀，有斩三军之势……画如横剑，辟开太极之阴阳……"他的字写得好，莫非得益于儿时背下的这些"书法要诀"？

在我的印象中，与他合得来的都是那些沉默而弱势的老实人。从小到大，我们家的"外交关系"吃亏的时候特别多。

记得有一年，邻居儿子想分家盖房，屋场地基相中了一块山地，恰好那是分给我们的。邻家找到生产队协调，结果我家那块山地被换到远处。父亲给队长"写条子"，居然是一首打油诗："近换远山，是否合情？队长同志，应有始终……"

父亲的那点"文化"，并没有给他带来幸运。年轻的时候，他曾在长沙小吴门外的一家私营烟草公司做过工。后来，日本鬼子来犯，他于兵荒马乱里回到乡下的爷爷奶奶身边。在东躲西藏、人心惶惶的那些日子，父亲曾在某个雨天出外找吃的，被日本鬼子抓个正着。好在天不绝人，趁着雨夜天黑，他撂下担子，在砰砰砰的追杀中，飞也似的逃脱了。多年后，父亲站在那个叫苦竹坳的地方，告诉我，当年就在此处遇到那群鬼喊鬼叫的日本人。

母亲对父亲的文化倒是留下了最初的好感。"第一次见到你父亲，他居然从上衣口袋里掏出了一支钢笔，留下了他的名字与地址。他那手字，给了我最初的好印象。"

年轻的时候，父亲特别暴躁，时与母亲争吵，声音跟炸雷一般。不知从哪年始，他的脾气变得不可思议地平和。他依赖着母亲的照顾，不管母亲念叨什么，他不回嘴，呵呵呵地笑几回，便默默地照着母亲的要求做。

劳作了一生，父亲从来就闲不下来。八十多岁的时候，还日日在菜地里侍弄。我每次回去离家的时候，车后备厢里都是他种的茄子、辣椒、大蒜、丝瓜、苦瓜和红菜薹。

父亲九十多了，一辈子都不曾走出过故乡的山水。他的人生平静踏实，亦如中国画的一幅长轴。

永恒的怀念

又是山寒水瘦的时节，父亲离开我们整整一年了。

天地之间，草木轮回。白雪压过，春风拂过，秋色染过，而今又复归这冬日的枯黄。

燕子悄然回来过，又不辞而别地去了远方。我的父亲，永远不再回来。

时间，停止于去年今日。

当时，父亲一直在病床上艰难而粗重地呼吸，我坐在阶沿上独自神伤。忽然，母亲从里屋跑出来。"快进来，你爸不行了。"待我们冲到床前，父亲张着嘴，幽幽地吐了最后几口气，便一动不动。氧气在他的鼻孔里嘶嘶嘶地响着。我伏在父亲的身体上，号啕着，大声叫着："爸爸，爸爸……"可我的爸爸，从牙牙学语就开始叫起的爸爸，此刻，直直地躺在那里，再也听不见我的声音。

这一次，父亲不是睡去。他去了。永远地去了。生离，死别，只在那一刻。那是午后，两点二十八分。

满屋的慌乱，儿媳孙辈们围在床前哭泣。烧纸，擦身，穿衣，烧轿。棺椁摆到堂屋的正中，泪眼里，我看到父亲穿着寿鞋与黑色的衣袍，安详地躺在那里，可是，身体已然僵硬，早就没有了温度。几十年的父子深情，忽而就阴阳两隔，天上人间。我摸着他的手，内心的伤痛与绝望，亦如冰凌。

父亲四十七岁的时候，我来到人间。我四十七岁的时候，父亲离开了人间。

吊唁的亲友自四面八方赶来，葬礼热闹而隆重。父亲魂归道山那天天阴沉着，坟茔刚刚修好，便淅淅沥沥地飘起了小雨。亲友们说，父亲结了很好的天缘。是的，于父亲而言，近百年人生长留忠厚仁义，一辈子家业永系山川故园。

父亲走了，记忆却如那一株荫翳坟头的冬青树，郁郁葱葱。

丧事之后，我和妻子回到城里。我们在开福寺、洗心禅寺祈求佛祖，晚上在浏阳河边散步的时候，心里常常默念着阿弥陀佛。我们想为父亲的往生助一份愿力。

　　一年之中，很多次在梦里见到父亲。记不起那些残破的梦境，只看见父亲还是原来的样子，穿得整整齐齐，却默然无声。有一回午夜惊醒，半晌才回过神来。我的父亲，已经成了掩于树丛的坟冢，他远离了我所在的世界，有的只是记忆里的背影。去年底的一次朋友聚会上，席间不知怎么就谈及了父亲。其时，酒入愁肠，忽而情不能自己，竟至于失声饮泣。

　　今天清明扫墓的时候，我们拨开山路上的荆棘，意外发现在新坟的右前方，一株无名树下，落满了好大一片白色的花瓣。那么寂寞，又那么美丽，像是自开自落的山里时光。莫非，这花为父亲而开？

　　这一年，记不清到底有多少黄昏雨夜，多少安静时分，在想起父亲时，记忆深处的那些温暖总会泛起来，荡开去。

　　父亲生于公元一九二二年农历二月十三，在人间走过近九十四个春秋。从民国到人民共和国，从土改、合作化、大食堂、人民公社到包产到户、新农村建设，父亲一辈子就生活在山水田园之间，辛苦地劳作，卑微地生存。于他而言，浩荡的历史不过是粮食与蔬菜，不过是庭前桂花、岭上白云。

　　小的时候，我们兄弟姊妹多，全家就靠父亲那一双手。父亲读过一些古书，却不曾有过什么手艺。母亲说，他从来不晓得什么是霸道，更不会去算计人，在生猪买卖、粮食分配、自留地选择、鱼肉分配上总是吃亏，总会受到明里暗里的欺侮。父亲总是隐忍，人家实在太过分，他也只是坐在灶脚里，一边烧火，一边低声向母亲表达内心的不平。

　　父亲一生的岁月，不曾离开过田园山水。

　　细雨蒙蒙的春天，我们在水圳边捉鱼，我看见父亲披着蓑衣，戴着斗笠，急急地呵斥着那头老水牛。他的身后是一片翻卷的紫云英。黑色的八哥，从他的头顶飞过。他的裤腿、衣服、脸上，溅满了春天的泥浆。

　　秋收之日，父亲躬身于金黄的谷堆旁，风车摆在那里。他飞快地旋转着轮子，又一撮一撮地将麻袋灌得饱胀饱胀。那些新收的谷子，是准备推到安沙粮站去缴的公粮。挑一个晴好日子，父亲将粮食装在独轮土车上，脖子上搭一条擦汗的毛巾。我在前面拉车，像拉纤一样。一路颠簸，木轮被压得唧唧唧地叫，土路上印下一道很深很深的印痕。

最苦的还是双抢。犁田是父亲，耙田是父亲，待他把水田整平了，又来帮着割稻。有时候，为了抢时间，他天不亮就起床，直到月亮挂在山冈，才戴着草帽、踏着月色回到家。一天之中，他那件洗得发白的衣衫，总是湿了又干，干了又湿。

冬天，父亲会在田塍上铲草，或到山上将稻草码成碉堡的形状。倘若天雨，他宅在家，搓草绳或棕绳。闲下来的时候，他喜欢沏一杯茶，独自坐在那里。父亲偶尔也作一些打油诗，或是独自低吟一些莫名的古调。

父亲其实还是个有点文化的人。小时候，他在棠坡时中完小读过几年书，成绩优异，记忆超群。几十年过去之后，他居然还能流利地背诵《孟子见梁惠王》《陋室铭》，背诵他所读过的课文及一些书法要诀。他年轻时临习颜体，其字方正古拙，亦如他内心的宽厚。可是，在乡间，懂得父亲内心雅意的人几乎没有。他性格内敛，不事张扬。那么一手好字，甚至连春联都不曾写过。他顶多就将字写到习字的小小纸张上。晚年，父亲一度在村办企业守传达室。他随手用粉笔在木质门板写下"闲人免入"四字，几个知情者莫不刮目相看。

有一年，邻家做通生产队队长的工作，硬是将我家离屋场很近的一处自留山换到了远处，父亲不答应，几经争执却被队长敷衍了。这时，父亲便给队长送去一张纸条，上面是他写的诗："近换远山，是否合情？队长同志，应有始终……"可惜，明珠暗投。

父亲当然有他精明的时候。上世纪八十年代末，我从益阳师专毕业。其时，他正在芙蓉路边的某建筑工地守材料。他知道上屋有户人家的亲戚就在长沙市一中教书，经人引荐，他一个人戴着草帽就找到了一中。他的质朴与憨厚给校长留下了深刻印象，我的毕业分配竟因为父亲的这份念想和这次行动而成全。毕业后，我顺利地分配到了省会最好的中学。看似不经意之间，父亲改变了我的人生。多年之后，我从长沙市一中离开。一次夏天回家，他搬了一个又大又长的冬瓜放到我车后，说要送给老校长。对于那一次造访，父亲一直心怀感恩。

父亲话语不多。年轻时，偶尔会和母亲争吵，大多缘于手头拮据。年岁渐老，他的性格也越来越柔和。生活上，他全听母亲调排。家里的大事小事，也不太过问。或者，他操心，只是在心里。遇到家庭矛盾，父亲跟我说话，喜欢绕得远远的，很文雅。他说，我条件好一点，给兄长以支持，也不要太在意。

古语说得好，"施人慎勿念，受施慎勿忘"。我每年清明回去给祖父母扫墓，后来又动议修缮祖坟，他很欢喜，说："祖宗虽远，祭祀不可不敬；子孙虽愚，诗书不可不读。"父亲说话时那种低沉的调子，现在仿佛还响在耳边。

想起父亲，总是那些温暖的片段，如同爱的蒙太奇。小时候，坐在他膝盖上荡秋千；他将冬瓜子一颗颗咬开，再放到掌心；他牵着我，在月亮很好的晚上走夜路；油灯下，他给我讲一些极好笑的故事……

父亲的身体一直很好，一年连感冒都很少有。有一年，我从台湾日月潭给他买了一根拐杖，直到九十岁以后，他才在出门时用一用。可是，去年清明节之后，父亲忽而起病。到医院一查，却是因心衰导致胸腔积水，住了十多天院，抽掉积液，父亲好了很多，回到乡下，还能每餐吃一碗饭。可过了不多久，胸内又是积水，又是住院，病情又好了些。如是反复。终于，最后一次进院，医师说，父亲身体的各项指标都非常危险。一针下去，父亲差点昏迷。医师护士手忙脚乱一阵之后，方才醒来。此后，父亲很少进食。我请年假，连续七天陪伴在他身边。或许是他自己也有感应吧，走的前一天，他硬是要将那个氧气管拔掉。我不忍，执意让它插着，他便不再坚持。至次日下午，父亲安详离世。

转眼之间，人间又是一年。这一年，可以告慰父亲的是，当时正读高三的孙儿艺舒现在考入了中南大学。当时挺着大肚子的孙女，生了个漂亮可爱的胖小子，现在七个多月了。母亲也于最近在湘雅附二院做了白内障手术……

父亲在的时候，老屋是温暖的。我们每次回去，他总是微笑而欢喜。早些年见到他，他不是在菜地里侍弄，就是在田间忙活，要么就在修路。最后这几年，他不能劳作了，常常挂一根拐杖，在屋前的马路上缓慢地走着。有时候，他会坐在大门口，愣愣地望着对面的山。我坐到他身边，问他一些过去的事，他很高兴。他和我说起朱家祠堂，说起自己躲日本鬼子时的惊恐，说起乍波塘远近发生过的点点滴滴……

那时候，我自己也并不曾意识到父亲在，心中的安定和慰藉就在。

父亲不在了，堂屋正中挂着他的遗照，红色的绸子，似乎还很新。父亲依然微笑地看着我。可是，我的内心却是一种被掏空的感觉。

没有父亲的人间，是陌生的。有谁能理解这种生命的孤独与苍凉呢？

想念我的父亲。

棠坡

棠坡，与我老屋相距不过数百步，与朱家祠堂互为倚靠。由祠堂入棠坡，左为坡道，势高路陡，碎石密布；右为山径，树高林密，径通山埂。

父亲指着那些高低错落的灌木与杂草，说，我是你这么大的时候，这两边不是路，是翻山而过的木质长廊。两侧栏杆夹道，移步有亭，亭设桌凳，四时饰以松桂、兰草、菊花、海棠……经由这条起伏的风雨长廊，山前的朱家祠堂与山后的棠坡，勾勒出一个庄园的形胜，亦勾勒出庄园岁月里的风雨归燕、山岚云霭、夏蝉秋月。

那是父亲的童年，是他遇见的岁月。到我小时候，朱家祠堂已然有名无实。关于祠堂当年的形构，在父辈们的追忆里，亦如指间的明灭，只有右侧山嘴上那株足以环抱的白果树，才是历史的证人。

越祠堂后山，即是棠坡，青山如抱，幽静怡然。在棠坡的田田薯叶之间，但见中间有一方空地，细石铺成。没有任何建筑遗存，除了那些断砖残瓦。在孤悬的山边，建有一栋土砖瓦屋。高大的泡桐、酸枣、杉树，越发衬出它的低矮。

儿时见到的棠坡，只是一片隐忍的土地。我完全不知道，这片土地还曾生长出那么令人神往的繁盛。那时只是好奇：从朱家祠堂到棠坡，山前山后，山埂山谷，为何这里的泥土不同于别处？为何总有那么多尖碎的青色断砖、白色瓷片、黑色瓦砾？没有人告诉我，这山前山后的砖瓦遗迹里，原本藏着亭台楼榭的悠然，檐牙高啄的古典。这里隐着一个庞大家族的时代悲欣，牵连着时光凋落的疼与痛。

父亲说，他一生的求学就在这里。他的父亲——我祖父的童年或许也在这里。他们都见证过这片土地上的钟鸣鼎食，也听见过这片土地上的书声琅琅。

棠坡之名，缘于庄园主人，名曰朱玉棠。此公曾官至清代光禄大夫。1854

年，玉棠先生为避太平军袭长沙之战乱，隐于此地。其子朱昌琳，乃当时长沙首富，于此买田置屋，修亭掘池，建成远近闻名之庄园。

棠坡恬园，僻处善化安沙，处山重水复之幽，却是晚清湖湘之名人会所。近代第一任外交官郭嵩焘，史学家陈寅恪之祖父湖南巡抚陈宝箴，以及郭昆焘、龙汝霖、张笠臣、曹镜初，当时的四方贤达、文人雅士，纷纷相约来棠坡品茗、赏花、游园。

1873年，一个叫吴南屏的文学家受邀至棠坡一游，留下一篇《棠坡恬园记》，成为我们遥想当年的记忆星光。"循步廊入山间，上下坡岭皆园也。时又小雨，望烟景甚富。轩而凭，亭而伫，楼台而登，以临池渠，而曲折以历，无非花树中者。其一馆前张油幕，花光照艳，则牡丹也……"烟雨迷蒙，登楼凝远，曲水流觞，花树满目……当年那些雅聚，那些美景，如今都去了哪里呢？

百年之后，玉棠先生已长卧于西向山间的草木之中。繁华散尽，唯余一座坟茔。

待寻其旧制，重修棠坡，已是二十一世纪。此时，距我的童年，也已是三四十年时光。今日棠坡，于故地建三进庭院，前厅、轿厅、戏台、正房、偏房、书房、杂屋，大小房屋百余间。园成之日，题额"怡园"，乃典型的清代民居。

棠坡与山那边的宗祠连为一体，皆系朱氏族人祖业。朱姓系当地望族，由武冈迁徙而来，乃明祖第十八子之后裔。1928年，一个小生命在这里呱呱坠地。他很小的时候，母亲因病溘然辞世。他由伯父抚养成人，在棠坡长到九岁多之后，一路于长沙、湘西、北京清华园求学。他就是我们共和国清廉、正直、实干兴邦的大国总理朱镕基。

二十世纪三十年代后，棠坡成为朱氏私塾，称时中学校，远近闻于乡野。先父在这里发蒙。他读《三字经》《百家姓》，读《论语》《孟子》，练颜体书法。每日朝会，诵读"总理遗嘱"："革命尚未成功，同志仍须努力……"说起棠坡的一切，父亲眼里依然闪着当年的清亮的目光，那时他还能流利背诵在此学过的《孟子见梁惠王》里的句子……

多年以后，我又站在棠坡重修的建筑前。四野出奇地安静，头顶仿佛闪烁着神的眼睛。亘古的安静里，竟然莫名地感动，亦生出庄周般莫名的奇幻。簇拥的青山上，似乎正轻轻翻飞着漫山遍野的蝴蝶，幽蓝而细小的蝴蝶。那些安静而恬美的翅翼，正辉映着亘古的山岚与云霞。

湘江北去

一

橘子洲的花，开在冬日的暖阳里。江畔那一大片樱红，映着水色天光，如烟霞烂漫。浓艳或素淡的山茶，隐于叶子的静绿间，从容而饱满。

远看，这一片细长的土地，犹如一艘承载历史的木舟，悄然停泊于湘水的温存里。

时间流入空间，历史经行山水。

洲之西对岸，乃麓山脚下的红墙黑瓦，学府相连，斯文在望；东对岸则水映高楼，静影繁华。立于洲头，但见南来江水，如银似练。回望身后，一桥飞渡，石拱默然。

此刻，我伫立于洲上一株新柳之下。杜甫江阁、贾谊故居，隔江相晤。

湘江安静地流着，波光映于襟前。那水，不像深秋时节的清瘦澄澈，自有一种涵虚守静的平和，透着温润如玉的翡翠质地，可掬，可濯。船过处，江面便犁开一道凝碧的波痕。

江风袭来。你甚至分不清这江水的流向。

这些江水，亦如千年游子。每一滴水的记忆里，交织着雷电和夜雨，激流与飞瀑，亦涌动着草木的清香。

这是湘江在星城的一段。这一脉飘逸，正从蜿蜒奔腾的历史，奔向浩浩汤汤的未来。

二

湘水滋养的这片土地，乃古代南蛮之地。漫长的时光中，它曾是一片卑湿的荒野。若从北国的庙堂上空御风南行，这里便是芳草夕阳外的清嘉山水。

湘江如带，洞庭万顷。一江一湖，谓之江湖。于湖湘而言，江湖者，与其说是地理的显形，莫如说是心理的隐喻。

遥想舟漂橹摇的岁月，那缓慢而凝重的桨声里，分明是无数贬谪南迁、家国北望的沉郁和感伤。

那时的湘江，很清很亮，清亮得如同深蓝的忧郁。年年岁岁，岸芷汀兰的幽香和月朗星稀的空旷里，开出一朵一朵高洁与坚贞。

就是这条江啊，她听见过屈原的行吟、贾谊的凭吊，亦听见过杜甫、柳宗元、刘禹锡等无数楚客的宦海沉浮与生命悲欣。如今，那些情愫与背影都融入了江流，融入了土地，滋养着湘江两岸的苏醒与悸动，培育出湖湘大地的蕙质和兰心。

从此，这一片神巫飘逸而楚韵悠长的云水之地，有了一种忧患与担当。自古以来，湘江两岸成了一片身在江湖，心存魏阙的"屈贾之乡"。

湘江以古老的诗句，铭刻着那些清亮的声音，连同孤舟与星光。那样的吟咏，是一个人的命运，更是一个时代的剪影。在"家天下"的皇权时代，放逐与漂泊往往成为一个人或一个家族的宿命。

公元705年，杜审言被贬峰州。他南渡湘江，正值春暖花开。这个花甲老者，凝神于船畔流水，不禁感叹："迟日园林悲昔游，今春花鸟作边愁。独怜京国人南窜，不似湘江水北流。"彼时彼地，北流的湘江水，映照着一个老臣的自怜。

谁又能料到呢，六十多年后的又一个春天，他的孙子也漂泊于这条江上。那是杜甫生命的残年。时局动荡，家在天涯。贫病交加的诗人，只能寄身于江流上那一艘破船。于是，湘江的春色，又存留于杜甫的诗句里。

"夜醉长沙酒，晓行湘水春。岸花飞送客，樯燕语留人。贾傅才未有，褚公书绝伦。名高身后事，回首一伤神。"春光明媚，更见出怀才不遇的苍老与凄迷。

"挥毫当得江山助，不到潇湘岂有诗？"是陆游的诗吧？湘江北上，不知其波光里有多少平平仄仄的咏叹啊！那诗词，充满着楚客的悲声，漂泊的相思，美好的生态与柔软的衷肠。

春如此，秋亦然。"九月湘江水漫流，沙边唯览月华秋。金风浦上吹黄叶，一夜纷纷满客舟。"秋月湘江，静美无言。"秋风万里芙蓉国，暮雨千家薜荔村。"夜雨湘江，梦锁清寒。"巴陵无限酒，醉杀洞庭秋。"江入洞庭，秋深如醉。

如诗如画的江，如画如诗的湖。它们与那社稷之忧，如此完美地融合在一起。由是，楚天云水，诗骚氤氲。湖湘二字，飘逸着原始的野性与浪漫，亦有正统的使命与担当；流溢着倔强的意志，更有清怨的生命情调。

"潇湘何事等闲回，水碧沙明两岸苔。二十五弦弹夜月，不胜清怨却飞来。"

而今，你看地图上的湘江北上，不过是曲曲折折的一线淡蓝。然而，真实的湘江，却是自然造化的铺陈。一脉湘江，一脉美的踪迹。

在永州，遥看潇湘夜雨；至衡山，目送平沙雁落；及衡阳，夜听烟寺晚钟。立昭山，观山市晴岚；驻橘子洲，绘江天暮雪；达湘阴，望远浦归航；下洞庭，则融进渔村夕照。

在千百年的时光路上，湘江渐渐地遗落了很多，包括漫天的鹧鸪、古老的渡头，以及悠然的钓叟。

清江远去，岸花寥落。北上的湘江里，没有了贬臣的悲伤，却又平添了一脉回望古典的乡愁。

三

故乡的江，总是游子心中的母亲河。

江河本来就是一个母性的意象，哺育土地的生灵，生长博大的文明。祖祖辈辈痛苦的希冀在这里沉积，生生不息的自然与生命在这里吐纳。

正如《蓝色多瑙河》是施特劳斯的忧郁和深情，《巨流河》是台湾学者齐邦媛先生两代人书写的血泪与史诗，湘江亦是湖湘大地源远流长的叙事与感怀。

这里，流淌着心忧天下的激越，振臂一呼的豪迈。当然，它亦潜流着生活的偷安与生命的苟且。

湘江夹岸，群山连绵，田畴万顷。江南的屋舍，平野的星斗与明月，还有那饮食男女、婚丧嫁娶，以及方言和风俗，它们亘古如斯。

正如江水吞没过惊涛骇浪的记忆，时间抚平过人间的苦难与沧桑。

在无数灯火斑斓的深处，江水听见过理想花开，亦细数过那些沉睡的夜色、麻木的灵魂，看见过绽放，亦叹息过凋零。

时间永远流逝，历史并不安宁。湘江不只是如诗如画的古典与浪漫，不只是垂钓悠然与相思江楼。那里，有过战火与厮杀，有过御侮，有过抗争，亦有过血染的记忆，图强与变革的精魂。

湘江的波光流转，何尝不是历史的浩荡与时间的交响。

"至于湘江，乃地球上东半球东方的一条江。它的水很清，它的流很长。住在这江上和它邻近的民众，浑浑噩噩，世界上的事情，很少懂得。他们没有组织的社会，人人自营散处，只知道最狭的一己，和最短的一时。共同的生活，久远观念，多半未曾梦见。"

这些文字曾印在一张四开的纸上，时维一九一九年七月。作者正是一个喝着湘江水长大的青年。他的青春，与一份以湘江冠名的刊物连在一起。这本曾被李大钊盛赞的刊物，就叫《湘江评论》。而那个年轻人，就是二十六岁的毛泽东。其时，他刚在北大图书馆做了几个月图书管理员，又取道上海拜访过陈独秀先生。

湘江一直流在这个湖南青年的心里。六年之后，南下广州之前，他故地重游，心潮如涌。"问苍茫大地，谁主沉浮""到中流击水，浪遏飞舟"。

他的理想与大志，深深勒进了橘子洲上的石头，亦刻入了中国现代史。

湘江从来不是哪一个人的湘江。无数的支流，无数的思想都汇流于斯。

"吾道南来，原是濂溪一脉；大江东去，无非湘水余波。"一条江，就这样流动着它的前世今生。

我深深知道，这是一条流传着神话与爱情的忧郁之江，亦是一条交织着逐臣与贬客的清怨之江。这江水里，流淌着古典的诗性，亦映现过呼号、呐喊与火光。它澎湃着时代的江涛，亦回响着生命的叩问与沉吟。

此刻，我站在江边的这棵柳树下，亦如站在空间的浩瀚与时间的苍茫里。时间，仿佛回溯至少年，又依稀还驻留于远古。

一只江鸟，倏然没入天际。

第二辑　看云

世间很多美丽，
我们是不是也像看云一样，
只是看到了它的一个侧面

看云

看云。什么也不用说，这样的两个字，天生都存有一份浪漫与诗意，正如一个人天然的优雅气质。

设若你站在某一个千年村落中，或某一株千年古树下，抬头凝望，就在你悠然兴会的一瞬，你或许生出无限妙悟：看云，多好。不在于目驰的遥远，而在那心游的轻灵。

这个世界，如此忙碌，如此喧嚣。看云，越来越成为奢侈的闲适。这样那样的庄重的名义，将我们的时间切成浪峰里的光影，然后我们被浪头裹挟前行。

置身于这样的纷繁与纷扰里，还有谁在乎那一个独立窗前的身影？

与看云相契合、相呼应的意象一定不是城市高楼，而是那些守望孤独的农耕岁月，是一群古典诗人的欣然际会。

没有哪一种"看"，会像"看云"这般超然、悠然、怡然。

看海，看花，看故交新友；看书，看报，看世间万象。天下值得一"看"者，无不缘于美的向往、美的重温、美的约定、美的邀请。

在目遇五彩的时代，看云有如大隐于市的精神飘逸。宠辱不惊，看庭前花开花落；去留无意，望窗外云卷云舒。

还有什么样的境界，有这般沧桑与彻悟？抚人生于须臾，念万物唯不息。天即人，人亦天；云即思，思亦云。所有的繁荣都已落尽，生命回到最美丽的原初，如花开花落，云卷云舒。仿佛什么都曾经发生，而什么又不曾留下，就像那些洁白的时光，就像那变幻的岁月。

"山中何所有，岭上多白云。只可自怡悦，不堪持赠君。"一千多年前的某个午睡之后，一个叫陶弘景的南朝诗人，他的诗笺上飘着这样的诗行。

清新，散淡，美丽的宁静。你看不到诗人的面容，看到的只是他那如白云般舒展的心。世间没有配得上这种心境的物象，除了无语的蓝天和清风里的夏蝉长吟。

"你看我时 / 很远，你看云时 / 很近。"

真正的诗永远不再多。已故的天才诗人顾城，凭着这样的诗句，诉说着拥挤的现代人心之隔膜。唯有心居云端、天人相谐，方是现代人实现心灵救赎的方式。

在这里，云是一种隐喻——生命的、世界的，人生的神秘隐喻。

云，总在诗里舒卷。且随意启开一页经典，目光很可能会与一朵云不期相遇，正如会不期然遇到一缕梅香、一抹月光与一座危楼。

云无心以出岫，鸟倦飞而知还；众鸟高飞尽，孤云独去闲；云中谁寄锦书来，雁字回时，月满西楼；云破月来花弄影；暗香浮动月黄昏；长风万里会有时，直挂云帆济沧海……

当云成为天气预报的征兆，成为与雷电风雨一样的自然现象，它还有多少神性，多少诗情？神性与诗意的去除，让现代人对"云"视而不见。

然而，人们还是在说"云"，说着政治风云、科技风云、世界风云。今天，电子尖端科技亦开始以"云"相称。在数字存储方面，云计算、云图书馆正频频见诸媒体。科学与知识主导的世界，正在不断"祛魅"。云，留其形，而失其神，正如人类自身的精神世界，正一天天变得了无遮碍。

然而，科技却又改变了现代人的生活，给了我们另一种看云的角度。

二十世纪初，莱特兄弟以一架冲向蓝天的飞机，成就了人类飞翔的梦想。从此，对高天上流云的仰望与歌唱，变成了高天上看云的翱翔与穿越。

倚在机舱边那方小窗前，心头忽而掠过一种现代科技带来的豪迈。因为这种凌空看云的姿势，这种壮观的视界，在1903年飞机问世之前，再伟大的先贤也无法亲历。现在，机翼下这片云天，正是千百年前陶渊明、李白、杜甫、苏东坡曾经驰骋想象的那个苍穹。

无数次站在大地上看云，如风帆，如鱼鳞，如雪白的羊群。那种遥不可及的美丽，引发过多少童年的怀想。云朵上栖落着我的梦幻，书写着神秘的昭示。现在，透过这个小窗，我看到的不再是仰望中的云，而是俯视下的云。

俯仰之间，云天殊异。

你看机翼下的这些云朵。簇拥着，连绵着，散布着，形态各异。或如巨大的棉堆，或如巍峨的冰山，或如皑皑的白雪。放眼望去，天宇澈碧如海，云朵如堆堆残雪浮于海上，如座座冰山露着尖角。

云天上，除了云，还是云。没有屋舍，没有道路，没有温暖的灯火与炊烟。看不到远山，看不到树木，看不到飞鸟，整个世界只留下云。

我忽而发现：一旦失去了世界的丰富与多样，我们也就失去了真正的美丽。

当你站在大地上仰望云朵的时候，或许，我们看不到云的这一面，只是欣羡它的自由、轻盈与高洁。

世间很多美丽，我们是不是也像看云一样，只是看到了它的一个侧面？

看荷

见到这片荷塘时，它正静默在落日前斑驳的光影里，层层叠叠，铺向天际。

斜阳，远山，阡陌。因为这一池清荷，南洞庭湖区的这片田园如同一片洗却尘俗的禅境，辽远、碧绿、清新。

荷叶出水近人高，一枝一枝，如伞、如裙。叶子与叶子，如挤、如拥，微风拂过，荷塘隐隐颤过一道绿色的波痕，深深、浅浅。一朵一朵荷花，或含苞，或轻启，它们举在荷叶之间，好似一枝枝醒目的思想，照亮一片绿色的平静。

不由得想起《爱莲说》里的句子："出淤泥而不染，濯清涟而不妖，中通外直，不蔓不枝，香远益清，亭亭净植。"这句子，长在年轻记忆里，就像这新生的莲蓬。

中国古典诗文里开着各种美丽的荷。"小荷才露尖尖角，早有蜻蜓立上头"，那一定是清晨的荷吧？那目光里的惊喜，就像朝露一样晶莹。"接天莲叶无穷碧，映日荷花别样红"，该是正午的荷花吧？自然造化的意境，传递安静和美丽。"竞折团荷遮晚照"，是黄昏的荷吧？那么青春，那么羞涩……

夕阳渐渐地暗下去，暗下去。我们雇一艘小小的木船，撑开荷塘的层层绿叶，采下那嫩绿的莲蓬。新鲜的莲子并不苦，分明还有一股清香，就像诗里飘逸出来的清新。

这是益阳，一个叫茈湖口的小镇。

仲夏里的这一片荷田，其实是千百年层层叠叠的文化记忆。荷，一个柔和的音节与意象，一份不老的咏叹。很多时候，你甚至会恍惚：到底是荷花开在文字里，还是咏荷的诗文开在时光的碧波里？

此刻，二十一世纪初的这个黄昏，这一片益阳的荷，又何尝不是《诗经》

里的那一片？又何尝不是《离骚》里的那一枝？又何尝不是南朝乐府里的那一叶？又何尝不是周敦颐眼里的那一池？那只红蜻蜓，又何尝不是停在杨万里诗里的那一只？这一池藕花，又何尝不是李清照"沉醉不知归路"时的那一丛？这一夜的月色，又何尝不是朱自清长衫飘飘的那一袭？而这些荷的花叶上，又何尝不曾栖落李渔的目光？

世间所有的美丽，都是一场等待，等待着人间代谢不已的目光与之邂逅。

荷与莲在一起，莲又与"怜"同音。以莲表达爱，正如以柳表达惜别，以红豆表达相思。"采莲南塘秋，莲花过人头。低头弄莲子，莲子清如水。""江南可采莲，莲叶何田田。鱼戏莲叶间。鱼戏莲叶东，鱼戏莲叶西，鱼戏莲叶南，鱼戏莲叶北。"

开在田间的一望无际的风荷，是不是也开在莲的心事里？

离开荷田的时候，湖区的夜色汪洋如水。车窗外田畴匆匆，俗世滚滚。那一刻，思绪如清波，而一枝莲，隐隐已开在心头。

水木清秋

一

水木清秋，哪怕只是轻声念一念这样的音节，想一想那些偶遇过的草木和清江，心间便浮起一宇澄明，正如月华朗照的空幽。

秋阳，从窗外投进半室明媚，明亮而舒缓的调子，如同一声轻唤默默地伏在阳台之外。

或许，你想穿过这些城市的楼宇，在那些开阔的去处，定有一条"蒹葭苍苍"的古老清江，定有"树树皆秋色，山山唯落晖"的深秋画意，定有那飘满落叶和歌声的石级……

无数优雅的生命，在不同的时空，都与这样的清秋相遇。那些经典的咏秋诗文因融入秋声秋色而不再老去。

行吟于汨罗江畔的屈灵均，曾以楚地古音唱响秋声："袅袅兮秋风，洞庭波兮木叶下。"其胸其境，何其浩瀚而苍茫！

大约千年以后，一个叫杜子美的诗人。他一生颠沛，老迈登高，不禁浮想联翩，悲从中来："无边落木萧萧下，不尽长江滚滚来。"

不知当时诗人的心头是否掠过《九歌》里的这一句秋色，正如一片苍老的浮云停在他的楼头？

后来，又有人到中年的欧阳修，借秋声咏叹生命的悲苦；后来，又有一生郁郁的刘禹锡不以己悲，他以凌云的才情让自己的咏叹冲决悲秋的凝重："晴空一鹤排云上，便引诗情到碧霄……"

秋天的境界，辽而阔，高而远，清而秀。那是一种力量，让人仰望，让人

爽朗。因为这，中国文学对于春与秋的咏吟远胜于夏和冬。

人间百年代谢，秋水永无皱纹。

二

秋之美，美在秋水。

你远远就看到村头那座石板桥，朴实而沉着。走近看，桥面由三五块条石铺成，沾染着细细的黄色泥灰。那些石头，光滑而细腻，如同从容而练达的人情，全然不像今日的新石，那般有棱角、有锋芒。

这是乡间极普通的桥，并无拱桥的精致造型。三个桥墩坚实地撑着桥面，桥墩的石缝间生着乔木或荆棘，或探头，或葳蕤。墩下，其色黑，乃山溪水涨后的古老浸痕，基座隐隐有深色苔痕。

桥下，便是那一泓缓缓流泻的秋水。

没有春日的哗哗水声，没有飞花泻玉的壮观。在和暖的光影里，这一泓秋水只是轻轻地流，向着远处的田畴。

这样的清水啊，不是一段歌吟，而是一曲沉思。

在乡间，随处都有这样的秋水。那么清，那么亮。站在桥上俯瞰，你甚至看得到水中那些极小极小的鱼儿、青色的石子与布着黑草的沙洲。

抬眼远看，这清亮的一泓，在和暖的阳光下闪着银色的波光，让远近的田地、坝基、枯草、菜畦、农人、羊群，顿时明亮而生动起来。

站在这个小桥上，如镜的秋水似乎洗却了心中的块垒。莫非，最美的水竟是这秋水？

秋水伊人，那是最美的辉映；望穿秋水，那是最美的心碎；秋以为期，那是最美的约定。

水木清秋。水，是清秋的情怀，清秋的灵魂，清秋的眼眸。

三

若说水是秋天的眼神，那么，桂花便是秋天的语言。

在老屋的井边，种着一株桂花树。

桂花，从很小很弱的树苗到开出一树芬芳；我，从一个玉树临风的忧郁少年变成了一个早生华发的中年人。

井水无言，桂花无言，正如那些逝去的岁月。

秋日回家，迎候我的，总是这满院的桂香，连同母亲的微笑。

桂花的香，不似别的花。无论走了多少路，当你与一树桂香偶遇在路边、山间或篱落边，只在那一瞬，你的五脏六腑都有一种被洗却的清爽，弥漫而执着。

桂香里，所有的疲劳困顿，甚至内心的伤感与彷徨都一扫而光，心里似乎受了莫名的感动，浮着暖暖的温情。

你甚至想，倘若一个人跋涉万水千山之后，忽而在某个深秋的午后遇到一株桂花，他一定会坐在那样的桂香里喝杯茶、抽支烟，他一定可以从那样的芬芳里嗅到怀念的气息。桂花里，真有一种温柔而浓烈的弥漫，一种温暖而亲切的抚慰，一种沉潜而持久的浸淫。甚至，有一种沉醉不知归路的沉迷。

借着秋日的阳光，我曾细细端详着风中的桂花。

桂叶何团团，青青亦可人。而桂花呢，黄如米粒，隐缀其中。绿叶是花的陪衬吗？在桂花这里，似乎花才是叶的配角。

桂花，永远低调，幽幽地飘着香，正如一个人的心里永远袅着一缕诗情。

四

秋天的草木里，我也喜欢银杏。

喜欢银杏叶上那种圆润的精致，温和的秀美，特别是那种金黄。

或许，在所有的秋树里，唯有银杏的黄最能表达这季节的静美。

那不是一般的黄叶。一般的黄叶里很可能有死寂与衰老的气息，有暮色的苍凉蕴在其中。银杏叶它不，远远看到那一树金黄，恍如一幅油画。

那种灿烂，足以驱赶每个薄暮里的伤感和怀想。

灿烂中的纯净，灿烂中的安静。

叶子里，似乎存留着一季的阳光。

请拾一片银杏叶夹到你的书页，夹到你的心间。

哪一天，你读到那些春日的爱情时，春与秋将在诗行里交替。

五

秋月，不知你是否出门看过？

在青竹湖的山间小道上看它，好纯洁的月啊！像刚刚出浴的样子，一张俊朗清新的脸，年轻而纯粹。

仰望这样一轮秋月，这样的纤纤无尘。莫名，就这样被感动。

今夜的这一轮秋月，如此宁静，恍然初临人间。它若有记忆，是否还记得那个叫李白的天才，记得他的"青天明月来几时，我今停杯一问之。人攀明月不可得，月行却与人相随"？是否还记得那个叫苏东坡的贬官，记得他的"但愿人长久，千里共婵娟"？

月亮注视着人间，仿佛什么都不曾发生。那是苍天的眼睛。在这样的眼眸里，一切返璞归真。

而这个世间并不曾宁静。如此忙碌的生存，如此多的人，熟悉与陌生，贫寒与富有，显达与卑微……

为什么这个世间总有那么多丑陋、浮华、浅薄在上演？为什么每件事的背后都有那么多不可抗拒的庄重？为什么阳光下总有那么多躁动与罪恶？

这个世界还有没有一轮秋月这样的安宁，这样的干净？

它亿万斯年地临照人间，而一到秋夜，它永远都这样清丽如初、纯洁如初。

雪夜

冬天若不曾飘雪，就像除夕的到来缺少一场盛典。至少，在江南楚地，人们总是期盼从瑟缩的寒意里听到雪花的消息。似乎只在那下雪的日子里，心情才会忽而明媚起来，才会化去积在心头的沉默和隐忍。

雪，终于下了。轻轻悄悄，在残夜的灯光里，在忽明忽暗的梦境里飘着。一夜之间，四野的积雪，无声无息地赶走了大地的冷黑与沉默。远山，屋宇，树木，道路，窗外的雪地，明亮而虚幻，亦如神话里的亘古与安静。

时光冻结，积雪掩映。于是有了雪夜。从黄昏到深夜，皑皑的积雪反光，轻轻化开夜色的迷蒙。

雪夜，永远是这静守的夜。

世界如此安静，只有窗外的雪花簌簌。夜鸟不知缩在哪个避风的巢里打盹，那些林间散步的动物们已早早酣睡在温暖的地洞。时光这样缓慢，你甚至可以谛听悠远的回响，就像谛听这辽阔夜色里的雪落无声。

窗前舞着雪花，寒风关在门外。远远近近，亮着灯光的这些屋宇，都在漫天的肃杀里聚在一盏灯前，捂着那一方被褥烘托的温情。

雪夜，哪里都不能去，哪里也去不了，就这样坐在火炉前，与你的亲人相聚相守。

雪越大，风越紧，天寒地冻，让这一片灯光，这一座房子，这一簇温暖，以蜷缩的姿势相守在小小的温馨里。城市忽然间停止了喧嚣，道路上早就没有了归人。

平日里这些匆忙奔走的脚，此刻就伸在火边的被褥里。寻常都是早出晚归，各自忙碌，雪夜，才让我们慢下来，在灯下看他或看她，看彼此脸上的苍老与困倦，看彼此头上新生的白发。其实，每个夜晚的时光原本一样的悠然，只是，

没有风雪载途，我们不曾聚在这一盏灯下。

雨夜的黑，月夜的凉，星夜的残，不断催着你我回家。雪夜，我们这样守着夜色，守着时光，守着理解和孤独。何曾想，因为这样守着，心灵倒开始向远方出发。

天地那么大，我们这样小。然而，正是有了这一屋子的和暖，我们才欣赏着窗上的雪花。就这样挺好，一任窗外的雪，纷纷扬扬地下得紧。

雪夜里没有忧伤，因为雪花的舞姿里只有多情的飘逸，只有致远的优雅。想起隔着千百年那些古老的雪夜和雪夜里他们美好的思绪。

绿蚁新醅酒，红泥小火炉。晚来天欲雪，能饮一杯无？

这样的雅兴，这样的浪漫，这样的心灵唱和，怎么可以抗拒？

日暮苍山远，天寒白屋贫。柴门闻犬吠，风雪夜归人。

那是雪夜的黄昏吧。风雪漫天，苍山冷硬。只要远远看到村口那积着白雪的屋顶，远远听到老黄狗的叫唤，想到母亲的倚望和牵挂，归人的心头涌起一种怎样的温情与暖意啊！远与近，大与小，贫与富，冷与暖，流浪与归途，自然与心灵，因为雪的存在，在这里产生出神奇的张力。多少时候，你我何尝不就是那风雪夜归人？

雪夜的优雅也并不尽在这样的聚首里，如果我们起了兴致，雪夜的行迹亦是心灵的行迹。

想到晋代那个叫王子猷的人，雪夜里忽生访戴之念，便泛舟而往，不见戴，又连夜返。人不解其故。道是：乘兴而来，兴尽而归。想到晚明张岱，居西湖，大雪三日，独划小船至湖心亭，看湖上雪景。还有川端康成的《雪国》，还有北欧童话世界里的雪橇……

雪夜里总有这些优雅的心性、浪漫的奇想，它们在历史的夜空里飘飞，不曾老去，甚至停驻在我们的心头，栖落在这温热的茶香与书香里。

天地飘零，风雪交加。然而，只要你的灯亮着，你的火暖着，你的书页如雪花簌簌一样响着，这个夜晚的心就在这里跳动。

我们，就是雪夜里温暖的魂。

青竹湖之夜

熙来攘往的人流，明暗深浅的光影。黑暗逃离，光焰鼎沸。

这，就是城市的夜。

每一条马路，都是一条炫目的光带，缠绕着岸边的楼宇，哗哗地流。在这样的路上夜行，远远近近全是光。寂寞而喧哗，沉静又张扬。

在高楼切割的时空里，一窗叠着一窗的灯火，正绵延着深夜的清醒，淹没那些从闲暇里仰望的眼。夜的清新、神秘和诗意，就像月光一样在城市屋角悄然消逝。

仿佛多年已听不见蟋蟀的低吟，亦没有萤火、花香与蛙语，更听不见深夜里野猫的如泣如诉。到处人影纷纷，你甚至感觉不到月色如练，偶尔有流星划过楼顶。

它们都是存在的，只是这城市太过喧哗，鲜有人愿意仰起头，凝望夜空里的诸神，聆听大地呼应着天空的切切微音。

夜空俯视城市众生，像神话里的眼，带着莫名的悲悯。它发现，人类的时间并不像一棵梧桐、一朵夜来香或是一只夜莺。他们的日子充满着不可抗拒的忙碌，他们关注话语、脸色、服饰远甚于夜空的安静与慈祥。

高楼、道路、车流、人影，城市的繁盛固然开启城居的幸福。然而那些安慰视听、滋养心性的蓬勃生态与自然箫声，却在这样的现代化崛起间日益屈服于扩张的傲慢。城市拒斥山水，生态不显文明。

好在我所在的城区总能远远听见开福寺的钟声，那里有对天道人心的幸福提醒。

与自然相亲的这份体验，缘于几年前陪读的日子。当时，我从城中迁居到

开福郊外，迁到一个叫青竹湖的地方。就在那一晚，我见到了久违的辽阔而干净的夜空。

晚饭很早吃过，到四野随便走走。

夜色尚未降临，天是淡蓝淡蓝的，像那逝去的纯真岁月，莫名的柔情，莫名的忧郁。一弯新月，浅浅地挂在那里，薄薄的，像天空凝望人间的一只眸子。轻盈、新奇、美妙，一如清澈见底的天真。

夜色渐浓，灯亮了。只在转眼间，天空的淡蓝已变成了深蓝。这样的背景，更加衬出那眉新月的生动可人。

沿着操场散淡地走，新月也散淡地陪着。

走到北面，新月挂在树梢，沉默的小树顿时诗意葱茏，让人想到丰子恺先生的构图：人散后，一弯新月如钩……

踱向南端，新月停在头顶，任无名的夜鸟从它的清光里掠过；绕过楼宇，新月又爬上那红色的楼顶，整栋楼宇顿时神异如画；踏上石桥，新月又轻轻地栖落在那如秀发飘飘的杨柳枝头……

这时候，秋虫在草丛里开始吟唱，唧唧，啾啾，长短高低，起落有致，听似嘈杂，却随意尽心。它们的轻奏，让这乡野的夜色由浅处而深处流动。

郊野的晚风里，有特别的清凉，白日里多么重的烦忧，都被它轻轻吹去，让你的心，清如水，如水清。

一种时空，决定一份心情，一种生活的审美。

有人在城市的时空光影里浮沉，我则在这里获得了一派神秘与安静。

这就是青竹湖之夜。

而这片夜空，与我那城中的住所，仅仅隔着四十分钟车程。

山行

清江泛寒影。带一壶水，沿柏油路驱车。居然只有五分钟车程，一径就拐到太阳山下。

好风景，从来不在远方。那一湾静水，汪汪地偎在山的怀里。没有一丝波痕，如同一面宝镜。映着云的影、山的影、树的影、草的影。还有偶尔飞过的鸟的影。当然，还映着这四野听得见却看不见的秋虫长吟。

水边，有悠然钓者。每一处秋水，都是古典的记忆。秋水亦伊人。整个秋天，就这样在沉思中走向哲学，在相思里表达爱情。

路的两边，是菜园、农舍。那片新浇的菜畦，那架着竹棚的秋豆角，那偶尔爬出篱墙的蓝色牵牛花，还有那青青的橘子，它们都像一些久别的故人，在这秋风里默然微笑。

宁静的山野时光，被阳光照得有些恍惚。在这样的秋声秋色里走着，心中生起一种由内而外的释然，如同生活在别处。俯仰秋天，天空像一只清澈的眸子，大地亦然。每一种生命，都在天地眼眸里从容自适，悠然静好。

草尖上驻着一只沉默的蚱蜢，光影里伏着一只吠着的黄狗，石阶上睡着一只慵懒的猫。而路上，只有低语的我们。

上山是一条水泥路，一级一级向林莽纵深处延伸。一径清幽，斜斜地，如箭一样洞开这漫山遍野的苍翠。

路之两边，全是那高过人头的乔木。那树种，貌似桂花，却又不是。只觉它的叶子，绿蓬蓬亦如春日，密丛丛见不出秋意。阳光，偶尔从树缝里照进来，斑斑点点，层层叠叠。于是，所有明绿、暗绿、深绿、浅绿，都在微风里簌簌作响。向阳的，背阳的，老干的，新枝的，这一山一岭的绿色，在微风里摇落出梦境一般的光影与层次。

　　身边的树，林间的草，叫得出名字的很少，叫不出名字的倒是很多。遥想极远的远古，如此辽阔的草木世界，某一种树木花草能被人类的先民们关注、命名、记取，何尝不是草木们前世种下的因。本来无名的这些生命，一旦被赋予人类的语词，从此便开始穿越时空。譬如兰草，又若桂花，再如云杉或车前草。它们因为拥有一个名字而拥有自己的历史。

　　在生命的丰富面前，语词原来如此有限；在生命的丰富面前，认知原来如此狭窄。然而，没有人意识到我们对于生命理解的粗疏与肤浅。

　　山路边，时有未名的野花，一束两束，玉立在风里。花朵那么小，却绽放出生命的全部绚丽。凑上去，花朵散发着那淡淡的香。这些连名字都没有的花，或许，这就是它们一生的美丽。它，开在这样一个秋日，哪怕只与一只秋虫相遇，都是它一生的花事、一生的盛典啊。

　　当这样的花朵在山间野径上怡然自乐的时候，我们正好遇见，有什么理由不对花儿报以微笑？就像习惯于在人海里辨认那些熟悉的身影一样，在山路上，心里总在指认那些熟悉的草木。它们，永远都跟儿时的记忆一起开着花、结着果。

　　看吧，那长出麦穗似的草，我们叫它丝茅。它的叶边有刺，不小心会割破你的手指。书里说，这是鲁班发明锯子最初的灵感。

　　绿油油的这一片，我们的土话，叫搂箕。生物教科书说，它是蕨类。春天，它刚生出来的时候，是可以食用的绿色食品。蕨菜炒腊肉，乃一道湘菜美味。

　　看对面的树梢上，那些坚果，我们叫它空筒子。去除外面坚硬的壳，里面的仁，粉而甜。倘在风里吹干，果仁愈甜。山路上很静很静，听得到自己脚步沉闷的回响。

　　满山满野的秋虫都在发声，自由无虑歌唱。那是天之籁。或高远悠扬，或低吟浅唱；或起伏错落，或惊悚怪异……全然不知这些声音的来处，不知它们发自怎样一只小小的、美丽的虫子。唯一懂得的，是它们奏响着阳光下的欢娱，即使细若游丝。

　　这么多虫子，有些春生而秋死，有些朝生而暮死，它们生命里甚至没有年，没有月。它们只是因清秋而歌唱，因这初凉的时光而歌唱。山坡间这些披着阳光的花朵与树叶，似乎都是谛听的耳朵。恍惚间，耳朵似乎也长成了山间的那一片叶。站起来的时候，你就成了一株美丽的菩提。

一夜清欢

若不是江风与夜色的提醒，不是春光或秋声的诱惑，月亮岛或许只是埋伏在闲话的边缘，抑或消失于记忆之外。不过，那岛名倒是无端叫人想到一份浪漫。

月亮岛，全然不像湘江中心的橘子洲头。它像一曲浪漫的低吟，而不是青春的喷薄；它的神韵里只有淡淡的轻纱烟笼，却没有那惊天的浪遏飞舟。

倘若懂得世间孤独的美丽，或许你更会珍惜月亮岛上这一份天然的散淡，珍惜那一种没有咏叹的自然与自在。

今夜，我们相约在这没有月亮的月亮岛。

十多顶帐篷，支在这一片开阔的草地上，如同天幕上散落的神秘星座。黑色的苍茫弥漫四野，那一点点沉闷与寂寞的气息，亦如上古的洪荒。

一群抛却城居忙碌的野营者，一团洞开黑暗的光亮，一股传递暖意的烧烤气息，将这一处寻常的野地忽而就变成一个足以安抚浪迹的巢穴。

一杯塞上红酒，一听冰镇百威。就着亮光，举杯邀夜空，一小口一小口啜饮那难得的悠然。亮光处，有人以一把小刀剖着滚圆的西瓜，有人则一串一串烤着诱人的吃食。

夜语聆晚风，微笑多故人。

孩子们亦不太吵，小的早就躺在帐下游戏，大的则坐在小凳上，静静地看野营特备的露天电影。

扎营的草地并不太宽，偶然还飘来淡淡的牛粪气息。营地东则亘着一条南北高堤。堤外隐隐有黑黑的树影，默默地勾勒出高低错落。一步一探地爬上堤，只觉夜风习习。湘江宽阔的水域，在夜里汪洋一片，如同水墨的一抹淡淡亮色。

没有更声，寒露已重。这是白露过了的秋。我们以一束灯光开路，沿着这道人工堤坝，向夜色更深处走去。

在清夜的掩护下，我们说着家国江山的旧话，开着那些自娱的玩笑。不知我们的浅笑，是否惊扰了睡在身边的湘江。抑或在湘江的睡梦里，我们的这一夕絮语，不过是一群秋虫唧唧。

在冷湿的夜色里，安静地在帐篷里睡下。草地硬硬的，就这样隔着薄薄的防潮垫，感受到它的温暖与厚实。夜间迷糊地醒过几回，唯闻晚风在帐篷上啪啪啪地闷响着。空旷野地的晚风，将这睡袋里的暖竟烘托成一种温馨，很微妙的温馨，属于自己的温馨，正如汪洋长夜里一个小小的岛。

天亮了，风冷冷地吹。定睛看看四野，原来我们的帐外，远远近近，全是一种野生的植物，遍地皆苍耳。记忆里，这植物依稀存在于《诗经》的秋天。果实状如橄榄，其上有刺，嗅而有香，可入药。

黎明看到的月亮岛，全然不是记忆中的那一枚。

许是二十年前吧，我还在一中做教师的时候，曾领着一群中学生游于此地。记忆里，有满岛的绿草、高高的白桦，还有浑浊的水、突突突的机帆小船。十年后，亦曾游过一回。那是冬日，满岛枯草。我们踏草而歌，四周暖阳融融，沉静、愉悦，亦如歌里飞扬的爱。

今日的月亮岛，几乎被迅速扩张的城市挤压成一个巴掌。对岸均是高楼的觊觎，早有轰隆隆的铁路亦从岛之北面风驰。白桦不见，帆船不见，苇丛不见。只有草地上懒懒的马，只有矮树林里还有稀疏的鸟声。

这一夜是白露。不见蒹葭，不见伊人，幸而拥有月亮岛上的一夜清欢。

日出东山

东山书院，黑字，白底。黄自元的楷书牌匾，挂在这斗拱飞檐的正门之上。一抹淡黄的冬阳，斜照着两厢沉着的青灰，暖和着门前的老树、草色和这微凉的黄昏。

这里是湘乡城南东台山。此山南连华盖，下瞰涟水，有石若台。东山书院，就建在这灵山秀水之间。不知为何，东山二字，总伴随一种遥远的怀想。"我徂东山"的那位征人，永远走在《诗经》的蒙蒙细雨之中，就像南山永远立在陶氏的豆苗和菊香里。是啊，日出东山是一种瑰丽的意象，那里有天光的绚丽，大地的蓬勃，更有长夜过后温暖的期许。

于脚下这片土地而言，公元1895年才是时间的开始。

当甲午海战令天朝梦断之后，湘乡士绅许时遂、黄光达、陈膺福等经多年筹措，由知县严鸣琦上书当时的湖南巡抚陈宝箴，请求"仿湖北自强学堂成法"而创办书院，始称东山精舍。而后由这一方山水养育的一代湘军名将、曾督抚新疆的刘锦棠慷慨捐银，当地四方贤达亦踊跃解囊。东山书院于1895年奠基，1900年落成。正厅三进，东西各五斋，房舍六十余间。入其内，"主讲有堂，游憩有所，斋房庖夫，罔不备具"；观其外，"枕山而面野，环以大溪，缭以长垣"。

时光回溯至一百多年前，散落于田园深处的文化种子，唯乡间私塾。私塾里，只有线装的儒典、怕人的戒尺、老花的眼镜和之乎者也，以及那思想禁锢下的苍白青春。东山书院出现在这样的背景之下，其起点与境界就与众不同。它不是在四书五经的句子里沉吟自恋，而是以公诚勤俭为训，致力于"培养实用人才，以济当时之急"。书院课程不只是读经讲经，而是面向新学，分为"四斋"，即算学、格致、方言与商务，以"分科造士"。与山水、楼宇相比，这才

是这所乡间书院非同凡响之处。

环视当下只重应试的学校教育，东山书院不啻一座高耸的精神高地，让人警醒：120多年前，一所乡村书院就能如此理解历史与世界。它把教育置于历史与世界的纵横坐标中，怎能不令人生出特别的敬重？

1909年，东山书院破例招收了一名十六岁的湘潭学生。他就是毛润之。入校考试时，这个新来的学生，当堂以作文言志。他的旁征博引，赢得满座皆惊。当时主事的李元甫先生盛赞此生，赞其为"建国材"。他当年那一首《咏蛙》诗而今已刻在池畔的树荫之下。

东山之日，是领袖的光华，更是文明的普照。身居乡野田园，心如丹凤朝阳。一所学院的境界，又何尝不是一片精神云天？

诗人萧三的童年在这里，学者萧子升的起点在这里，毛泽覃、陈赓、谭政、易礼容，他们都从这里听见远方的呼唤……

一百余年的时光，就这样浮在远处。

我们回到这一个起点，回到这个故事的开端，在这些黑白如琴键的空间里，恍如寻梦。石门外投来半壁光影，天井里盛开的一树茶花，泮池中浮着的一叶残荷，屋角边斜欠的一株老树……它们像是一些见证，又像是一种时与空的呼应。

回望书院，历史临照着寂静的人间。无数眼睛、无数背影，以及无数书香与往事，恍如时间开花，辉映着漫天清丽的星光。

湘春明德

夜醉长沙酒，晓行湘水春。

公元 769 年，杜甫写下这首《发潭州》的时候，已是人生最后的春天。在湘江碧波之上，唯有一艘破船，载着诗人的老病和宿醉。

停不住的漂泊，望不见的故乡。樯帆啪啪作响，燕子低低呢喃，花岸悄悄后退，而明媚的春光终归化不开诗人的心痛。

一千多年之后，湘江边有一条路，曰湘春路。湘春二字，即由杜诗而来。从此，这条横贯东西的路，宛如写在长沙城北的一句春天诗行。

其时，二十世纪熹微初露。一个三十二岁的湘潭青年刚从日本渡海而归。他在湘江边上来回踱步，心中却揣着一枚理想的种子。

此刻，这个出身于书香门第的青年，刚从日本东京弘文学院速成师范科学成归来。

那是公元 1903 年。百年未有之大变局，装在这个叫胡子靖的青年人心里。

故国充满忧患，青春却涌动着血性。在日本，他"深感甲午、庚子两役创巨痛深，非造就建国人才不可"。

他认为，人才之造就，唯学校是赖。

当时，日本在福泽谕吉等思想家的启蒙之下，已直追欧美。科举将废而未废，学制变革将行而未行。而中西文化激烈碰撞，晚清之政局，正风雨飘摇，危机四伏。

一年前站在海边的胡子靖，而今站在湘江的风里。目光充满坚定，心头热血澎湃："非兴学无以图存，非毁家无以纾难。"

一百多年前的话语，落在湘江岸边，湘江听见了一个时代的大吕黄钟。

那是一个春天，胡子靖将创办学校之事商于表兄龙璋、龙绂瑞兄弟。得龙绂瑞之父、刑部侍郎龙湛霖给予的 2000 元资助。

捏着这笔钱，胡子靖勾勒着理想学堂的雏形。他将学堂取名为明德。

"大学之道，在明明德，在亲民，在止于至善。"这时候，明德两个字不再在典籍里，而在湘江之滨的大地上，在胡子靖的心里一笔一画地幻化成白墙与黑瓦、良师和课程……

其时，左宗棠祠堂距湘江不过百步。那一片黑色屋宇，正好租作校舍。胡子靖请人稍事修葺，于春和景明的嘉日，将"湖南私立明德学堂"的匾牌挂了上去，白底黑字。

"明德学堂"的匾牌挂在春风里，标志着湖湘近代教育的悄然开启。

近代长沙学校的版图，由此开笔。今天，已逾百年的名校修业、楚怡、长郡、雅礼、艺芳，它们的创建几乎都可追溯至明德的基因。

对湘江来说，明德不再是两个汉字，而是两枚饱满的种子。它从《大学》的经典里悄然落地潇湘，成为湖南第一所私立中学堂。

而立刚过的胡子靖，成了明德学堂的创始人兼首任校长。

胡子靖见识过日本教育，明德学堂里有他卓然独立的风骨和看见远方的格局。

在他心里，明德不只是一所简单的学校，它是一个教育的理想国。

作为湘省第一所私立中学，明德的教育理念、师资培养、课程设置，全是"开风气之先"的创举。

胡子靖深知，小学为中学的上游，故明德多年附设小学部。当时，师资奇缺，明德就自办师范教育，以小学部作为师范实习基地。

几千年来，科举制度下的经院教育，从来是重经史子集而轻声光化电，胡子靖深知此弊，他的明德课程指向实业、商科、法政、英文、日文，此所谓"立足中国精神，海纳世界文明"。

在明德早期教员中，周震鳞、陆鸿逵、王正廷、杨德邻、苏曼殊、张继、陈介、章士钊、谭延闿、吴芳吉等，这些人没有一个不是开明与进步的同行者、同道人。

就在明德创校的那年秋天，迎来了一位影响中国历史的伟人。他就是立志要以"革命"来终结"帝制"的中华民国缔造者之一黄兴。在日本的时候，胡子靖与黄兴就是好友。黄兴回国后，在武昌书院散发传单，从事"驱除鞑虏，恢复中华"的革命活动。不久，他来到长沙，受聘为明德中学教师。

是年 11 月，黄兴他们于明德附近的连升街保甲巷彭渊洵家中，以为黄兴庆贺三十岁为名，商议成立内地第一个反清革命组织"华兴会"。当天晚上，就在湘江边的一间小屋里，刚满而立的黄兴做了《革命发难之方法》演讲，其情动天地，声振屋瓦。早期的华兴会会员中，有四十名会员皆系明德师生。当时，革命党人以"华兴公司"为掩护筹划武装暴动，以明德为中心，向桃源、醴陵、萍乡、武汉等地辐射。明德学堂的化学实验室，甚至成了革命党制作炸药的地方。

胡子靖深深理解革命的"流血之举"，正如他深深信仰自己的"磨血人生"。

近代中国，还有哪一所学校，与辛亥革命有着如此深厚的渊源？还有哪一所学校，产生过如此强烈的启蒙与救亡的思想变奏？

湘江边的明德，成了两湖革命党人的活动中心。吴禄贞、宋教仁、陈天华等的青春步履，都曾在这条古老的湘江边铿然响起。革命的风暴悄然卷集，《革命军》《猛回头》《警世钟》等革命书刊悄然风行。

在思想风云奔涌的明德校园，无数青年被唤起、被鼓舞、被点亮。明德学子呐喊、演讲、呼号，站到了湖南省城学运风暴的最前头。

毛泽东由是感慨："时务虽倒，而明德方兴。"

大学之道，在明明德。推翻帝制，建立民国，这是不是以配天地的"大德"？然而，明德非为"革命"而生，它为"新民"而来。在龙璋、胡子靖先生心里，筚路蓝缕中，所谓"新民"的人格，可以凝结为四颗精神种子，曰坚、苦、真、诚。

每一个字都是人生的星斗，亦是人格的箴言。

坚者，"勿脆其志，勿隳其行""永坚贞而不更"；

苦者，苦其心志，"操守宜定""因苦而回甘"；

真者，"惟明德之学风，本真实以传薪"；

诚者，正心诚意，一贯而无二。

此四字，为明德校训，亦是明德精神的根基。

据谭延闿先生 1927 年所记，当年龙璋依明德学校校训，作"坚苦真诚"四箴，手书以贻学子，未毕而奄逝。后十年，胡子靖先生续书三纸足成之。

这是明德校训的阐释，更是百年明德的气韵与基因。

明德是出现于湘省的第一所私立中学。创校十余年后，民国教育总长范源濂嘉其办学，赠匾额一块，谓"成德达材"；上世纪三十年代，蒋中正视察明德，手书一匾，曰"止于至善"。1933 年，南京教育部评定全国 10 所中学，明德列其首。

"南有明德，北有南开"成为一时佳话。

抗战烽火间，明德迁徙至湘乡霞岭，弦歌不绝。一百多年来，明德中学人才辈出，陈翰笙、金岳霖、柳诒徵、向达、张孝骞、李薰、田奇（王隽）、肖纪美、蒋廷黻、张伯毅、唐稚松、廖山涛、俞大光、丁夏畦、艾国祥、刘经南、吴耀祖等 17 位为各种院士，任弼时、周谷城、章士钊、谭延闿、陈果夫等政界要人，欧阳予倩、吴祖光、苏曼殊等学术大师都曾在明德工作或求学。

一切因缘际会，追根溯源都让人们回到"以储才建国、复兴民族为己任"的胡子靖先生那里。

而今，先生成了一方墓冢，长眠于麓山翠微之中。山间皓月升起的时候，在一江之隔的明德校园里分明还能听到晚风轻拂的沙沙声响。

青云书院

青云书院，其实是一座图书馆。青云，乃山名。书院袭旧称。其址在醴陵一中。书院之占地，本系一片山坡，古木参天，鸟鸣嘤嘤。在这里，人为与天然，融为一体。楼宇和树木，彼此成全。

书院因山势而建，两侧，拾级而上。每一级台阶，都是很长很长的一块木板，两侧草木簇拥。那种木质的沉着，全然不似石阶的白与硬，更多一份亲近大地的温存。

一树葱茏，开在台阶正中间，撑出一伞深绿浅绿的光影。抬眼再看，几乎每一处造型，都在表达这栋新建筑对于老树木的谦让与礼敬。

大门左右，两三棵树的树干都穿过弯弯的白色横梁，然后伸向天空，散开一片浓郁的绿荫。其树冠，其枝叶，远远高过了书院的楼顶。仿佛是这些古树的天然分布，成就着楼宇的外观与造型；又仿佛是这楼宇的进退，成全着古树的自然之趣。前倾后退，左揖右让。一切顺乎天然。树与楼，如此完美地结合在一起。你甚至分不清到底是先有树，还是先有楼，抑或这楼与树原本就是那天造地设的同生缘？

与这幽然绿意相掩映的，是弯弯的深灰色墙基，是这深灰镶着的一方一方红砖的亮色。远看，这与古树浑然一体的建筑造型，分明又是那舒展开的书页。

青云书院，黑字白底，每一个字皆以醴陵瓷艺烧制，赫然如林间光源。书院之墙，系通透的玻璃。入乎其内，那参天古树的枝头华盖，将室内映得亦如"云在青天水在瓶"。每一面墙，都是天地的水彩与自然的油画。

看吧，这一树古槐，不知有多少年岁了。而今，它的干立在书院的天井里；而它的枝叶，它蓬勃的树冠，却超然于二楼建筑，兀自荫护着一片安适。从楼上俯视这古树，它的姿态依然保持着千百年前的样子。只是现在，它的四周，已紧挨着一架又一架林立的图书，氤氲着春天的书香。另一个天井的树，似乎是新植的品种，正秀美而安静地立在那里。

此刻，你从书院的玻璃墙下走过，抬眼之际，可能正好就遇见了一丛绿竹、一丛兰草，或一树开得正好的山茶。隔着薄薄的玻璃，你与花草的眼神正好相对。它们，也看见你内心的安宁与明媚。

即使一、二楼之间的室内阶梯，亦是宽宽的木板铺成。从一级一级的缝隙里，隐约着一条一条的树之绿、光之影。那感觉，与一窗一壁的青绿，配得刚刚好。我忽而对这个杰出的建筑生出莫名敬意。

与其说这是一处别样的图书馆建筑，不如说是一场文明与自然的对话。书与树，两个发音如此相近的音节，在这里，正如一个生命的前世与今生。

不是吗？当图书馆那些林立的书架，悄悄融入林立的古树之中，我们是不是能想到：两种"林立"其实互为隐喻？古树没有停止生长的春天，人类的思想又怎么能束之高阁或停滞不前？

想象着一个少年在此阅读的某个午后。槐花于风中细语的时候，他打开书，就像打开一页云天。一朵槐花，一抹清香，一缕阳光，不偏不倚，正好落在一句明亮的诗行上。就在那么一瞬，我相信，他的内心已植下了一颗光明的种子。

花开的时候，书开了。书开的时候，少年的心开了。还有怎样一种打开，会比这种天人相应、春秋轮回的开启更令人欢喜啊！

从青云书院走出的那一刻，看到那些大树，真有一种拥抱它们的冲动。因为树的历史里，从来就是人类文明的千百年演进。

在创世的伊甸园里，人类的善恶与智慧，不就是两棵树吗？释迦牟尼的开悟，不就在菩提树下吗？在牛顿晚年回忆里，当年万有引力的发现，不也是苹果树下的偶然灵感吗？

伐木，夷平，建楼，将一片土地上的记忆消灭殆尽。那是现代楼宇建筑的一种常态吧？

在青云书院，一棵树，就是这片土地的一种语言、一份记忆。我想，对于一棵树的尊重，其实就是对生命的追问与致敬。追问自然与人文的和谐，致敬成长和造化的神圣。

妙高峰下

一

见到那么多鳞次栉比的楼宇，独独这一栋中西合璧的建筑印在脑海。

一壁西式外墙，为参差绿树所掩映。拱形门窗，罗马立柱。沉静的灰，饰以纯白的线，自有一种典雅与庄重的气度。走进去，里面却分明又是典型的江南庭院风格。木质地板，天井采光，安静而充满生机。

这就是湖南第一师范老校区。这个依山临水的城南佳处，恍如一处文化地标。一百多年前，这里是湖南师范馆；约一千多年前，这里称城南书院。而今，有形的历史遗存已还原不了当年的模样。但门前的路，依然叫门院路；屋后的山，依然叫妙高峰。

此刻，湘江像一条飘带，轻轻系于它的襟前。水面上的微响，隐约飘散在风中。对岸的山色晴岚里，就是传说中的岳麓书院。

往事越千年。若从这边山头向西眺望，总能捕捉到朝晖夕阴里的那一叶小舟。那立在船头的衣袂飘飘的身影，正是朱熹和张栻。山水千年相依，文化一苇以渡。想想，那是何等温馨的历史细节啊。

今天，人们每谈及湖湘文化，心里多会想起岳麓书院的那个门楣，并没有多少人想起城南书院。其实，这座书院始建于公元1161年，从一开始，就与隔江相望的岳麓书院血脉相连。此中情缘，关系到一对父子。当时，城南书院是为官潭州的张浚的居所。张浚是何人呢？他正是执掌岳麓书院的张栻的父亲。因此，论讲学，张栻的起点在城南。二十九岁那年，张栻远赴衡山，拜碧泉书院的胡宏为师。几年后，三十四岁的他受刘珙之邀，于公元1166年出任岳麓书院的山长。张栻主持下的岳麓书院，推崇经世致用，一反功名利禄，强调传道济民，湖湘学派由此卓然而立。不久，张栻又特别邀请武夷山下的朱熹来此会讲，二人围绕《中庸》的理解，引经据典，三日未歇，而坛下更是听者如云。中国学术会讲，由此而开启。

岳麓书院盛极之时，城南书院也如"双子星座"一样闪耀河东。因为朱张的讲学地点，并非只在岳麓山下，他们会经常来城南。这一段历史，可由湘江边的朱张渡作证，此之谓：朱张牵连两岸，文化不分西东。

最早的城南书院，功用在于居家，它本质上是一个私家园林。这里，楼台亭榭，风光殊胜。丽泽堂、书楼、养蒙轩、月榭，处处檐牙高啄、雕梁画栋。可以想象，烟景朦胧的白日，秋月朗照的深夜，这一片土地上定然有鸟语虫吟的天籁吧？据史书记载，其时山顶有亭曰卷云亭。春夏之间，人们于此凭栏远眺，可见湘江之上烟波浩渺、舒卷如云。那是古奥经典里不曾有过的生动吧？

南宋亡后，覆巢之下，焉有完卵？城南书院，从此繁华散尽。至元代，此地响起了钟磬梵音。书院既圮，而代之以荒寂的寺庙。明代虽几经复建，终不逮往日之盛。直至清代嘉庆年间，城南书院方又启动大规模复建，并新增南轩夫子祠、文星阁等。公元1822年冬，于旧址重建的城南书院得以落成。从那以后，城南书院再度为湖湘学子仰慕追随。道光皇帝曾御书"丽泽风长"的匾额，对城南书院的办学予以嘉勉。

清代以降，无数年轻的湖湘子弟，纷纷从这里走向了世界，走向了远方，也走进了历史。

公元1831年，城南书院的山长为贺熙龄。这一年，其兄贺长龄向他推荐了一个年轻人。此人科举未第，却才识过人。他就是二十岁的左宗棠。来书院之前，左宗棠深得长龄先生赏识，并得以自由出入于他的书斋。而今来到这里，他又与罗泽南、胡林翼等人结下了深情厚谊。这都是历史性的遇见。这些人日后全都为湘军的创建与发展做出过重大的历史贡献。特别是胆识才气俱备的左宗棠，由福州造船到兰州办厂，晚年又抬棺上阵，收复新疆失地，可谓建立了彪炳史册的功勋。

时间过去一个多甲子。公元1893年，城南书院再度迎来一个改变中国的年轻人。他叫黄兴。在城南书院求学三年之后，黄兴考取秀才，而后保送至武昌的两湖书院，进而保送至日本留学。然而，他心中有着极远大的志向，那就是："驱除鞑虏，恢复中华"，终结帝制，建立民国。他一生笃实而无我，成为亚洲第一个共和国的"立制者"。黄兴英年早逝后，章太炎挽曰："无公则无民国，有史必有斯人。"

与黄兴一样的民主革命者还不乏血性的湖湘子弟。1903年，新化青年陈天华来此求学时二十九岁，旋又东渡日本，考入弘文学院师范科，并与流亡青年宋教仁一起创办《二十世纪之支那》，并以传世之作《猛回头》《警世钟》等唤醒国人麻木的灵魂。那年冬天，陈天华回到国内，和黄兴、刘揆一等在长沙明德中学以为黄兴三十岁做寿为名，他们这群年轻人发起成立了内地反清组织——华兴会，并策动武装反清。起义失败后，陈天华流亡日本，一年后壮烈地蹈海殉国，年仅三十一岁。城南书院能传道济民、作育人才，与书院面向世界的格局和眼光大有关系。

那是公元1870年。当时罢官回湘的郭嵩焘，受聘于此。郭嵩焘，可以说是最具世界眼光和文明视野的近代中国人。执教于城南书院那些年，郭嵩焘大力倡导实学，广开西学馆，推崇会讲，并改革考试制度，强调学生自学……念念不忘，必有回响。城南书院的维新气质，最终在它的学生身上得以体现。

多年后，担任晚清管学大臣的张百熙，正是郭嵩焘的弟子。他一直倾心于新学。应当说，中国教育史不能忘记这个人物。没有张百熙的动议和起草，就没有1904年《奏定学堂章程》的颁行，中国学校教育的现代体系也不会在那个时间节点问世。

在传统学院向现代学堂转变的历史进程中，城南书院特别彰显出一种开放而进取的湖湘精神特质。其时，湖南巡抚陈宝箴是个维新派，他在长沙积极创办时务学堂，聘请梁启超担任总教席，此举令湖南学风为之一新。公元1898年，城南学子宋璞向巡抚递交《请酌改城南书院课程禀》，要求增设内政、外交、理财、经武、格致、考工等六门命题。陈宝箴赞其"巨识宏达""不拘寻常"。从此城南书院开始分斋教学，在传统的经学之外，又以算学、译学等课程打开视界。

"人只此人，不入圣，便作狂，中间难站脚；学须就学，昨既过，今又待，何日始回头。"是的，学以成人。完整而独立之"人"，就是那个不断丰富自我、打开世界、创造时代的人。因为人才的涌现，即令今天的城南书院只是一处遗址，那泥土里依然有一种兰芷的芬芳。

二

1903年，湖南巡抚俞廉三上奏朝廷，于城南书院旧址创建湖南师范馆，开设伦理教育、历史、地理、算学、博学、物理、化学、英文等学科。此后，湖南师范馆校名屡易，先后更名为湖南全省师范学堂、湖南中路师范学堂等。民国伊始，湖南省立一师、四师合并为湖南第一师范。

与城南书院一脉相承的湖南一师，一百多年来，始终表现出一种敢立潮头的湖湘气度。这里有太多目光笃定、志存高远的先生。

1913年，籍贯长沙县板仓的杨昌济先生自英伦学成回来，在第一师范教授伦理学与教育学。他是真正见过大海，也见过世界的先生。杨先生思想特别开放，见识也极为明达，他的人生理想就是"欲栽大木柱长天"。先生的文章经常见诸《新青年》。在他举荐之下，还是一师学生的毛泽东，就以一篇《体育之研究》赫然亮相于这本红极一时的青年杂志。

和杨先生同年受聘于一师的，还有长沙师范的徐特立校长，他所任教的是教育学和教学法。次年，徐特立发表《国文教授之研究》的文章，他主张将国文教授的目标分为形式与实质两个方面，将教学内容分为言语和文字文章，即与今之所谓听说读写大抵相当。徐先生的远见卓识，足以洞穿语文教育的百年长河。

还有差不多同时的、籍贯湘潭的黎锦熙先生在这里做历史教员，1915年即被教育部聘为教科书特约编审，后来又在京城发起成立国语研究会，为国语注音、国语统一推波助澜，厥功至伟。

大学之大，在于大师，而非大楼。换句话说，什么样的学校就会吸引什么样的教师、成就什么样的教师。五四时期，新旧思想冲突激荡。当时，浙江省立一师因白话文改革而万众瞩目。以陈望道、刘大白、李次九、夏丏尊为代表的改革派被称为"四大金刚"，他们所从事的白话文教学改革可谓如火如荼。但这种改革很快就触怒了保守势力。不久，夏丏尊等人愤而辞职。1920年，夏丏尊、匡互生、舒新城、沈仲九、陈启天、孙俍工等一大批人，纷纷从杭州出发来到长沙，加入湖南第一师范。他们这些人，后来都成了中国现代历史或国文教育研究的重要学者。这些改革者愿意千里迢迢来到长沙，湖南第一师范的影响和魅力是不是可以窥见？这些先生的到来，对于湖湘学子来说，无疑是一个福音。夏丏尊先生后来与刘薰宇先生合作出版的风行天下的《文章作法》，其实正是他当年在第一师范给学生上课的讲稿。

好的学校，好的教师，好的学生，三者完全是一种彼此召唤、相互成全的关系。回首历史，我们不能不说，民国时候的湖南一师有过一段流光溢彩的岁月。

湘潭的毛润之，宁乡的何叔衡，双峰的蔡和森、汨罗的任弼时，茶陵的谭云山，每一个名字背后都是他们与一师相遇之后的精彩传奇。从当年一师学生的身上，人们真正看到了梁启超笔下那个如日初升的"少年中国"。

在毛泽东当年就读的"普通八班"教室的墙上有一张师生的毕业合影。前排是先生，长袍飘飘，气宇轩昂。一排一排学生，无不意气风发，目光如炬。我以为，照片里的气象，全然就是那个时代的精神。以毛润之为代表的那一代学生，他们谋划诸多大事件，放到今天，哪一位都显得不可思议。

驱赶军阀张敬尧的，是他们；赶走张干校长的，是他们；带一把雨伞，身无分文地跑到宁乡安化进行社会调查的，是他们；创办夜校，走上街头教工人识字写字的，是他们；与杨昌济等开明教授深夜长谈的，是他们；因痴迷梁任公之报章体而惹得古文功底奇深的袁吉六先生吹胡子瞪眼的，也是他们……

不得不再次提及毛泽东以"二十八画生"为笔名，发表于《新青年》的那篇关于体育的文章，那也是对第一师范"全人教育"的一种映现。青年毛泽东的文章，从世界各民族素养的比较出发，发出了"文明其精神，野蛮其体魄"的呐喊。在他心里，体育与生命教育的知、情、意密不可分，它本身就是生命的构成。他是这么想，这么说，也是这么做的。多年后，人们回忆，即令在寒冷的冬日，校园的老井旁，都看得到他坚持冷水浴的健硕身影。

读第一师范校史，我有一个强烈的感觉：这一百多年来，这所学校仿佛有一股青春的火，它始终在地层里奔涌，创造出中国教育史上的奇观。据统计，在一师从教或求学的人物，先后有46人被收入《辞海》。那是一个个闪光的名字，也是一个个生命的传奇。方维夏、谢觉哉、李达、郭亮、陶斯咏、王先谦、杨树达、田汉、肖三、周士钊、周谷城……我极为敬重的学者李泽厚，也是1945年从宁乡四中毕业考入学费全免的第一师范就读的，六年后再考入北京大学哲学系。

上世纪八十年代，他的《美的历程》一时洛阳纸贵，在中国学界产生的影响至今犹存。

三

一所学校有一所学校的格局，一所学校也有一所学校的使命。

新中国成立后，湖南第一师范的校名由新中国的缔造者毛泽东题写：第一师范。不知是有意，还是无意，领袖当初的题款并未写湖南二字。是不是在他心中，作为师范，这里才是风华第一？

新中国七十多年来，湖南第一师范以其对小学教师培养的卓越贡献而深深嵌入了中国教育的版图。在湖南，抑或在中国，数以百万计的中小学教师像星火一样散落到广袤的农村与城市。他们都成为无数青少年生命中最美的那个点灯人。他们是穿越了历史与未来的光啊。

一息城南文脉，赓续千年书香；一条师范长河，穿越百年苍黄。每念及此，我便对这个庭院充满了深深的敬意。

好多回，我独自在第一师范那中式庭院的连廊转角间缓缓行走，斑驳的木质地板发出笃笃的回声，一步，一步，一步。"要做人民的先生，先做人民的学生。""实事求是，而不自以为是。"镶在墙上的这些句子，仿佛在地板的回声里悄然幻化为历史的同期声，幻化为奔走于中国与世界的背影……我的心中莫名就浮起一幅一百多年前的长沙教育版图。回到初心，有哪一所学校不怀抱着教育救国的宏大理想？

就在湖南一师创建的那一年，也在湘江岸边的湘春路，从日本弘文学院速成班毕业的胡子靖先生匆匆回国，创办了湖南第一所私立中学堂。他曾对自己在日本的同学黄兴说：公为革命，是流血之人；我为教育，亦磨血之人。一年后，长沙知府颜钟骥创建长沙府中学堂，此为长郡中学前身。再过一年，朱剑凡老先生毁家兴学，创立周氏家塾，后改为专招女学的周南中学。同年，湖南师大附中之前身——唯一学堂创立；1906年，美国耶鲁大学民间团体雅礼协会于长沙创办雅礼中学；1912年，长沙一中创立，乃湖南最早之公立中学堂。

百年之后回眸那些岁月，我们才豁然开朗。文化让一片土地厚重，而教育让一片土地永生。这就像夸父抛出的那一根手杖，转眼就化作了漫山遍岭的桃林。

一对石狮

没有时光可以不老，除非记忆。

你是否想过，当二百八十多年的时光凝结到一起，那可能长成什么样子呢？你当下生命的一切，都见证不了那么远、那么远。

今天，现在，此刻。我看到的是一对石狮子。雄雌各一，栩栩如生，它们立在长沙铜铺街小学的教学楼前。

只在那一瞬，心中便肃然起敬。不为别的，就为这石狮子竟是那么久远的时光见证，风雨的见证，历史的见证。时光在这样的石头的记忆里斑驳，却又在现世的阳光里依然年轻，不曾老去。

想想啊，石狮诞生是在一个什么样的年份呢？那是1731年。彼时的中国，还是东方的一个封建帝国，当朝者叫雍正。他的宏图大业里只有河山与疆域，只有皇权至上与子民归顺。他不可能晓得，在他治下的第九年，在遥远的南方，一个叫长沙的地方，在修建一处"万寿宫"，不曾留下姓名的南国的民间艺人，雕了两个石狮子置于门前。别说皇帝老儿不可能理会这样的小事，这样的事不太可能写入文字，也无法进入记忆。

然而，这石头本身，就是记忆。因为这狮子，一出生便赋予了生命的神性。石头本是寻常石，只缘刻着狮子，刻着人世的美丽，生命的寄寓。这里流动着美的心性，民间艺人的灵魂，契合融入生命的艺术精灵与美的神韵。

狮之美，在于勇。石之美，近乎仁。你看，那雄狮何其威猛，元气沛然，如声啸万壑；当此际，头微昂，若从山谷中回视。其右足，蹬一圆珠，取中国文化圆融之寓意。而雌狮呢，于威风里见母性的深情，其舌头外吐，于柔和中见妩媚，其左足抱一小狮，顿时使人传递入心的是温情与爱意。

雄雌对视，亦如恩爱天伦。这是石狮一对，又何尝不是人间的恩爱一双？阴阳里见生命，威厉中见温情，这样的艺术造型里其实正是艺人对于人间情怀与故事的一种提炼，是基于美与人性的艺术赋形。令人惊叹的是，它并不是手中的小玩意儿造型，而是大格局创作。两座石狮，纵 1.08 米，横 0.72 米，高达 1.8 米。

早就无从还原历史的现场。两个石狮何以雕刻得如此精细？比如狮口衔的绥带，比如底座上的纹饰。

石狮诞生的时代名之曰雍正。可是，今天谁还记得那一言九鼎的雍正？还记得那些离乱悲欢？

时光静穆，只有石狮子留下了当初的心跳与体温。石头里的时光，从来就不曾老去。

浯溪那些碑

祁阳，浯溪。我的心，在那些勒进远古的文字笔画间，起伏浮沉，如山间水滨之暮鼓，抑或晨钟。

浯溪之碑林，堪为中国江南的人文盛景。其石刻，始于安史之乱后。我遇见这些石刻的时候，已是公元 2012 年暮春。一千多年的时光飘浮若岚雾沉沉，而山崖上刻着的那些文字依然生动，亦如眉目传情。

我们的脚步在最大的一方石刻前停下。

这是浯溪五百方石刻中最名动天下的一方，曰《大唐中兴颂》。诗人元结撰其文，书法宗师颜真卿书其字，承载元文颜字者，乃江畔这壁平如削、质细如砥的赭色崖石。

文绝、字绝、石绝，是为三绝，后人誉作三绝碑。

此刻，我就站在三绝碑下，站在这夕照残碑的千年苍凉里。

浩荡的江风，吹开暮色的凝重，心头荡开一片水域的辽阔。就在这粼粼辽阔里，无端生出一份安静，有若天籁水吟。来自江心的一波波细浪，唰唰唰地舔舐着远远近近的岩岸。

抬头就是这一方《大唐中兴颂》，就是元结与颜真卿的气度、胸襟与情怀，就是一个充沛时代的精神遗痕。

如果说江风吹开生命的壮阔与空灵，那么，这些未曾湮灭的古老文字，却令我生出无限感喟和敬重。

倘若浯溪，当年没有这些石上文字，这里不过是绿意参差背景下的江崖一壁。石并不见奇，江亦不见美，有什么可供游者怀想，或供诗人凭吊的呢？

幸而有了这些文字。因为石岩上勒下的这篇《大唐中兴颂》，此一处山崖从此不同于世间任何一份险峻。它拥有了生命，拥有了记忆，拥有了温暖的文化、美丽的气息。

这一片山石，从此有了自己的前世今生。

"天宝十四年，安禄山陷洛阳，明年，陷长安，天子幸蜀，太子即位于灵武。明年，皇帝移军凤翔，其年，复两京，上皇还京师。于戏！前代帝王有盛德大业者，必见于歌颂。若今歌颂大业，刻之金石，非老于文学，其谁宜为？"

此为颂之前言。不足一百字，记录的是安史之乱的始末。

在这里，造反与平定，奸佞与忠诚，谴责与称颂，至简至朴的文字里隐现着一个王朝历史的背影。

"噫嘻前朝！孽臣奸骄，为昏为妖。边将骋兵，毒乱国经，群生失宁。大驾南巡，百僚窜身，奉贼称臣……"

元结作此颂，乃上元二年，即公元761年秋八月。他借此种效仿先秦、以三句为一韵的颂文，以石铭史，文辞里充盈着以史为鉴，以昭来者的历史担当。古雅凝重之中，更有那萦绕于心的黍离之悲和那忠君报国的儒家道统。近知天命的元结，痛定思痛，以中兴为志，期盛世伟业千秋。

元结，由进士而得官之时，正值安禄山起兵之次年。在浸淫着儒家文化的元结心中，安、史此等乱臣贼子的反叛，乃大逆不道，祸国殃民。元结为官数年之中，两任道州刺史。身居湘南之僻野，心忧朝廷之兴衰，恒念黎民之冷暖。为官为文如一，意气淋漓，风骨铮铮。

元结一生"雅好山水，闻有胜绝，未尝不枉路登览而铭赞之"。为官道州之时，他五过浯溪，甚爱此处奇山异水。逢《大唐中兴颂》成文十年之后，即公元771年，元结邀其当朝挚友颜真卿为其书。此时真卿行迈迟迟，两鬓华发，年逾花甲。

元、颜二人，这两位穿着当朝官服的文化人，在家国情怀与君臣大伦上，心相投，意相通，在对待安史之乱的态度上，他们均非书生的义愤填膺，而是亲赴军营，平乱立功。《大唐中兴颂》成为这一切的恒久见证。

颜真卿作为一代宗师，堪称艺术中国的一块里程碑，他的艺术造诣如此高超，以至历史记取的只是他的字，而淡忘了他同样令中国人肃然起敬的那种人格与风范。

那是公元七世纪的五十年代，当安禄山叛乱的惊天消息快马飞报至大都长安，正沉醉于杨贵妃爱河的玄宗眼神震惊而凄迷。他问左右：难道河北郡内竟无一忠臣？谁都想不到，在朝廷大难当头之际，第一个站出来的竟不是骑着高头大马的将军，而正是这个名满天下的书法家。

颜真卿其时正在山东德州，其兄杲卿乃镇河北正定。真卿振臂一呼，民间义军旋集万余，转眼而至二十余万。旗旆烈烈下，这位书法大师立马横刀，威风凛凛，成为义军之魂。为与其兄呼应配合，侄儿季明于冀鲁之间充当信使。颜军所向勇猛，而代价却极其惨重。在征讨战争中，叛军将颜家大小数十人杀害，其中包括其兄和侄儿。无法想象，当时颜真卿的内心有着怎样的撕心裂肺的伤与痛！

如今，那一切，都留在他的传世书法作品《祭侄文稿》里，留在那些痛苦、倔强与浩然的线条中。

识其人，赏其字。仰望《大唐中兴颂》，其高丈许、宽丈许，已被一壁玻璃保护。透过玻璃，隐隐看到诸多笔画已被江风江雨驳蚀。

然而，此刻，在我眼里，这原来就不只是文字，而是一个盛世王朝的精神窗口，一种生命元气的淋漓表达。

颜真卿之前的中国书法，举世尊二王，羲之、献之书艺中的那份秀美与灵动，亦如行云舒卷，流水宛转，浑然天成。那是艺术自由的天性与灵感，是天人相融的妙境。

字至颜真卿，云间的那份如仙的飘逸转而成为大地的法度。方正、笃定、强旺、进取的审美精神与思想姿势，在一笔一画中融会贯通，成为那个精神饱满而开拓进取的时代象征。不再只是灵光飞舞，它更富人间情怀。

这一切，全在《大唐中兴颂》的那些文字里。那些字，笔画粗壮而不臃肿，结构方正而不板滞，外密而内疏，横轻而直重，那里有的是刚强、阔大、浑融，是畅达的生命，是厚实的蕴藉。有气度，而不露筋骨；有自信，而不见张狂。这就是颜真卿、元结的《大唐中兴颂》，不，他们那个时代的大唐中兴梦。那时的中国，是世界的中心。文化兼容、开拓进取，文字里充盈的是强烈的文化自信。一个消逝于一千多年前的王朝，因为这一壁书法，因为这一篇文字，留下了它的精神。于有限中寻求永恒，人们想到了石头和比石头更久远的文学。

凤兮凰兮

一

车子抵达凤凰的时候，正是午后三点。

绕过几爿小店，便到了江边。这就是传说中的沱江，它遗落于山间，像一段天真未染的岁月，发出清亮而柔和的声响。

或新或旧的吊脚楼倚江而建，那些黑瓦白墙及颤动在水里的倒影，配上远处山间浅蓝的烟霭，整个小城宛如一幅巨大的水墨画。

沱江南北，各有一座跨江的石桥。但对游人来说，更有情调的则是江中一线窄窄木桥，或是那散布于浅水里的石墩，高高低低、歪歪斜斜。不断有美丽的女子从石墩上涉江而过，江风吹乱她们的裙裾，江面上便不时回荡着年轻人的嬉笑与尖叫。

我们住在一家名叫秀秀的客栈里，它紧邻沱江而建。推开客栈阳台上的窗子，迎面如一汪巨大的绿玉，仿佛是探手可得的深山宝物。

站在窗前凝望午后的流云，只觉得每扇阁楼的窗子，都像是宋词里的一阕小令。

二

沿着沱江边石砌的城墙，我们向城中的沈从文故居走去。

街道全都是麻石的，踩在上面自有清脆的笃笃声响。或许，这是凤凰沉睡的历史。青石上的遥远记忆，会在某个清辉朗照的月夜里醒来吧。

凤凰处黔北、川东、湘西三省交界处，群山环绕，苗汉杂居，最初只是一个三五千人口的边地小城。《从文自传·我所生长的地方》中说，凤凰初名叫镇筸，又名凤凰厅，民国以后改为凤凰县县治。驻于此地的军队，即以骁勇而闻名的筸军。历史上，湘西镇守使与辰沅道都曾驻守于此。

凤凰最先是一座用粗糙而坚实巨大的石头砌成的圆城，后渐渐向四方展开，围绕这座孤城，还建了约四千到五千的碉堡，五百以上的营汛。石头碉堡建在蜿蜒的山岭之上，而营汛建在驿道旁，一切都是出于军事的布置。当时，地方居民只有五六千，而驻防兵士就有七千。

多年后，我们所见到的凤凰，除了山上偶尔留存的碉堡遗址，除了老城墙上那一线烽火垛口，所有关于军政与边防的历史记忆，似乎都已埋入了废墟，除了从文先生的发着光亮的文字。

"两世纪来满清的暴政，以及因这暴政而引起的反抗，血染赤了每一条官路同每一个碉堡。到如今，一切完事了，碉堡多数业已毁掉了，营汛多数成为民房了，人民已大半同化。落日黄昏时节，站到那个巍然独在万山环绕的孤城高处，眺望那些远近残毁的碉堡，还可依稀想见当时角鼓火炬传警告急的光景。"

今日之凤凰弥漫着一种文艺情调，然而当初这座城却充盈着尚武的精神。以文学而名世的从文先生，他的生命基因和文学本事，都离不开士兵这一身份。他曾在自己的履历上写下：1917 至 1923，当兵。

他说："在我生长的那个地方，当兵不是耻辱。本地的光荣原本是从过去无数男子的勇敢搏斗来的。谁都希望当兵，因为这是年轻人的一条出路，也正是年轻人唯一的出路。"

确实如此，沈从文的祖辈、父辈都有从军的荣耀。他自己也曾在当地部队当兵，在沅水流域"游荡"过五年，读到了一本"文学与水"的人生"大书"。

从文先生的文字里有一种挽歌或牧歌似的凄艳的美丽，然而，那样的美从来没有病态与苍白，而是洋溢着健康与活力。

在《萧乾小说集题记》中，他这样写道："我崇拜朝气，欢喜自由，赞美胆量大的，精力强的……这种人也许野一点，粗一点，但一切伟大事业伟大作品就只这类人有份。他不能避免失败，他失败了能再干。他容易跌倒，但在跌倒以后仍然即刻可以爬起。"

从军，不仅是地方的风习，更是沈先生祖辈和父辈的荣耀。

　　沈从文的祖父沈宏富，曾随曾国藩的湘军转战各地，是当年篡军的青年将领，官至贵州提督。可惜，他未留子息即因伤病而逝。为延续一脉香火，祖母在乡下为从文的叔祖父沈宏芳娶了一个年轻的苗族姑娘，等其生下两个儿子后，即将其中的老二过继给宏富做儿子，此即从文先生的父亲。这样一来，从文先生的生命里便有着苗族血统。可是，在当时，苗族血统意味着一种与生俱来的悲剧性。在当地，苗民是被歧视的贱民，他们所生的子女都不能科举。后来，沈先生的嫡亲苗族祖母不得不远改嫁他乡，家里悄悄为她立了一个假坟。

　　与祖父一样，沈先生的父亲也是年轻时即入伍。1912 年，他父亲出走北京，因谋刺袁世凯未遂而亡命关外。

　　沈家无疑是当地的望族，从文的母亲姓黄，出身于书香门第，外公即是黄永玉的曾祖父。这给了沈先生明慧的遗传资质。六岁那年，先生被送进当地私塾，表现出天赋异禀。可是，过于呆板的教学严重地束缚了他的少年天性。他开始不断地逃课，成了大人眼里的顽皮儿童。在他眼里，伞铺、鞋店、染坊、油坊、肉案、纸扎店，远比书本来得有趣有味，而杀牛、打铁、破篾、烧瓷，更是引发他的好奇心，爬树、钓鱼、斗鸡、游水、翻跟斗，甚至掷骰子、骂野话和打架，成就了一个书本之外的"自然儿童"。多年以后，从文先生说，那是他所读到的一部"大书"，即使在家挨打和罚跪时，他的"想象恰如生了一对翅膀"，他"想到河中的鳜鱼被钓起离水以后拨剌的情形，想到天上飞满风筝的情形，想到空山歌呼的黄鹂，想到树木上累累的果实"。

　　然而，先生的童年里，并不只有这些活色生香的市井和妙趣无限的自然。他的记忆里，有着独属于边城少年的生命惊惧。那些充满血污的砍头场景，烙在他的童年里。

　　《从文自传·辛亥革命的一课》说："于是我就在道尹衙门口平地上看到了一大堆肮脏血污人头。还有衙门口鹿角上、辕门上，也无处不是人头。从城边取回的几架云梯，全用新竹子作成，云梯木棍上也悬挂了许多人头。"

　　多年后，谈起革命，他这样写道："但革命印象在我记忆中不能忘记的，却只是关于杀戮那几千无辜农民的几幅颜色鲜艳的图画。"

　　在凤凰郊外，先生亲眼看到过大批乡下苗民被捉来杀头。他一辈子都记得

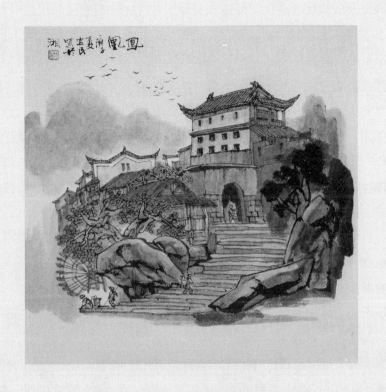

苗民临死前那种惊恐而绝望的眼神。

因为父亲亡命关外，1917年沈母被迫卖掉凤凰的老屋，移居芷江。就在这一年秋天，从文先生以补充兵的身份，离开凤凰，随土著部队去到辰州。

那一年，他十五岁。他后来回忆说："那时正是中国最黑暗的军阀当权的时代，我同士兵、农民、小手工业者以及形形色色的社会底层人们生活在一起，亲身体会了他们悲惨的生活，亲眼看到军队砍下无辜苗民和农民的人头无数，过了五年不易设想的痛苦怕人生活，认识了中国一小角隅的好坏人事。"

在芷江，沈先生所在的部队负责"清乡剿匪"。所谓"清乡"和"剿匪"，其实就是杀人。一年多时间，他们部队所杀的乡下人就达两千。不久，这支部队开入四川，转战鄂西，最后惨遭覆灭。沈从文当时年龄尚小，幸免于难，得以于1919年回到凤凰。同年底，去到芷江。1921年，在舅父黄巨川和姨父熊捷三帮助下，暂谋得一份公差。是年夏，从文先生即在芷江县的熊公馆住了一年半左右。熊公者，即曾任中华民国总理的熊希龄，亦凤凰人。此时，熊公远在北京，但他家里却有两个大书箱，都是熊公从北京带回的一些新潮小说，如《冰雪因缘》《滑稽外史》等外国小说和《史记》《汉书》等古典名著。这个十九岁的湘西青年，正是借着这些新书打开了通向远方的门。

一场不成功的恋爱让沈先生无法继续待在芷江。他去到常德，与表哥黄玉书待了一些时日。然后，溯水而上，来到保靖。因替朋友抄写公文而被一名部队的高级参谋发现并赏识。1921年10月，沈先生到部队担任司书，不久后遇到陈渠珍，在他手下做一名书记员。陈渠珍极有远见，文治武功俱备，享有"湘西王"美誉。其时，他正在全力推进"乡间自治"，于保靖办有新式学校、林场、工厂，特别还设立了一个报馆，年轻的沈从文被调到报馆担任临时校对。

正是在报馆的那段时间，沈从文读到了《新潮》《改造》和《创造周报》等五四新刊物。特别是在保靖的那段日子，沈先生经常去造访一位赋闲在家的姨父聂德仁。从姨父那里，从文先生读到了大量的林译小说，文学视野再度打开，对自身的处境日益不满，对外面的世界生出莫名的期待。后来，他在《我怎么写起小说来》中说："眼前环境只能使我近于窒息，不是疯便是毁，不会有更合理的安排。我得想办法自救。"

从文先生将自己想到北京读书的想法告诉了陈渠珍。陈渠珍极其开明，他说："你到那儿去看看能进什么学校，一年两年可以毕业，这里给你寄钱来。情形不合，你想回来，这里仍然有你吃饭的地方。"就这样，从文先生从部队预支了三个月的薪水，只身去了北京。

那是 1923 年夏天，他二十一岁。

三

去北京之前，从文先生只曾在私塾、凤凰县立第二初级小学与文昌阁小学就读。当时，教他国文的是田名瑜先生，田先生的老师田星六毕业于常德西路师范学堂，与宋教仁、林伯渠同学，也是一个开明而有远见的文化人。

沈先生向往新思想和新文学，但毕竟只有高小学历。他报考燕京大学国文班，未被录取。幸好当时的北京大学由蔡元培先生执掌，允许不注册的旁听生和正式生一起听课。于是，从 1923 年冬天开始，沈先生在北大旁听本科课程。

那是一段精神格外充实，而生活异常窘迫的日子。沈先生离开湘西之后，陈渠珍自身陷入一场巨大危机，终于无法给他进一步的资助。独处于北国的风寒之中，沈先生给当时在北京大学教统计学的作家郁达夫先生写信。当郁先生来到湖南会馆时，才发现沈先生没有棉衣，也没有火炉，他正裹着一床被子坐在桌边写作。郁先生请他吃了一顿饭，还送了他围巾。那是 1924 年。不过，也就在这年年底，沈先生的文字渐渐见诸《晨报副刊》《现代评论》和《小说月报》。经由郁达夫，他又结识了长他两岁的徐志摩，并且还结识了当时的《京报》编辑胡也频。到 1928 年，沈先生离开北京而南下上海时，他已出版了两本作品集。

由北京来到上海，先生和胡也频、丁玲一起创办了刊物《红黑》与《人间》。因为资金缺乏，杂志办了几期便难以为继。于是，沈先生又在胡适的引荐下，赴中国公学担任教师。

对先生而言，这是他生命里至为重要的一站，因为在中国公学的校园，他遇到了此生的最爱。他喜欢上了女学生张兆和，并展开了猛烈的爱情攻势。

1931 年秋，沈从文怀着痛苦的心情来到青岛。此时，胡也频因加入左联从事革命文学而被杀于上海龙华。沈先生当时极力营救，终未成功。在青岛，先生心情寂寥，幸好海边的云朵抚慰了他的内心。1932 年夏，张兆和从中国公学毕业。1933 年 9 月，有情人终成眷属。以"乡下人"自称的沈先生，终于如愿喝上了"一杯甜酒"。

那一年，先生离开军营正好十年。应当说，由湘西到北京，由上海到青岛，他凭着自己的才情与努力，以文学的方式，重新找到了一种生活，打开了一个世界，也塑造了一个自我。

洋溢着新婚喜悦的从文先生，其创作与事业同时步入了一个黄金时代。他成了《大公报·文艺副刊》的编辑。当时，《大公报》是北方作家群的文学重镇，它与上海的左翼作家群、南京的国民党作家群之间形成一种"鼎足之势"。此时的从文先生，已然成为上世纪三十年代文坛上的"闪闪星斗"。

新婚后不久，先生由沅水坐船上行，回过凤凰。那一年，距离他十五岁离家当兵已是整整十八年。他看到，船行辰河之上，两岸风物已全然不是记忆中的样子。这触发了他的创作灵感，一口气写下了小说《边城》和游记《湘行散记》。

《边城》是一个田园牧歌式的边地爱情故事，纯情、温暖而唯美。小说隐含着作家对一种古典传统消逝的长长叹惋，表达出一种"民族品德消失与重建"的文学努力。那个黝黑而健壮、美丽与纯洁的"翠翠"，在很大程度上映着妻子张兆和的影子。

就在《边城》问世的同一年，《从文自传》亦得以出版，成为"一九三四年最受读者喜爱的作品"。

沈先生为人们打开了一个浪漫、神秘、忧伤的"文学湘西"。在他笔下，农民和士兵构成了两个独特的审美世界。就在先生的文学声誉日隆之际，中华民族卷入了抗日的烽烟之中。在救亡危局下，先生离开北平，转辗回到湖南阮陵。在一方安静的山水里，创作了长篇小说《长河》和散文长卷《湘西》。1938 年春天，他从湘西出发，南下昆明，赴西南联大执教。不久，张兆和带着儿子从香港转道来滇，一家人才得以在西南团聚。

四

"有情的历史"，这是沈先生极为深刻而独到的历史观。

早在 1934 年 1 月，他在给张兆和的信中写道："一本历史书除告我们些另一时代最笨的人相斫相杀以外有些什么？但真的历史却是一条河。从那日夜长流千古不变的水里，石头和沙子，腐了的草木，破烂的船板，使我触着平时我们所疏忽了若干年代若干人类的哀乐。"在这里，"人类的哀乐"正是人们所忽略的历史"有情"处。

到了新中国成立之后的 1952 年 1 月，沈先生从四川寄给夫人的家信中再次重申了这种有情的历史观。

他说："中国历史一部分，属于情绪一部分的发展史，如从历史人物作深入分析，我们会明白，它的成长大多就是和寂寞分不开的。东方思想的唯心倾向和有情也分割不开。这种'有情'和'事功'有时合而为一，居多却相对存在，形成一种矛盾的对峙。对人生'有情'，就常和在社会中'事务'相斥，易顾此失彼。管晏为事功，屈贾则为有情。因之，有情也常是'无能'。"

确实，传统史学以"事功"为第一标准，而先生和司马迁一样，主张要将个人的生命情感融入历史的宏大书写之中。

"有情"是先生的历史观，亦是他的生命观，他的文学观。

因为有情，一切艺术才得以超越时空，才得以在人类心灵间流转，沟通，共鸣。

《抽象的抒情》是先生的未刊稿，他这样写道："唯转化为文字，为形象，为音符，为节奏，可望将生命某一种形式，某一种状态，凝固下来，形成生命另外一种存在和延续，通过长长的时间，通过遥远的空间，让另一时另一地生存的人，彼此生命流注，无有阻隔。"

有情的历史，有情的文学，有情的生命，因为情感，生命之间才得以共鸣。汪曾祺先生是沈先生在西南联大的学生，他曾戏称老师的文物研究为"抒情考古学"。

若从"抒情考古"的角度来思考，我们发现：新中国前的沈从文与新中国后的沈从文，在抒情考古上其实是一脉相承的。无论是文学，还是文物，那里都有着对历史的"同情之理解"和"理解之同情"。

沈先生一辈子以"楚人"自命。八十岁那年，他回过一次故乡。那一次在凤凰，先生听到了傩戏。那是一种古调犹存的弋阳腔，当时打鼓的是一位七十多岁的老人。先生听后，连声说："这是楚声，楚声！"说完，老泪纵横。

在先生看来，楚文化所浸润的民风"浪漫而严肃，美丽与残忍，爱与怨，交缚不可分"。在湘西凤凰的崇山峻岭之中，中原文化鲜能深入，成为"古代荆蛮由云梦洞庭地带被汉人逼迫退守的一隅"。

这正是南方文学悲怨、浪漫和抒情的文化源头，它与庄子有关，亦与屈骚有关。

在《水云》中，先生说："我还得在'神'之解体的时代，重新给神作一种赞颂。在充满古典庄严与雅致的诗歌失去光辉和意义时，来谨谨慎慎写最后一首抒情诗。"

五

凤凰沈从文故居里，陈列了先生诸多手稿。除惊叹文字的神奇之外，那清秀的书法同样令人折服。

先生早年在陈渠珍部队做文书，所抄写的公文即深得赏识。他的书法里足见他性情中的"耐烦"。据汪曾祺先生回忆，沈先生一生喜欢这种"手工业方式"。在西南联大讲《中国小说》，他曾将资料抄到云南竹纸上。那种纸高一尺、长四尺，并不裁断，抄得了，卷成一卷，上课时分发给学生。而那些字，全用夺金标笔书写，清一色的筷子头大小的行书。先生自云"我的字值三分钱"。书法，成为先生终其一生的精神操练。

沈先生一辈子慈悲好客，热情助人。然而，在上世纪三四十年代，先生对于政治的"怀疑态度"，特别是对于左翼文坛的批评，对于"京派"与"海派"的争论，对"作家从政"和"英雄崇拜"的反对，让他一度处于舆论的风口浪尖。

1947年至1948年间，先生受到来自左翼文化阵营的猛烈批判。郭沫若在《斥反动文艺》中批评他是反动的"桃红色的作家"；冯乃超指斥他是"文丐、奴才和地主阶段的弄臣"。沈先生无法理解这些批判，一时陷入严重的精神恐惧之中，以至于1949年1月在北京家中割腕自杀，幸好被及时发现。

新中国成立后，先生基本不再创作文学。他进入中国历史博物馆，成为中华文物史领域的一代大家。1963年，在周恩来总理过问下，先生以一年多时间写出了《中国古代服饰研究》初稿。而直至1981年，此书才得以出版问世。同时，沈从文的"湘西世界"重新进入现代人的视野。先生一度成为诺贝尔文学奖的候选人，国内国外，一股"沈从文热"悄然形成。

沈先生从十五岁离开凤凰，七十多年走南闯北。而今，他像一只凤凰魂兮归来，归葬于故里。享誉海内外的著名画家黄永玉是沈先生的表侄，墓碑上即是他的句子，道是：一个士兵要不战死沙场，便是回到故乡。

对先生来说，一辈子都在寻求理解：理解他，也理解人。他留在墓碑上的句子，算是对世界的最后告白：照我思索，能理解我；照我思索，可认识人。

碑之背面是姨妹张充和的嵌名挽联：不折不从，亦慈亦让；星斗其文，赤子其人。

沈从文，一个从边城走向了世界的"人"，又何尝不是一只美丽的凤凰。

洪江古商城

江流至此，水面忽而开阔起来。

天地从容，一泓幽蓝泊在深秋。传说中的洪江古商城，就隐在对岸的绿树深处。

踏上仄仄的青石旧街，如同走进一个曲径通幽的时空入口。石板高高低低，光影隐隐约约，小巷曲曲折折。那些小街于楼宇间蜿蜒出没，就像一根根记忆的线索，勾勒出昔日的商业兴盛、市井繁华。

这就是洪江。洪者，水势浩大之意。在水运纵横的古典中国，这里是沅江的上游，是沅水、巫水、舞水的三江交汇处。同时，此地先民为苗人。洪江的另一层意思，即共工部落临水而居的意思。

我以为，在水一方，是爱情的意象；逐水而居却是文明的演进。无论东西，水是历史，是远方，是情的荡漾与心的向往。于阴阳五行中，水由金生。因此，凡有水的地方，就有商业与文明，就有繁荣与鼎盛。洪江得天独厚，除三江交汇之外，还是湘、黔、滇、蜀、桂五省通衢之地。独特的水文、地理与交通，成就了洪江历史上的璀璨与辉煌。

遥想当年，门前的江面上，可是桅杆林立，南来北往，云集云散啊。码头的货物边，永远是脚力、车夫们挥汗如雨的身影、弯曲负重的脊背；江面的朝雾之中，会响起哗哗的橹声与野性的号子。而这一带商埠，更是人头攒动，灯火万家。竹竿上晾晒着婴儿的尿布，炊烟里弥漫着油盐的气息，夜色里飘着不绝的笙歌。

北有山西之平遥，南有湖南之洪江。洪江古商城，起于唐代，盛于明清。这里，一度成为"西南大都会"，享有"小南京"之美誉。

几百年前的明清时光，早已埋入地下，连同所有活色生香的市井生存。不曾泯灭的，只是那匾额和石刻、对联与传说，只是旧房子当年的朝向与格局，只是那落满灰尘的家什与器物……

阳光下，如此庞大的一座古城，盛放着如此庞大的孤独与空虚。当时间哑然失声，空间便是一把无弦的断琴。

今天，我们只能根据留存的380多栋老建筑，去复原古商城的生动，去想象中国市场经济萌发的最早岁月，亦如我们从《清明上河图》的长卷里去神往宋代的汴京。

在一向安土重迁、重农抑商的古代中国，这一片山间水滨之地，这一个声色世界，让我们看见市场发育与生长的种种可能。那不是小国寡民，也不是亘古乡村，而是一片发现世界与远方、人性与欲望的历史悸动。

今天，古街上的这些建筑遗存，就像是不见了细节的历史框架。

你看，隔不了多远，就可能遇到一家会馆。亲不亲，故乡人。于南来北往的商旅而言，会馆意味着乡音沟通的热情与亲切，也意味着出门在外的庇佑和关照，当然，这也是基于地缘的一种商业组织和经营的方式。

当年的洪江，船上装运最多的是桐油、白蜡、鸦片、木器、棉花、药材，与之相应，声望最巨的商号，亦多经营此类物资。

鸦片，其害有类于毒品，吸食成瘾后，人会形销骨立，身体羸弱。十九世纪四十年代，近代中国尘封了千年的大门即由英人发动的鸦片战争而轰开。有识之士深恨此物，林则徐向朝廷力陈，并以钦差之臣之身份赴广东禁烟，于虎门将大量鸦片销毁。然而，在当年的洪江商城，这里不乏买卖鸦片的商家、吸食鸦片的烟馆。那些幽暗的床上，曾经歪斜着无数黑色衣裙裹着的瘦弱，也歪斜着无数吞云吐雾的沉醉与沉沦。

然而，我们的目光不能止于此。

看古城的另外建筑吧。你会发现，有商业的地方，就有自由与公平，就有市场与利润，就有契约和服务，就有活力与竞争。

在这里，卖药材的，卖木器的，卖布匹的，卖桐油的，卖食盐的，卖米卖粮卖吃食的，每一家商号，都经营着自己的特色，与之相应的，则是商业生态里各种服务配套。提供借贷的，是钱庄；负责税收的，是厘局；提供运输保障的，叫镖局；敞向世界的，称洋行；规模加工的，有作坊……

店面、门楣、招牌，它们散落于古老街巷，形成一个生机勃勃的市井商圈，充盈着市场交易的活力。

这里有着与乡土中国迥然不同的世象。出门在外的商旅行人，可以在此寄身于客栈，客栈里有不同等级的客房，也有修书鸿雁的文房四宝。这里是安顿游踪的地方，也是明月相思的异乡。一些有钱有闲的游子，也可能在这里听戏观影，消遣时光。甚至，还可以青楼一梦，与那能歌善舞、浅吟低唱的歌妓，对酌成双。

至于报馆里的书香，寺庙里的梵音，则又是商业之余安顿精神的地方。古城里，每一种消遣与闲情，都见证着那个时代的风尚与世情。

古城建筑多为砖瓦，亦不乏木质。很多会馆或商号均设地下暗道，用于储宝或逃生，直通洪江之滨。

一行人走在古街，青石板响起笃笃笃的回响。我想问，这逼仄的街道，到底盛开过怎样的繁华？这家店面或那个会馆，是不是曾站着一个玉树临风的长袍马褂？拐角的那个背影，是不是一个贩夫走卒的艰难？

天空看着我，无言以答。

此时，一道阳光从头顶射下来，照着一壁高墙，投下半方斜斜的影，衬着半墙风雨的剥蚀。青砖染着苔痕的新绿，飞鸟衔的种子落在檐前的瓦楞，生出一尺多高的草，在风里摇曳，望着对面墙头的枯草断茎。

人去楼空，繁华凋落，历史的血肉早就化作一屋子暗淡的光影与霉变的气息。那一刻，只觉阳光下这些褪去了人声的商业旧址，恰如一个结在树上的巨大鸟巢。一拨一拨的生命，扑棱棱地飞走，只留下这供凭吊的遗址，空对江边日月。

自古城出来，迎面又见江水。而今，这飘带一般的秋江里，桅帆、码头、商旅、市声、烟火，皆已杳不可寻。只有这炫目的正午阳光，临照江畔那一株寂寞的芙蓉，还是两百年、三百年前的样子。

靖港

其实，只需一个小镇，就可以安顿我们的浪迹。何况这样的小镇，还拥有遥远至大唐的记忆；更何况，这样的记忆还可以在桨声灯影的追怀里吱呀荡开……

就像与自己的一场约会，我们去了湘江边的这个千年小镇。

它的名字，叫靖港。

此为沩水入湘江所形成的江南小港。商贾云集之物产丰茂，南北东西之往来繁华，全是照在靖港记忆里的千年辉煌。

今人题联曰：桨声随沩水西来粮茂鱼肥彻夜笙歌吟靖港，帆影顺湘江北去风高浪疾一篙烟雨叩荆门。

靖港，原为芦江、沩港。以靖名之，乃缘于那个逝去千余年而唤作李靖的人。靖乃唐时大将，曾随李世民南北征战，官至兵部尚书。当年，为征讨南方萧铣，靖将军领兵驻守此港，因治军甚严，于港于镇秋毫无犯。"百姓德之，名其曰靖港。"

"靖"字亦如灵魂一缕，千百年来就在这南方小镇的云水间缭绕，与望城乡音一样不曾老去。

清江，古港，小镇。这样的意象里，天然含着一种古典的节奏。此中，"水"是它的情韵和幽思，正如"杏花，春雨，江南"里的"春"；"江湖，夜雨，十年灯"里的"雨"。

临水而居，是一种繁盛，一种悠然，也是一份浪漫。所有这一切，无不缘于门前的一江东逝。

清晨的青雾蒙蒙，黄昏的墨色倒影。更有那月华逐细浪，画舫摇星光，江风拂素衣，笙歌散微云。水畔的营生，轻易就被这些文学的意象略去它的粗糙与艰辛。傍水的生存，更多地被赋予了爱与柔情：淡妆倚楼的一曲等待，在水一方的佳人凝望……

在汽车、火车远未普及的农耕文明之鼎盛时代，由西而东的水路运输远盛于陆路交通。彼时的中国，几乎每一条江的流域里，口岸、码头、集镇，都是美丽与繁荣的所在。

烟花三月的扬州如此，"黄鹤楼头吹玉笛"的江城如此，这个小小的靖港亦如是。人道是："溯湘水南来，百里河山，仗此楼台锁住；唱大江东去，九天烟云，好凭弦歌吹开。"自唐以后的千百年间，靖港被称为"小汉口"。

在湖湘版图上，靖港、津市、洪江曾并称为三大临江小镇。

岁月深处的靖港古镇，从"闲坐说玄宗"似的今昔感慨里渐次凋零。

今日小镇两边那些深褐色的木质阁楼，那些黑瓦白墙、斗拱飞檐的江南气质，那些当年兴盛的店面与商号，如今都年轻地立在这里。

它们并不是复活的记忆，只是一些开启记忆的标识。所有的表情与物什，都是对历史的空间虚拟，都是对怀旧的商业开发。

且随意倒回到一个年份吧。

公元 1898 年，在遥远的京城，那个年轻的皇帝正思变革，维新变法之诏书急如滚滚的雷音。而偏于江南的小小靖港兀自平静而繁华。此时，江上的船多达三千，少则千余。数以千计的货船装载着湘米、淮盐、花生、园茶、蚕丝、禽蛋、绸布、棕麻……

商旅们自朝晖出发，于星夜里抵达。他们舍舟登岸，但见靖港古镇上，米行、钱庄、烟馆、茶楼林立，酒肆杏花旗语。麻石街上，行人摩肩接踵，人声鼎沸。商埠繁华处，亦是青楼烟柳深。镇上还有清末最后的妓院宏泰坊。而在楚声湘韵之皮影戏院前，人头攒动；观音殿佛音袅袅，国学馆书声琅琅。所有这一切，都是怎样活色生香的人间百态啊！

就在不远处的靖港江面上，泊着南来北往的艨艟巨舰，熙来攘往的如云商贾，青蓝乳白的船头炊烟。

一镇繁华，一港生机。靖港，记忆深处的靖港，没有理由不成为那阅尽千帆之后的心灵守望吧？

如果愿意沿着如湘水一样的时光上溯，你会发现靖港自古是兵家必争之地。

镇上有庙曰杨泗庙，乃纪念杨幺而建。十九世纪五十年代，曾国藩曾率湘军与太平军交战于此，不习水战的湘军惨败。遭受重创的曾国藩愤而投水自杀，幸而被人救起。靖港的百年记忆里，不只是那些古典的怀想，也曾有过血染的湘江、血染的疯狂……

随着陆路交通的迅速崛起，水路运输逐渐淡出自己的辉煌。特别是1957年，当地政府将沩水改道，靖港从此繁华散尽。

就像一个人一样，靖港步入了另一个历史运程。破坏、拆毁、重建，今日之靖港不断地在勾起那些美好的记忆。即令重建，这样的江边小镇依然是对千镇一面的楼宇和街道的抵抗。至少，它让我们重新找回一点时光，以那些缓慢的记忆独自疗伤。

今天，街道夹着这条历史的幽径，木楼立起聆听的耳朵，店面与小吃寻访往日的气息。还有，那些垂柳，那些清流，那些驳船，那些质朴的乡邻，所有的一切，都将我们引向繁忙之外那颗沉静的心。

走在靖港，心如清流。在繁华的城市里，你总以为自己需要很多。走在这里，才发现原来自己真正需要的很少很少。像现在，幸福就是坐拥这样一个水边古镇，可以看白帆远去，看斜阳飞鸟，看晚天流云。

铜官小镇

走在这复原的铜官老街，两边店铺寂寥无人，恍如昔日繁华落尽。

木楼、石街，皆为仿制。铜官在脚下，却又隔着千年历史的长河。我们在这边，它在那边。

到哪里去找寻铜官的记忆呢？在古旧的方言里，还是尖碎的瓦砾中？在乱草里的一截石径上，还是山坡上的遗址里？那里找得到铜官的影子，却又看不到它的真容。

真正的铜官，只在不息的江声里，只在屋角淡淡的新月里。

在唐代，脚下这条南北向的街市，不过两里多长。北临湘江处，有寺名曰云母寺，相传此寺为关公纪念义母而建。

铜官镇在晚寺钟声里安顿着日复一日的忙碌，而每年春日，寺后遍地皆是嫩绿小草，谓之益母草。寺前有亭，数十级青石台阶斜斜入水，亭下便是一汪深深的水湾，人曰铜官潭。遥想当年，往来船只于此停泊、起锚，刚刚出窑、风靡世界的铜官釉下五彩陶瓷，成箱成箱地在此整装、远航……

八世纪某一个春天，晚年杜甫由岳州乘船来潭州之时，偶遇江风，曾避宿于此。而今，铜官古镇当年烧窑的火光，永远地留在他的诗里："水耕先浸草，春火更烧山。"这位北国飘零而来的老诗人当年还以为这是江南春耕烧山之盛呢。

铜官之盛，缘于陶瓷。自唐宋而明清，这里窑火不断，乃全国五大陶都之一。

陶瓷，土与火的艺术。自丝绸之路上的瓷器、茶叶开始，陶瓷艺术成为中国的文化代言。于铜官而言，其陶瓷之盛，缘于得天独厚的陶泥，更缘于陶艺之创新与突破。此处釉下多彩，其工艺为天下先，堪称划时代的陶艺创造。而率先以诗词书画做陶器装饰，则为这泥与火的器物赋予了情感与气质，内涵与品位，精神与灵魂。文学之意境与陶艺之精工，从此相得益彰。

凭借其划时代的文化创新，铜官陶器从湘江出发，汇于洞庭，浩浩荡荡，走向海天苍茫，在西亚、中东等29个国家引发深深的回响，成为盛极一时的"海上陶瓷之路"。铜官这个江南古镇，一度绘入了文化交流的南国版图。

由河入海，注定是一场文明的交汇。因此，铜官陶饰上，既有古典的文化基因，亦不乏阿拉伯的文化意趣。

陶之无文，行而未远。铜官陶器上的诗文意境里，更多的是江畔的别离，楼头的伫望，家山的相思。

夜夜挂长钩，朝朝望楚楼。
可怜孤月夜，沧照客心愁。

道别即须分，何劳说苦辛。
牵牛石上过，不见有蹄痕。

我有方寸心，无人堪共悦。
遣风吹却云，言向天边月。

君生我未生，我生君已老。
君恨我生迟，我恨君生早。

在缓慢的农耕岁月里，这些诗句写在陶瓷上，进入天下百姓家，成就了这一座江南古镇的风雅。

古镇之北曰誓港老街，全以麻石铺就，始建于清代的义渡亭立于此街。义者，镇之公产也。亭者，青砖黛瓦之江南风格，雕花栏杆，雕梁画栋，葫芦宝顶。

这是小镇当年的另一处码头，商旅络绎。"朝有千人作揖，夜有万盏明灯"呈一时之盛。街之南端，有桥曰吴楚桥，平板长条麻石搭成，相传为吴楚分界处。

誓港街后山上建有泗洲庙。陶艺工人皆奉舜帝为祖师。每年农历六月初六，乃舜帝寿辰，祭礼者、游行者、唱戏者，人山人海。而这一街繁盛，或许只有门前那株葱郁的古樟还能记得吧。

渡口，商船，长亭；木楼，庙宇，酒旗……

我们可以复原所有的地标，却复活不了那些雨伞、斗笠和草帽，丝绸、布衣与木屐，复活不了鸡鸣、狗吠与屋顶的炊烟。

它们都在时间的默片里坍塌，倾圮，沉寂。

每一寸空间，都是时间的遗址。

超越千年的美丽

在进入台北故宫博物院展室前的那面墙壁上，有一幅简练而形象的示意图，勾勒出千百年来的艺术荣光。

时间为横轴，与之相应的区间依次排列着不同朝代最有代表性的艺术结晶，如瓷器、青铜、书法、国画……

从新石器时代那把对称、细腻、圆润、光滑的石制工具到粗犷、豪放、镌刻有稚拙铭文的青铜大鼎，从宋代定窑里烧制的那只如凝脂般光洁的天青色瓷碗到那棵历经千年而永远春意勃发的玉质白菜，从那个极尽精微细致的象牙提篮到熠熠生辉、气韵丰盈的王羲之书法条幅，从蓝色的青花瓷瓶到淡远宁静的明清山水……

导游以三十分钟的解说领着我们神游了五千年岁月。

我的脚步在那只出自定窑的天青色瓷碗前停下。那是何等精致、何等优雅、何等温婉而美丽的一只碗！

天青柔和的色泽里隐隐透着一种明媚的生机、一种纯洁的新嫩。微微舒张的圆润碗壁，在灯光的照射下，宛如肥硕又轻灵的花瓣，隐隐可见多汁的叶肉与纤细的筋脉。

想想啊，这只碗竟然来自千年有余的宋代！一千多年，更替了多少王朝，经历了多少战火，死去了多少寻常生命，衍生了多少子孙后代？这只碗依然如此完美地保存着。

这只碗，它跟"大江东去"的苏东坡，与写"杨柳岸晓风残月"的柳永，曾共处一段历史时空。它何尝不是那个千年前王朝的鲜活记忆？

这只碗是美的，这种美，远不在于它的装饭盛菜的庸常功能，而在于它的

超越千年的美丽
黄永玉民作拙湘

造型、着色、质地都标举着造瓷艺术的一个时代！这只千年瓷碗，其实是有精神，有生命的存在。

遥想历史深处，这只碗最初由哪一个目光专注、神情投入的艺人在为其塑形，由哪一双灵巧的手在为其着色，再将其轻轻放进瓷窑，又是哪一位艺人静默地蹲守在红火窑前像等待新生命来临一样等待着新瓷的出炉？

今天，这只摆在橱窗里的碗，它的身上或许还留着千年前民间艺人的体温，或许还存留着他们虔敬的神情与如炬的目光。没有人知道这些艺人的名字，他们的肉身也早已化为脚下的泥土，然而，他们的美的情怀与艺术的精神分明又存留在这只碗上啊！

生命逆旅，唯艺术永恒，唯美丽永恒。

西湖的夕阳

几年前的夏天，一个偶然的机缘，朋友将聚会定至西湖边。

黄昏尚未降临的时候，我们早早到了。走在西湖长堤上，抬头却遇见了漫天夕阳，余霞散绮。那夕阳，没有塞外的寂寞，却有江南的婉约，它以独有的温暖和明亮凝望浮光跃金的湖面。

所有风物都有一种逆光的美。垂柳、行人甚至晚风，仿佛都染上了浅浅的金黄。三五成群的野鸭，在湖心的光影间静默。

夕阳让眼前的一切变成亦真亦幻，我们仿佛走进了一段历史的光影。

一

脚下的这一线长堤，与西湖的水波已然私语千年了吧？是否还记得那一个鬓染微霜的诗人背影？

那是五十岁的白居易。

公元 822 年秋天，他被朝廷任命为杭州刺史。白居易籍贯山西，而长年生活在长安，是典型的北方人。江南的早春的翠绿与生机，给以他太多的惊喜。那惊喜，至今还存留在《钱塘湖春行》的诗行里。那是浅草乱花的新嫩，亦是燕语莺啼的欢娱。江南的春天，远不像北国那样沉默而冷硬，而是江花如火、江水如蓝的画图。

白居易并非为风月而来，他那身当朝的官服赋予他责任。三年间，白刺史率领百姓，修堤防以固根本，清淤塞以洁湖水，浚六井以供饮用。就像以纤毫书写着诗行，白居易将履政爱民的足迹深深地印在这一带山水之间。那是他写在大地上的诗行吧。

白居易之后两百多年，西湖又迎来了一位旷世之才，那时他才三十多岁，是个年轻的通判。他是北宋的苏东坡。因为反对新党王安石的变法，这位曾被欧阳修预言要"文章独步天下"的年轻人，自请外放，来到杭州，在这里度过了浪漫的三年。然而，他与西湖的情缘并未就此止步。因"乌台诗案"被贬黄州之后，朝中旧党司马光执掌大权。然而，他依然与之政见不合，再请外放。1089年，苏东坡又一次来到西湖。此时，河道堵塞，钱塘江水常年倒灌，湖泥淤积，水面锐减，而杭州城的饮水亦成问题。为清除淤塞，苏太守独出心裁，组织民众挑上湖泥，在湖中筑起一道三十里的长堤，以之贯通南北，再于堤上遍植芙蓉和杨柳。西湖风光由此焕然一新。老百姓感念东坡，将西湖上的南北长堤称为"苏公堤"，故事流传至今。

三十多岁的苏东坡悠游于山寺茶舍，流连于画舫楼台，记下了无数生活的诗意、酒后的微醺。

在《饮湖上初晴后雨》中，他借着酒兴一吟而就："水光潋艳晴方好，山色空蒙雨亦奇。欲把西湖比西子，淡妆浓抹总相宜。"此诗堪为西湖几千年来最成功的广告语。晴天是水光潋艳，雨后是山色空蒙。晴是一种美，雨是一种美；水是一种美，山也是一种美。水与山、晴与雨、近和远，实和虚，怎么看去都是一种美，就像美女西施，浓妆是美，淡抹是美，西湖的万种风情，无不自得其宜。西子与西湖，美人与美景，就这样唤起了天下人的向往。古往今来，西湖再也找不到第二个比喻，许是叹为观止吧。

苏轼似乎特别欣赏雨后的西湖。他的那首《六月二十七日望湖楼醉书》，格律里似乎敲得出夏雨的节奏，甚至可以听到跳动的声响，闻到未散的酒香。他写道："黑云翻墨未遮山，白雨跳珠乱入船。卷地风来忽吹散，望湖楼下水如天。"黑云与白雨、风卷与云散、水色与天光，在短短的绝句里，妙手天成。

长堤垂柳年年绿，高天明月映湖心。春花秋月里有白居易和苏东坡的诗意和审美，又何尝没有为政一方的担当与作为？

中国文化的含虚与务实，全在此中。

二

山外青山楼外楼，西湖歌舞几时休？

暖风熏得游人醉，直把杭州作汴州。

无数人从林升的诗句里看到了江南的富庶，听见了西湖的笙歌，可是，有多少人从中触到他那一份挥之不去的家国之痛？

公元 1126 年，金兵的铁蹄呼啸南来，旋即中原血溅，烧杀掳抢，将宋都汴梁洗劫一空。徽宗、钦宗父子落入敌手，流落异乡。兵荒马乱之际，高宗赵构匆匆于应天府即位，旋又逃至扬州，甚至避难于海上。待宋军收复建业、金军退兵之后，方才定都临安，即今之杭州。

临安者，临时安顿也。偏安江左的南宋朝廷哪里料到，这个临时竟长达一百三十多年之久，宋室终归未能北归。

宋室南渡之后，南方终于实现了对北方的历史性超越。由汴京到临安，意味着数不清的流亡者开始漂泊南迁，其中包括大量精湛的技工、良医、学者、诗人等。每个南迁者的心中，哪一个又不怀着生离死别的苦痛？然而，一场南北文化融合却又带来了南宋意想不到的经济与社会的繁荣。

金兵远去之后，江南的稻种、养殖、纺织、手工、商埠、贸易、文化……可谓百业昌盛，一派欣欣向荣。南宋的版图，北以淮河为界，向南面朝大海，这是华夏文明第一次真正面向海洋文明的时候，其造船技术遥遥领先于世界，广州、泉州都成为重要的通商口岸。而此时，火药、指南针、印刷术成为中国奉献给世界的伟大发明。对于以文立国的大宋王朝来说，诗歌更如大江大河，绘画亦是流光溢彩、群英荟萃，造瓷等工艺亦达到领先世界的水平。

此时，近在临安咫尺的西湖，正如杨万里笔下的风光吧——接天莲叶无穷碧，映日荷花别样红。

然而，无论多么耀世的繁华，都抹不平英雄豪杰心上的那一份黍离之悲啊。读南宋诗文，最打动人心的往往就是那炽烈的家国情怀。

以那些生于北方而今不得不寄身南国的人来说，他们的咏叹里总蕴积浩然于天地之间的力量，陆游如是，辛弃疾如是，女词人李清照如是，这个写过"人比黄花瘦"的孤寂才女，连她都曾奋笔写下："生当作人杰，死亦为鬼雄。至今思项羽，不肯过江东。"

今天，人们读辛弃疾的《青玉案·元夕》，或许更多地欣羡于那一份元夕的狂欢。那是一千多年前的临安之夜。元夕之夜，江南还是春寒料峭吧？然而诗人却分明听见了春之消息。"东风夜放花千树，更吹落，星如雨。"夜空里的烟花，恍如东风吹开的千树万树，而那缤纷的花雨，更是融通了天上人间。而欢乐的人群呢，那么豪奢，那么富有，那么香艳，那么青春。那里有"宝马雕车香满路"的艳羡，有"蛾儿雪柳黄金缕"的绚彩，更有"笑语盈盈暗香去"的背影。然而，诗人在哪里呢？他无法融入狂欢之中，他独个在"灯火阑珊处"。"那人"不是暗香盈袖的佳人，而是心境苍凉的稼轩。

繁华与落寞，都在西湖的映照里。

那里是一个王朝的花团锦簇，更是一个王朝的中原眺望。

三

苏堤春晓、曲院风荷、平湖秋月、断桥残雪……这是自然的诗化，还是诗化的自然？是西湖的四时之美，还是文化的精神写意？

不能不说，每一处景观都是一种意象，而每一种意象又是一种生命感发。

或清新，或优雅，或高洁；或怡然浩荡，或欣然圆满，或寂然清寒。

它们是风景的命名，更是心灵的栖居。是的，西湖的文化里从来就是一种将生命托付于湖山的归隐之志。

在历史的怀想中，忽而就遇见了林逋。

林逋，字和靖，自四十岁起就结庐孤山。西湖或许还曾记得，水面上常年有他独驾的那一叶小舟。他终身不仕不娶，只是种一园寒梅，养一群仙鹤，而自称梅妻鹤子。每当他在湖上抬头看见仙鹤振翅的时候，他便棹桨而归，因为那是客至的讯号。或许是西湖水洗却了林逋生命的一切物欲吧。他没有家室，没有功名，没有富贵，只有那干干净净的灵魂，像他笔下的梅花一样："疏影横斜水清浅，暗香浮动月黄昏。"

林逋所生活的时代是北宋。六百多年之后，西湖边又来过另一个隐者，那就是晚明的张岱。

张岱本生于书香世宦之家，自幼才华过人，生活锦衣玉食。于他而言，精舍、美女、鲜衣、美食、梨园、鼓吹、古董、花鸟，无所不有，亦无所不爱。斗鸡、看戏、写诗、作画、沏茶……游戏艺文，他又无所不精。才华盖世而又兴趣广泛，拥抱繁华，而又享受生命；他是真正享得了富贵又守得住寂寞的烟火男子。

早年他祖父有别墅在西湖，张岱曾在此读书问学，青年时也曾在西湖边流连。然而，自公元 1644 年，崇祯皇帝吊死于煤山之后，明朝的大厦亦呼啦啦倾倒。当是时，张岱以一介遗民的身份隐于山中。五十七、六十岁的时候，他两次隐居于西湖。不过，当时的西湖，已是湖庄尽毁，仅存瓦砾。"凡昔日之弱柳夭桃、歌楼舞榭，如洪水淹没，百不存在一矣。"张岱饱尝家国之痛，潜心著书立说，终于留下了《陶庵梦忆》《西湖寻梦》等传世之作。

因为他的文字，我们至今还能看到西湖上的那一场大雪。今天，打开《湖心亭看雪》，扑面而来的，是冰清玉洁，是万籁俱寂，是清冷、苍茫与孤独，是雪夜里灵魂偶遇，是同行者的身世飘零。那唯余"长堤一痕，湖心亭一点，与余舟一芥，舟中人两三粒"的西湖雪域，简直就是滚滚红尘之上、滔滔浊世之外的心灵净地。

隐逸是西湖的气质，浪漫亦然，就像许仙与白素贞的雨中相遇。然而，西湖的气象里从来就不只是雅人深致与柔情万种。在西湖边上更埋葬着无数壮怀激烈的英灵。

栖霞岭上，有岳飞和他的《满江红》。这个曾令金兵闻风丧胆的英雄，最终在人间最美的山水里昭雪了自己光同日月的忠诚。

这里也有东渡日本的鉴湖女侠秋瑾，她作为中国女性的那份勇敢与决绝，一扫西湖所有的"脂粉气"，那是柔肠之外的英气逼人……

四

那一天，西湖的夕阳从出现到隐落，不过短短三四十分钟。

然而，那由金光闪闪到碧水清幽的黄昏湖面，却悄然定格了我的西湖记忆。

莫非，夕阳本身就是一个历史的隐喻？

台湾行记

一

台湾，曾是一粒承载着骨肉分离的硕大相思。

此刻，我正从长沙飞往台北，两个多小时的时空切换，中间隔着阳光斜照下的一段小睡。

机翼低低地掠过山峦、田畴，我们降落于台北桃源。一切都轻言细语，文质彬彬。

走出机场，迎面而来的，是一阵温润而有力的海风。衣裾遽然卷起的那一刻，长沙深冬的湿冷与岁末的烦忧，忽而消散无踪。在这一个亚热带岛屿，似乎从空气里就能谛听到大海的呼吸。

旅游巴士载着我们的激动，轻轻碾过台北的午后。

城市的风景，在车窗外缓缓流动。与其说是一街拥挤的繁华，不如说是一抹舒展的优雅。没有艳丽的喧嚣，只有厚重的从容。城市并不宽敞，却井然有序。仿佛弥漫着一种依偎的温暖气息。

来台北之前，这一切都还只是想象。

想象来自琼瑶，来自《一帘幽梦》的外景，那些镜头停留在三十多年前。隔着一台小小的黑白电视。我窝在一间简陋的农舍，而台北仿佛是一个可望而不可即的世界。

上世纪九十年代，一个叫孟庭苇的柔媚女子，以她甜柔的声音唱着《冬季到台北来看雨》，那份缠绵与忧伤带给我一种错觉：世上最凄迷的雨，莫过于台北的。尔后来台台北的声音愈来愈多，邓丽君、罗大佑、李宗盛、姜育恒、林忆

莲……一时洛阳纸贵的《丑陋的中国人》，烧着"野火"、书写"天长地久"的龙应台，吟唱着乡愁的余光中，甚至还有璩美凤之"光碟门"……

我不由自主地搜寻着每一寸记忆。那些人，那些事，那些歌声与文学，它们都曾在这座城市里歌哭。

此刻，它们是不是正在城市的某一条街巷、某一个窗前？

走在台北街头，满街的繁体汉字不啻为一道文化景观。那些繁复而微妙的笔画，不温不火，有一种缓慢与静气在其中。

相形之下，台北的马路都不宽敞。大车小车擦肩而过。坐在大巴上，林立街边的招牌似乎伸手可及。然而，巴士、小车、电动摩托以及行人，一切就像处于一个巨大的装置里，它们像是凭一种自动的"秩序"默契地运行。

红停，绿走，人车分道，你甚至看不到违章的粗野。更加意外的是，马路上根本看不到交警。信号灯、路牌、车道指示线，无声地守护着城市的"秩序"。

若说"字"是文化景观，那么，"树"便是自然景观。

那是下午四五点钟的样子。斜阳静美，照着窗外不知名的亚热带树种。茎粗者如抱，叶美者如霞，冠茂者如盖。它们都静静地立于街市，参差绿韵，荡漾于或旧或新的建筑之间，让整座城市含蕴着一种力量与生机。

中山纪念馆外，天空特别蓝，白云亦如苍狗一般。时近黄昏，天空还是蓝得那么透明。台北最显著的城市地标，曾是全世界最高的101大楼就立在那蓝的纯净里。说也奇怪，那楼并不见君临的豪迈，倒有几分秀美的味道。

据说101大楼的观光电梯是全世界最快的电梯。从70多层楼顶俯瞰台北夜景，远远近近、高高低低，亦如群星闪亮，光河流动，光带灿然。

倘若盛夏，这里的台北之夜，与头顶的璀璨星空交相辉映，那是何等绚丽的天上人间啊。

在归程的夜色里，无意间瞥见台北市政府和台北市议会的两栋建筑。与周围的楼宇相比，它们谦卑地立在灯影里，全然不见丝毫的威风。

一声唏嘘，从心间生起，旋又消逝于夜的凉意里。

二

在儿时的记忆里，阿里山是插着音乐翅膀的。

"高山青／涧水蓝／阿里山的姑娘美如水呀／阿里山的少年壮如山啊／……高山长青／涧水长蓝／姑娘和那少年永不分呀／碧水长围着青山转……"

热烈而欢快的调子，变奏出山环水绕的美丽、男欢女爱的柔情。

山与水；男与女；壮与美。相依相随的山水深情，且歌且舞的青春恋曲。艺术超越政治的拘囿，亦不见道德的说教，那里只有青春的欢娱、爱的圆融。

两岸音尘相绝的时候，这首歌却意外地同时进入了海峡两岸的音乐教材。

阿里山地处台湾嘉义与南图县境，邻近玉山，占地1400公顷，最高海拔2600米，纵贯亚热带、温带与寒带。

大自然以其妙手于山坡上浚染着斑斓的生态。从阔叶林、针叶林到原始桧木林，从扁柏、铁杉、枫树到樟树……每一种树木，都以其独有的姿势长在安静的时光里；吉野樱、八重樱，以及满地叫不出名字的野花，以四季轮回的消息悄悄安慰着人间的沧桑。

阿里山的神秘和美丽，就在于树。最多的还数红桧，远远近近，漫山遍野，全是它们参天的身影。合抱的粗壮树干，蔽日的苍劲枝柯……

树是阿里山的时间，也是阿里山的耳朵、眼睛与鼻子。阿里山的历史，何尝不是一根神木的记忆。

早在1900年，日本曾派小西成章等人赴阿里山探秘。六年后，他们发现了30万株原始桧木林。于是，日本人在这里修筑了森林铁路，启动了森林火车，将阿里山的木材运往海的那一边。至1945年台湾光复，阿里山的红桧与扁柏等几乎被砍伐殆尽。国民党到台湾之后，将阿里山设为森林保护区。几十年间，阿里山逐渐恢复了当年的葱郁。

日本占据台湾五十年。在无数山岚的朝夕变幻里，在野花和古树的期待里，阿里山的沉默里充满了隐忍。每当春天到来，这片林子里的樱花，依然提醒着那久远的殖民伤痛。

那曾是少男少女的阿里山，可见过幽蓝的涧水？

三

无论大海还是江湖，水都是中国文化的深刻隐喻。孔子说，逝者如斯夫，不舍昼夜。在他眼里，时间亦如江河，江河亦如历史。

既然生命和流水一样不可逆转，珍惜与执着方令我们心安。相对于北方，南方人对水的情感更深。

老子从"水"的身上看到的并不是生命的流逝，而是生命的涵养。他说，上善若水。水，是世间完美的道德。它润泽万物，却与世无争；处于卑下，却兼收并蓄；随遇而安，却洁身自好；至柔至弱，却力可穿石……

孔子创立了儒家思想，其精神在于"入世"；老子创立了道家思想，其旨趣在于"出世"。出世与入世之间，似乎存在着一种对立。然而，中国文化讲究海纳百川的包容性。儒道之间不仅鲜有对立，而且多能互鉴。在每个人的内心深处，问鼎功业的进取和泛舟江湖的逍遥，往往兼而有之。

庄子的文字里更是充满了水的灵动与神性。辩小大、齐生死、等贵贱，庄子的思想离不开水的感发。他说："天下之水，莫大于海，万川归之，不知何时止，而不盈；尾闾泄之，不知何时已，而不虚……"在河伯望洋兴叹中，北海若神对于宇宙、人生、生命的凝思，其实也就是人类对大海的独语。

在儒家文化里，大海是对于"道"的救赎。道不行，乘桴浮于海。

站在台湾海峡湿润的风中，我想起了那些东渡扶桑的面孔，亦想起了无数横渡西洋的文明背影。当然，也想起了海盗与殖民，想到了称作"四海之内"的中国伦理与时空。

西安记忆

一

一切空间的地标，都为时间而来。

到达钟楼时，夕阳尚未落下，而月亮却在短松后悄然升起。

晚风吹来的时刻，我的目光越过远处的城市建筑，仿佛从那些迷茫之处依稀还看得见一个王朝的背影。那背影，埋葬在钟楼的声音里。

铺陈于汉赋里的宫殿，交错在唐诗里的街衢，一千多年前的摩肩接踵，而今全都成了地下的暗黑。只有终南和渭水，明月和晚风，依然还在暮鼓晨钟里承受四时的悲欣。

有什么哲学范畴更比钟鼓、阴阳、男女更富生命的气象？钟楼与鼓楼，书写着生生不息的时间哲学。

二

夜深入，我用手轻轻抚摸古城墙上的那些青砖。

一块石砖留下了一双手的指纹。这是谁的指纹呢？当初砌在这里的那一刻，是不是也像今晚一样有月光、有晚风，有思念和内心的隐痛？是不是有蝼蚁一样的艰辛，露珠一样的泪水？

砌下，就是永恒吗？永恒的，只是石头和城墙上的月亮。权力不是，疆域不是，霓裳羽衣不是，所有的爱恨情仇、攻守得失都不是。城墙下，我仿佛听得见历史的细节在窸窸窣窣。

三

在西安碑林众多碑文里，我突然发现湘人左宗棠的"天地正气"四字，恍如他乡遇故知，愈看愈是喜欢。左公的笔触里确有湘人性格里的坚定执着、桀骜不驯，岂是见不出个性的台阁体可比？

还有一幅字，是我天井内的墙上拍得。馆内的碑石，出于书法名家，这一幅却是康熙御笔。在他的王朝，那可是万人之上的天子，意味着山呼万岁与叩头如蚁。什么是权力，什么是艺术，时间终归会做出回答。

四

八千个兵俑，森然列阵于地下无边暗黑之中，为一个亡灵披坚执锐。相对于秦始皇陵寝而言，这仅仅是偶然揭开神秘的一个小小角落。

这些兵马俑皆用当地的观音土、鸡蛋清和糯米塑造、烧制而成。据说，每一个兵俑，都与世间一个真人对应，高矮、胖瘦、容貌乃至表情都独一无二。

这样的独一无二，是否意味着兵俑是不可替代的艺术呢？我无法以审美的眼光来看它们，因为在这些被发掘的土坑里，我看到的只是生命的恐惧和压抑。

当年，在秦的严刑酷律下，哪一个工匠手下的陶俑失真，就意味着他将亲手终结自己的性命。由是，每一尊陶俑背后，都是一条真实的性命。所有的兵马俑都精挑细选而来，他们身形健硕，正值青春，连马匹和宝剑都显得威风凛凛。然而，他们终归是兵马俑，所有失去自由的年轻，都只是僵死的存在。

兵马俑，其实也是雕塑，也体现造像上的精工。但它们不是艺术，它们与爱琴海边的希腊雕塑的不同在于人们能从那些雕塑身上看得见阳光、听得见海风，而兵马俑这里只是远离阳光的人性幽暗。

秦始皇的石像，立在广场上。看那气势，仿佛云朵也在列队如仪。可那又如何呢？远在南方的大泽乡，并没有把他当什么神圣。那里所站立的，不是守灵的兵俑，而是衣衫褴褛的平民，是田垄上揭竿而起的大写的人。

峡谷行

不曾在峡谷走过的人，不知道人生需要仰望。

——题记

一

张家界大峡谷的陈志冬先生说，峡谷里那座玻璃桥的设计者是一个犹太人，当他听说要在美丽的峡谷之间建一座桥，首先是拒绝的，因为那和他的生态观相左。后来，他说如果架一座桥，也必须秉持中国古典哲学中的"大道无形"，不要让一座人工桥粗嵌入自然风光里。

玻璃桥建成之后，可谓举世皆惊，世界多国著名媒体予以报道，认为它是中国创造的一种象征。这是不是又一次启示人们：人文才是科技的引领？

二

置身深峡大谷之间，清溪是大地的琴弦。

它弹奏出什么呢？是深深浅浅的河床，大大小小的沙石，还是阳光的幽明，岩壁的绿意？是流云逐波的散淡，还是山路蜿蜒的情节？

时间就是故事。一切还是亿万年前的样子。

水与石，相激相生；岩与云，相望相携；草木与幽径，相守相爱。它们都是超越于时间的天地大美。

有人读到禅境，有人读到画意，有人读到唐宋，有人读到宋元，有人读到壮丽与优美的和谐，有人读到现代和野性的共鸣。

我侧耳倾听，却从这一路溪声的变化里读到无数石头的消息。

愈是碎石密布的浅滩，溪水愈是哗哗作响；愈是大石默然，溪水愈是沉着从容。就像一个人的少年和中岁。

我仰望头顶的时候，天空也望着我。这一路，它和溪水彼此呼应着，峡谷走，它也走。从世界走向峡谷当然可以抖落现代人的烦忧和疲惫。但如果你此生从未走出过峡谷，那么，你会以为世界就是个峡谷，甚至忘了闪闪发光的星斗。

三

在那神话的年代，这里曾是一片海。

白色的鸥群，掠起雪浪澎湃。如此遥远的沧溟浩荡，依然在游鱼的化石里存在。

每一座奇峰，曾是地底燃烧的火焰；每一条沟壑，都是喷薄而出的岩浆；每一株只能远望的绿树，皆是飞鸟种下的倔强。

头顶是歌声中的云遮雾罩，脚下是梦境里的苍茫万丈。

我们像一粒萤火的微光，融化在半天之上。

第三辑　**播种美与光明**

只有芬芳与芬芳之间，
才会相互拜访

嫁给爱和信仰

这是一个寻常的江南村落。

时已深冬。池塘如深陷的眼，山头的马尾松，以古老姿势立在柔和的光影里。山与山之间，散落着不规则的田畴。灰白稻茎，成片成片地萎在冷湿的泥地。村子很安静，甚至没有鸟儿从枝头飞过。

这地方，叫开慧。在老百姓口里，它只是一个地名，与安沙、唐田、青山铺一样只是巴士一站。

很少会有人庄重地想起，开慧原本是一个女子，一个生命永远停摆于二十九岁的年轻女子。

她，叫杨开慧。

这个美丽的女子，值得这一片土地生生不息地铭记。铭记，不只是她作为毛泽东的妻子，更是这个女子在风雨如磐的历史里独有的选择与担当，是她的柔弱与坚强，浩气和悲歌。

而今，开慧的名字化在这片山水里，成为开遍山坡的春日杜鹃、披在山巅的绚丽红霞。

这地方其实有另一个古老的名字，叫板仓。在杨氏家族居于此地之前的千百年岁月里，人们一直这样叫。对青年毛泽东来说，板仓是一场思念，是他走南闯北时最后的牵挂。而在开慧被杀之后的漫长岁月里，板仓又是他不可触碰的伤与痛。

杨开慧不会想到，这片土地会因她而更名。在她的生命记忆里，这里只是她的儿时、她的老屋。

一栋普通的土砖乡居，亦如开慧的婆家韶山。故居那略显阴暗和冷清的房间里，除旧式木床、蚊帐与当年的黑白照片之外，空无他物。

历史斑驳，时光尘封。所有真切的气息、脚步、谈笑与歌哭都消失在影像之外的虚空里。

一

杨开慧纪念馆正中矗立着一尊白色雕塑：昂首挺胸，大义凛然，那种大无畏的决绝，充满着英雄悲壮。

我敬重。然而，我更愿意让回忆从开慧的少女时代开始。

1903年，父亲东渡日本求学。在那个乡绅们还穿着长袍马褂、戴着黑色瓜皮小帽的缓慢时代，父亲杨怀中先生已是西装革履、气宇不凡。父亲见识也不同寻常，开慧自小得以识字、读书。开慧十三岁那年，父亲回到阔别的祖国，受聘于湖南省立第一师范，教授伦理学。开慧即随家人迁居长沙。

当年那个穿着新衣服进城的小姑娘，何曾料到：由板仓至长沙城南的妙高峰，生命里有一场羞涩的相遇等在那里。

开慧隐约记得，在成群结队的学子中，父亲赞赏最多的还是普通八班一个叫毛润之的男生。

就是那个一袭布衫的高个子男生，满嘴的湘潭口音。据说他很活跃，胆子大，还天天在井边用冷水洗澡。更出众的，是他卓尔不群的才华。思想灼灼如火，激情奔涌如江，文字腾跃如海。

在怀中先生眼里，此人将是"柱长天"的大树，这个年轻人对于宇宙、社会、人生之"大本大源"葆有一份非同寻常的执着。他笔名叫"子任"，天降大任的那个"任"。

"资质俊秀若此，殊为难得。"怀中先生甚至在日记里这样写道。他或许不知道，十三岁的女儿与二十一岁的学生之间将发生什么，那一场青涩遇见，伴着妙高峰下的晨雾或板仓杨宅的淡淡月光。

今生美丽的遇见，都是前世的久别重逢。

四年之后，这两个年轻人再度相见。时空，却转换到了北国京城。

杨怀中先生受蔡元培先生之诚邀，举家北迁，任教于燕园。当年十三岁的小开慧，转眼之间已是明眸流转，皓齿含香。她亭亭玉立，如一枝春花绰约。

那一年，毛润之为筹少年赴法留学之事，致信恩师怀中先生。先生旋施援手，为润之谋职于北大图书馆。薪酬每月八块大洋。这个二十五岁的"北漂青年"，无处安身，只能寄居于怀中先生家里。

对于两颗怀春的心来说，这是天意。

开慧与润之共涉爱河。那是他们人生中最甜美的一段时光。校园的疏月、垂柳，至今还记得那一份心心相印。

是他的才华俘虏了她的芳心，还是她的情窦拨动了他的情弦？你中有我，我中亦有你。那些美好的日子如风，那些默默含羞、怦怦心跳的时光如云，京城的碧水、红墙与绿柳，如诗如画。在他们往来的书信里，落款悄然换了："润"或"霞"。

最初的情书，已然消失于时间的苍茫里。今天，我们见到的情书，是多年后开慧写在风雨飘摇里的回忆。那已是婚后，她带着孩子住到板仓乡下的土砖屋里，在百般担心，万千思念袭来的时候，她写下了自己的内心独白：

"我是十分的爱他，自从听到他许多的事，看见了他许多文章、日记，我就爱了他。"

"自从我完全了解他对我的真意，从此我有一个新意识，我觉得我为母亲而生之外，是为他而生的。我想象着，假如有一天他死去了，我的母亲也不在了，我一定要跟着他去死。假如他被敌人捉去杀了，我一定要同他去共一个运命。"

那时候，开慧对时代的血雨腥风与自己飘如草芥的生命处境极其清醒，死神常常入梦。她写下这些滚烫的字句之后，一直将其藏在墙缝里，再用泥封上。待这些字句重见阳光的时候，距开慧在长沙就义已换了半世纪人间。她日思夜想的他，终其一生也不曾读到这样的思念。

立志探求社会人生之"大本"的毛润之，注定不可能止于北大图书馆小职员，更何况在那个内忧外患而狂飙突进的时代。在北京的短暂停留，让他结识到长沙所不能接触到的书、友、人。他如饥似渴地读着《新青年》等风靡当时的新读物，每一种新的思想都如光焰一般映在他明亮的眸子里。

他的思想，与时代一起跳动。

1919 年 4 月，毛润之回到长沙，不久创办《湘江评论》，以行动呼应着那个时代的疾风骤雨。新的生活在哪里？新的中国该怎样？润之与开慧，他们的相爱从一开始就获得了信仰的招引。那是足以击碎世俗庸常的招引，如荒原红日。

1920 年，二十七岁的毛润之去了上海，见到后来成为共产党创始人的陈独秀先生。四十一岁的陈独秀，在共产国际的帮助下，正积极筹备成立中国共产党组织，与全国各地的先进分子联系。此时的毛润之，已成为一师附小主事。就在这一年，恩师怀中先生不幸辞世。12 月，开慧从北京回到长沙，跟她深爱的人结婚。

在那个讲究门当户对的时代，他们的结合已足够与众不同。一个北大名教授的千金，一个却是师范附小的教员。他们结合缘于彼此爱恋，更缘于五四大潮中那些簇新的理想，那一份改造社会和唤醒工农大众的理想。

在他们的遇见里，理想从来不是一个名词，而是一生执着、一生追寻。

十九岁的开慧拎一个装衣服的小箱子，住进了一师附小的教员宿舍，成为毛润之的妻子。不坐轿，不设宴，不做任何俗人之举，只在望麓园附近的小馆子里请了一顿饭，花去七块大洋。

世界很乱、很忙，没有人在意这样一对用梦想牵手的情侣。

那是二十世纪二十年代。在长沙，还是满眼的人力车夫与麻石街道。

二

1921 年夏天，毛润之着一袭薄薄长衫，从长沙起程，前往上海。这个"不安分"的教员，去参加一个特别会议，赴约他认定的一个信仰。

这个后来在历史上成为开天辟地的大事，在当时却像是一场十二三人的秘密聚会。因巡捕破坏，会议地点不得不转至浙江嘉兴的一条游船上。

历史脉络的改变，常常就在不经意间。就在这条船上，一个以马克思主义为信仰的组织诞生于古老中国，她叫中国共产党。陈独秀被选为书记，虽然他不曾与会。

从上海回来后，毛润之，这个讲台上的小学教员，从此有了另一个不为人知的身份，他是中共湘区委员会书记。办公地点就是他与开慧租住的清水塘。

从此，这个小学教师的心里装的不只是国文与历史，而是一个惊天伟业，关于信仰的中国伟业。

他一边教书，一边领导和组织湖南的工农运动，发动泥木工人大罢工……

毛润之投身于越来越迅猛的革命洪流，终于一步步走上了职业革命家道路。毛润之，就这样与中国革命融为一体。他的名字渐渐在政治舞台上出现，叫毛泽东。

1922 年，他与开慧有了爱情的结晶。孩子在长沙湘雅医院降生，直到第三天，毛泽东才有时间去医院。他给孩子取名为岸英。

每个时代都会有安逸之人，那时候的毛泽东没有办法让自己安逸。不是迫于生活，而是思谋中国。

他开始走南闯北。由长沙出发，或东进上海，或南下广州，或北上武汉。他所担负的工作是负责农村部，曾主持农民运动讲习所，并任过国民党宣传部执行部长。

或许是生于乡土，毛泽东对农民怀着天然的情感。1925 年 12 月，他于当时的《革命》半月刊发表《中国社会各阶级的分析》，第一次以阶级分析的方法回答了"谁是我们的朋友，谁是我们的敌人"这个问题。他与开慧一道，回到长沙，回到自己的老家。这对年轻夫妇，行走在田间阡陌，进出于茅舍竹篱。他们深入湘潭、湘乡、衡山、醴陵、长沙等地，考察当地农村与农民，撰写成《湖南农民运动考察报告》，三十四岁的毛泽东以他奔放的行草写下这个报告的原稿，开慧则在灯下一笔一画地誊正抄写。

这个美丽的妻子、孩子的母亲，远不同于红袖添香的温婉。她与他一样，心里有了天下。

从 1920 年结婚至 1927 年 8 月，是开慧与润之在一起的全部时光。此间，有燕尔新婚的缠绵，有南来北往的离别，甚至也有小两口的负气与相思。

还记得那是 1923 年。毛泽东去了上海，开慧则跟母亲带着岸英留在长沙。开慧，并不想做传统的女子，她想跟丈夫并肩于上海。丈夫来信说，大城市开支大，且人生地不熟，你还是待在长沙好，并且还特地抄了一首元稹的诗，含蓄地劝她不要做缠树的藤蔓。这可惹恼了满脑子新观念的开慧，很久很久，她不理他。他写的信，也懒得回。不久，他匆匆回到长沙，她的气并未消除。毛泽东只在长沙待了一夜，又得赶去武汉。次日清晨，他满以为她会像往常一样来送行。然而，这一回，她没有。这到底令他最柔软的地方轻轻颤动。他展纸磨墨，以一首《贺新郎》，抒发其百结柔肠。

这首词里，没有天下霸业，只有一个男人对女人的深情。

这首词，如今在故居的墙上刻着，那是开慧最感亲切的字迹，但愿她的灵魂能在这样的深情里取暖。

　　　　挥手从兹去。更那堪凄然相向，苦情重诉。

　　　　眼角眉梢都似恨，热泪欲零还住。

　　　　知误会前翻书语。

　　　　过眼滔滔云共雾，算人间知己吾与汝。

　　　　人有病，天知否？

　　　　今朝霜重东门路，照横塘半天残月，凄清如许。

　　　　汽笛一声肠已断，从此天涯孤旅。

　　　　凭割断愁思恨缕。

　　　　要似昆仑崩绝壁，又恰像台风扫寰宇。

　　　　重比翼，和云翥。

三

1927年8月7日，中共中央于汉口开会，史称"八七会议"。此时，国民党与共产党关系破裂。

就在这次会上，三十五岁的毛泽东提出"枪杆子里面出政权"的革命思想。此后，他赴萍浏醴之交界处策动秋收起义。失败之后，经三湾改编，这一支装备极其简陋的武装队伍开进了湘赣边界的井冈山。

雾浓，云深，林密，峰险。这一群革命者，成为国民党眼里的"共匪"。

没有人想到明天会发生什么，但没有人不信仰明天。

杨开慧与毛泽东，从此再也没有见过一面。从1927年至1930年开慧就义，此间，开慧得到丈夫的音讯极少极少。1928年春节前后，正与母亲、孩子居于板仓的开慧忽而收到一封信，来信地址署为江西宁冈济世堂药店，信里全是暗语："开始生意不好，蚀了本；现在生意好了，兴旺起来了。"一看那熟悉的字迹，开慧日夜悬着的心，算是放下了。然而，她后来得知他在山上脚负伤化脓，担心更是日甚一日。而她自身，也是凄风苦雨，甚至风声鹤唳。因为"革命"二字，这一对咫尺天涯的情侣，无异于将头颅拎在手上。

然而，信仰里没有畏惧。

在丈夫不在身边的日子，开慧以板仓飘峰山为据点，动员了她族里的亲戚子侄们先后都投身于这个叫共产主义的事业当中。后来，他们都在年纪轻轻的时候牺牲于他乡。

革命，真的不是请客吃饭。

对于一个年轻女子来说，板仓乡下那些孤儿老母相伴的日子是怎么一种煎熬，你我都无法想象。

她不知道天什么时候亮，甚至不知还有没有明天。

那栋土砖房里，开慧在无数个长夜里辗转反侧。此心能向谁诉？没有温暖的怀抱，没有坚实的肩膀，唯有寒夜的孤灯与纸笔。她以诗写下自己的思念，凄然的思念。

> 天阴起朔风，浓寒入肌骨。
> 念兹远行人，平波突起伏。
> 足疾已痊否？寒衣是否备？
> 孤眠谁爱护？是否亦凄苦？
> 书信不可通，欲问无人语。
> 恨无双飞翮，飞去见兹人。
> 兹人不得见，惆怅无已时。
> 念我远方人，复及数良朋。
> 心怀长郁郁，何日复生逢？

其时，1928年10月。她的远行人，没有读到这首情诗，一辈子都没有读到。

她无怨，无怨地嫁给的是自己的爱，嫁给了自己的信仰。

1930 年 11 月的一个深夜，板仓响起了急骤的脚步声，犬吠着无边的夜色，故居被军阀何键派来的兵丁团团围住。开慧早就料到这一天迟早会到来。她从容地烧毁中共秘密文件。那一天，正是岸英八岁的生日。她牵着这个年幼孩子，和保姆一起，诀别故居，被押往长沙，被投进了水牢。这个二十九岁的柔弱女子，受尽了酷刑，那样的残忍，无法以文字复原。开慧没有片言只语留给军阀。当时，敌人只要她能公开提出与毛泽东离婚，即可保全性命。这关乎开慧心中的大是大非，关乎她的信仰。她说："死不足惜，唯愿润之革命早日成功。"这是历史的声音，而不是电影的同期声。

1930 年 11 月 14 日，长沙浏阳门外刑场。"砰"的一声枪响，被绑押的柔弱开慧，这个一生嫁给爱亦嫁给信仰的美丽霞姑，扑通倒下。子弹穿过她的背，她倒在一片血泊中，倒在识字岭的荒草残阳里。

"开慧之死，百身莫赎"。12 月，她的润之才从地下组织那里获知开慧的死讯。毛泽东的脸上泪珠很大很亮，滴落得很慢，滴在无数个思念的长夜，滴入二十世纪五十年代"我失骄杨君失柳"的诗笺上，每到春天，就弥漫开去，化为一山一壑的杜鹃声声。

开慧的生命指针永远停在二十九岁，停在这不到而立的青春里。她抱着爱与信仰死去，无法见证身后的人间。

她不知道，十九年之后，在北京天安门城楼，她最熟悉、最思念的那个人以湘潭口音向世界宣告："中华人民共和国中央人民政府今天成立了！"当然，她也没有痛心地看到儿子岸英血染异国的战场，长眠于朝鲜墓园的一座坟茔。

开慧以最悲壮的方式，为青春，为人生，为她的爱与信仰，画上了一个句号。

她真正做到了情书里写的：为了他，可以从容去死。

松坡长青

长沙蔡锷路，南北走向，亦如湘江。

我在这条路边的办公楼里，至少度过了十年青春；但我很少会想起这条路的由来，很少念及蔡锷这个伟大的灵魂。

蔡锷路上的蔡锷，是寂寞的。

一

"学者若志在科第，则请从学究以游；若志在衣食，则请由市侩之道。"

一百二十多年前的长沙，这些文字出现于某一学堂的"学约"。没有招徕的功利，只有"道不同不相为谋"的提醒。

这学堂，不是别处，正是时务学堂；这文字，不出自他人，正是该学堂的中文总教习梁启超。这个由广东来长沙的年轻人，时年二十四。

出人意料的是，《时务学堂招考示》发布之后，远近赶来投考者竟多达四千之众。

四十名湖湘子弟榜上有名，可谓百里挑一。

首批取录的考生中，年龄最小者才十五岁，从宝庆乡下来，叫蔡松坡，学名蔡艮寅。四千考生，他名列第三。

来长沙之前，松坡遇到了生命里的第一个贵人，他家乡的老师樊锥先生。此公文辞畅达，思想维新。松坡日后为文，受其影响甚深。尤其重要的是，变革图存的社会理想很早就在这少年的心中扎了根。

进入时务学堂之后，松坡的人生境界为之一新。总教习梁启超、学堂总监谭嗣同、教习唐才常都是些二三十岁的年轻人。同门的范源濂、杨树达无不是各县的青年翘楚。置身此间，松坡的世界仿佛不断被照亮、被鼓荡、被打开。他在这里读到《明夷待访录》《扬州十日记》《日知录》等宣扬民族主义思想的书籍，并且，他每日作一篇日札，以供先生批阅。

当年梁启超先生评语似乎还可以清晰地听见。有春风满面的赞叹："比例精当，见地莹澈。"有学以传道的期许："愿诸君之学速成，更学辩才，以发其热肠，则此义或可不绝于天壤也。"

识"时务"者为俊杰。少年松坡，在此奠定了生命的底色。

然而，毕竟是晚清末世，毕竟是一个守旧与维新生死博弈的衰微时代。公元1898年6月，其师谭嗣同被征召入京，参与变法。然而，仅仅一百多天之后，这场由年轻皇帝发动的变法就遭到了慈禧太后的血腥镇压。光绪终身被软禁瀛台。于松坡而言，这一场变法从来就不在纸上，而在身边。朝夕相处的谭老师惨遭杀头，而笔落风雨的梁老师亡命天涯。

十六岁的蔡松坡，从帝国的黄昏里看到了滴血的夕阳，更看见了革命祭台上那颗带血的头颅。

次年夏，松坡至上海，准备报考南洋公学。正值暑假，已逃亡至日本的梁启超先生对他念念不忘，特意函询他是否愿赴日求学。松坡喜出望外，在唐才常先生的资助下，他只身赴日，来到启超师身边。当时，梁老师租在东京久坚町，十几个学生，挤在三间房里，晚上打地铺，白天则每人一张小桌子念书。

九个月之后，松坡考入横滨东亚商业学校。当此际，唐才常老师于日本发起成立自立会，策划着回国发动武装起义，以推翻清王朝，为"六君子"复仇。十八岁的蔡松坡闻此大举，不禁热血沸腾，要求回国参战，唐先生未许。松坡终究心有不甘，唐先生前脚回国，他后脚追回国内，由上海而武汉。唐先生还是念其年小，未允松坡直接参战，而安排他负责送信。

1900年8月，唐先生通过会党的方式于长沙岸边动员和组织了十万自立军，准备起事。因为种种，风声走漏，起义未成。张之洞下令逮捕了唐才常等人，并于次日将其杀害于武昌紫阳湖。此时，松坡因送信而羁留长沙，方才侥幸逃过此劫。他很快将自己乔装成一个商人，悄悄又潜回日本。

在一艘颠簸的客轮上，松坡念及身边师友和国家局势百感交集，他写道：

而今国士尽书生，肩荷乾坤祖宋臣。

流血救民吾辈事，千秋肝胆自轮菌。

他决意不再从文，而成为一名军人："今日而言救国，拿枪杆比拿笔杆子更重要。"

从那时起，松坡将名字改为蔡锷——砥砺锋锷，重新做起。

二

多年以后，松坡被称为"护国军神"。

可谁曾想到，当初他第一次对梁启超先生说自己准备改学军事时，先生打量着他单瘦的身子，摇摇头："汝以文弱书生，似难担当军事之重任。"谁知松坡的回答，比哪一个都掷地有声："只须先生为我想办法，得学陆军，将来不作一个有名之军人，不算先生之门生。"

在梁先生的帮助下，松坡进入东京陆军成城学校。为磨炼意志，他坚持每天以海水洗浴，松坡说："凡作海水浴者，原为锻炼身体，非仅为水上游乐也。须以烈日晒之，海水浸之，时晒时浸，日久不怠。久之，皮肤焦黑，便成铜筋铁骨矣。"

1903年5月，松坡自成城学校毕业，旋即加入仙台骑兵第二联队。12月，考入日本陆军士官学校第三期骑兵科。松坡以极大热情投身于艰苦的军事训练之中，各门成绩都名列前茅。1904年，他从士官学校毕业，在一百多名毕业生中，他和蒋百里、张孝准被誉为"中国士官三杰"。

松坡不想成为没有大脑和灵魂的军人。《新民丛报》上曾连载过他的长文《军国民篇》，他说："欲建造军国民，必先陶铸国魂。"有了"国魂"，才有了"国家建立之大纲，国民自尊自立之种子"。在他看来，军人真正的力量在于精神力和道德力。最大的精神与道德力来自哪里呢？"大丈夫当视国如家，努力进行，异日列吾国于第一等强国之列，方不负此七尺之躯也。"

对于军事问题，松坡更是深怀远见："鄙意我国数年之内，若与他邦以兵戎相见，与其为孤注一掷之举，不如采取波亚战术，据险以守，节节为防，以全军而老敌师为主，俟其深入无继，乃一举歼除之。"多年后，中国遭遇抗日战争。所谓持久战、运动战和游击战，其实未走出松坡的先见之明。

松坡选择做一名军人，或许并不缘于他的天赋。在那个时代，他相信的是军事救国。因此，这个身在日本的游子，做梦都想着祖国的强大。

道路修夷，市廛雅洁，邮旅妥便，法制改良，电讯铁轨，纵横通国，警察严密，游盗绝踪，学校会社，会德商情，农工实业，军备重要，日懋月上，不可轨量，国民上下……

这是松坡亲见的、明治维新之后的日本社会。当时的中国社会怎样呢？

"守乡里，抱妻子，黜聪坠明，深闭固拒，一无闻睹于外务……"

从变法到崛起，日本仅仅花了三十年时间。究其关键，只在于"输入新学"。鉴于此，他给湖南乡绅写公开信，希望广开译局，输入新思想。他自己更是经常阅读伏尔泰、卢梭、孟德斯鸠，精研法国大革命史，于哲学、政治、法律、教育诸方面广为涉猎……

松坡越是强调精神之于军人的重要性，越是感到中国人改造国民性的急迫性。因此，松坡心心念念的，不只是"军国民"的培养，更以面向西方的开放姿态去打开国人的思想。

松坡之伟大，在其开阔，亦在其深远。

三

公元1904年底，松坡学成归来。在上海，章士钊曾记下了第一次见到他的情景："彼戎装莅盟，佩剑铿然，其持态严肃，为吾六十年来永矢勿谖之印象。"

英气逼人的蔡松坡成为湖南、江西、广西争抢的军事人才。至公元1905年，他便带领学生雷飙等十几人奔赴桂林，出任广西新军总参谋官兼总教练官。他给新军定下练兵之主旨，打头一句就是"为求中国之独立自由"。1906年底，蔡松坡于广西创办陆军小学堂，以之作为培养陆军军官学校的预科，招收十五到十八岁的青年。多年后，在抗日战争中指挥过台儿庄战役的李宗仁将军，就是1908年入学这所小学堂的学生。当时，他以一个乡下孩子的眼光，记下教官和松坡先生：

"他们都穿着非常整洁鲜明、绣有金色花纹的蓝呢制服。足上穿的长筒皮靴光可鉴人。腰间挂着明亮的指挥刀，在校内走动时，这柄刀总是拖在地上。因而他们走起路来，刀声靴声，铿锵悦耳，威风凛凛，使我们刚自乡下出来的农家子弟看到了真是羡慕万分。"

至于总办松坡先生，"我们对他更是敬若神明"。先生毕竟是日本士官学校骑兵科的高才生，李宗仁一生的记忆里都有松坡骑马的潇洒帅气："他常喜欢用皮鞭向马身一扬，当马跑出数十步时，始从马后飞步追上，两脚在地上一蹬，两手向前按着马臀，一纵而上。"

人中吕布，马中赤兔。此八字，松坡当得起。

1910 年，松坡被提拔为混成协协统（相当于旅长），成为广西新军的最高长官。

四

沧海横流，方显英雄本色。

在松坡心里，湖南是其"第一故乡"，云南则是他的"第二故乡"，这里成就了他人生至伟的事功：宣告云南独立，组建军督府。

1911 年 10 月，武昌起义爆发。松坡敏锐地意识到革命的时机到了。为响应武昌起义，松坡与革命同仁密谋，他在白纸上写下"协力同心，恢复汉室。有渝此盟，天人共殛"十六字，然后燃烧字纸。纸灰调至酒中，诸君共饮，以示革命之决心。

越是生死时刻，越能见出松坡的格局与胆识。他说："云南宜速举，为西南各省倡；纵武汉事变，滇中亦可于半年之内整顿军备，进退裕如。在此数月之中，川黔可以得手，得此三省以与清廷争衡，胜负亦未可决。"

10 月 28 日，蔡松坡被选为云南起义总指挥，决定于 30 日重阳节攻占督署，夺取昆明。

重阳那天，春城昆明沉浸在菊花之中。一切准备就绪，晚八点半左右，北校场提前响起了起义的枪响。

松坡于新军中发表独立宣言："专制数百年，纪纲不振，政以贿成，四万万同胞如坐涂炭。现在武昌首义，四处响应，皆欲扫除专制，复我民权，我辈军人何莫非国民一份子，与其被疑缴械，徒手待戮，何如持此利器同起义军革命清廷，驱逐汉奸，复我山河，兴我汉室之为愈也！"

军人举手山呼："革命军万岁！"

经过一昼夜紧张激战，督抚守军全部缴械投降。昆明光复，云南宣布独立，一镜翠湖，泛着点点晨光。

那一年的蔡松坡，还不到三十岁。

革命者破坏了一个旧世界，更建设了一个新世界。

作为边地，云南财政长期入不敷出。为此，松坡周密制定财政规划，大幅度"开源节流"。他将自己每月的薪金，由600两降到120两，又由120两降到60两。

正如梁启超所评价的，松坡乃当世极为稀缺的男人，他大智、大勇、大忠、大廉。为治理好云南，松坡重教育、重实业、重移风易俗，更倡导现代文明生活方式的重建。

应当说，在那个新旧交替的时代，西南边陲恍如一片青郁的"松坡"。

五

松坡于云南风生水起，令一个人坐立不安。

此人就是袁世凯。

私下里，袁对松坡评价甚高："孙氏志气高尚，见解亦超卓，但非实行家，徒居发起人之列而已。黄氏性质直，果于行事，然不免胆小识短，易受小人之欺。蔡锷远在黄兴及诸民党之上，此人之精悍即宋教仁亦或非所能匹。"

袁又强烈感受到来自西南的不安，他决定调虎离山。1913年，松坡离滇北上。1915年，袁任命他为全国经界局督办。不久，袁与日本人签下了卖国的"二十一条"，而其复辟帝制的闹剧也愈演愈烈。

袁世凯的倒行逆施，令松坡大失所望。

其实，当年袁就任大总统时，蔡还曾赞其"中外钦仰"，可现在，如此倒行逆施。论私交，松坡去日本时，袁还曾借给他一千大洋；但此时，在松坡心中，袁成了名副其实的袁逆。这不是个人交往的问题，而是大是大非的问题。他准备伺机潜回云南，再度举兵起义，成为"武装反袁"第一人。松坡这样对梁老师说:"我们明知力量有限,未必抗得他过。但为四万万人争人格起见,非拼着命去干这一回不可。"

为此,松坡制订了极为周密的军事计划:"云南于袁氏下令称帝后即独立,贵州则越一月后响应,广西则越两月后响应,然后以云贵之力下四川,以广西之力下广东,约三四个月后,可以会师湖北,底定中原。"

袁世凯对松坡增派了四名"保安",以随时监视其行踪。那是松坡一生里最为烦闷的日子,为制造出一种"意志消沉"的假象,松坡故意放浪于北京八大胡同的烟花柳巷,也不回避他与小凤仙之间的情事(可悲的是后人不懂将军的韬略,将其附会成街谈巷议和花边新闻,甚至以知音传世,于情于事极为不当)。事实表明,袁世凯确乎也放松了警惕。

然而,也是在这个时候,松坡罹患了致命的喉疾。他先向袁告假,入天津共立医院治疗;后再告假赴日治疗。不过,此行他真正念念不忘的并不是自己的"病",而是国家的"病";不是自己的"喉",而是国家的"喉"。

松坡是这样想的:"事之不济,吾侪死之,决不亡命;若其济也,吾侪引退,决不在朝。"到了日本之后,松坡才终于摆脱了跟踪者,得以绕道从香港、越南,回到昆明。一路上,不知他躲过了袁氏多少拦截与刺杀,可谓九死一生。

1915年12月,袁世凯称帝,改元洪宪。松坡联合云南都督唐继尧,立马通电全国,共讨"袁逆"。喉病在身的他,被推举为护国军总司令。(松坡的家信中,一再提及自己的喉疾)这一次,袁氏命曹锟为总司令,动用四十万精兵。而护国军,总共不到三万人。然而,蔡锷亲临前线,于四川山间出生入死。后来成为中共十大元帅之首的朱德,即是当年蔡锷护国军中的一名骁勇之士。

云南独立,贵州独立,广西独立。护国军越来越士气高涨,而北洋系主力最终几近覆没。袁世凯被迫宣布取消帝制,八十三天的皇帝梦,成了一个历史的笑剧。

护国运动,成为松坡军人生命中的高光时刻。

六

护国成功之日,亦是松坡病入膏肓之时。

黎元洪大总统任命松坡为四川督军兼省长，而此时，蔡锷因喉疾而几近失声。坚辞未允之下，松坡之病又遭德国医师阿密斯误诊，至成都后，终于无法支撑。8月，松坡在挚友蒋百里等人的陪同下，再度东渡，赴日就医。

9月，松坡住进福冈医院耳鼻喉特别病室。11月7日晚，病情突变，抢救未及，松坡于异国的午夜不幸辞世，时年三十四岁。

临终前，他在遗嘱里说："锷以短命，未克尽力民国，应行薄葬。"

1917年4月12日，载着松坡灵柩的军舰，自湘江抵达长沙。黎元洪总统下令，为其举行国葬。是日，大雨滂沱，前往送葬的市民达千人之众。

呜呼哀哉！谁想到松坡会以这样的方式归于麓山啊，上一次他登临岳麓，曾骑着高头大马而来，有诗为证：

　　　　苍苍云树直参天，万水千山拜眼前。

　　　　环顾中原谁是主？从容骑马上峰巅。

仅仅十三年之后，岳麓依然，松坡却是魂兮归来。

一百多年过去，松在，坡在。

历史如明月一轮。明月在，松坡便是长青。

播种美与光明

绿萝、吊兰、紫藤、石榴、五角红、栀子花、迷迭香、仙人柱……

这是尘嚣之上的楼顶，亦是大隐于市的园圃。

楼上或阳台的花开了。那是蔡皋的心情，她的时光，她的都市桃源。花朵们看见，它们的蔡皋每日都从那如瀑的紫藤下走过，从满架的牵牛花前走过，从墙根的栀子花前走过。

会心不必在远，花草自来亲人。蔡皋与花，彼此懂得。

无名藤蔓上开出的一串小花，遇见了蔡皋，就像遇见内心的欢喜。那一刻，微风与阳光都分享到了一份美丽的惊喜。

人们说，蔡皋是中国著名的绘本画家，在世界绘本界赢得了一席之地。这些，花朵们并不知悉，因为六十九岁的蔡皋从未提及。

蔡皋的人生，在花里，亦在画里；蔡皋的美丽，在画里，亦在花里。

一

麻石街道上的清脆足音，小巷尽头的淡淡斜阳，饮水而歌的幽深古井，店铺里木匠、篾匠们的艰辛、朴素与善良。生于古城长沙的蔡皋，无法忘却这些童年的底色。

所有童年记忆里，最温暖的是她的外婆。外婆做针线活的时候，一针一线都是故事。她的襟前，别着小花一朵。外婆的故事，总是带着茉莉与栀子花的清香。

"一个画家其实也像是一个绣女，心里装下特定的对象，并怀着最温暖的心思，那作品才可能是动人的。"多年后，蔡皋在谈到自己的创作时，脑海里还是外婆的样子。

外婆的慧心与巧手，给了蔡皋最美的启蒙。精致可口的坛子菜，绷紧绷紧的粽子，沁甜沁甜的甜酒——都是蔡皋从小就爱吃的美味。春节、祭祖、立夏、秋分，外婆对于民俗的虔敬，很早就让蔡皋看见了生命的"庄严气象"。特别是，外婆看戏的时候，小蔡皋总会"赶脚"。每次，穿红着绿、神态各异的戏里角色，都深深烙入蔡皋的记忆。她按捺不住内心的喜欢，便趴到床下，找一块松软的木炭，将戏里人物墨墨黑黑地涂到青石地上，涂到墙上，或木门板上。外婆、翁妈、爸爸、小妹，一家子的宽容何尝不是最好的激励？邻家有个齐嫂子，怀里抱着婴儿，每次蔡皋画这些的时候，她静静地站在身后看着，甚至还请小蔡皋也去她家的门背后面也画上一幅。

许多年之后，蔡皋与翱子合作绘制的《火城》出版了，那里依稀看得见她的童年。那绘本，如同一卷历史的长轴，那是炭黑般的深色岁月，是"文夕大火"前的长沙市井。蔡皋放飞的那一只风筝，还飘在城头，飘在明净的天空。那个伫立于湘江边的小女孩，她的视野里是南来北往的船只和呼啦啦飞去又飞来的水鸟。死寂与惊恐过去，战乱中的古城成为火城，所有的宁静与繁华全都化作焦土，化作断壁残垣。

童年的温暖与伤痛，成为蔡皋绘本中美丽与苍凉的基调。不论画什么，她的画里总有一双儿童的眼睛，那是"绘本的眼睛"。

2007年，取自《聊斋》故事的绘本《宝儿》出版之后，日本著名绘本画家和歌山静子忽而发现了蔡皋绘本里的一个很小很小的细节。画中，商人儿子宝儿的眼睛，被蔡先生画成几种颜色。随着情节的诡异起伏，宝儿的眼睛有时是黑色的，有时又是蓝色的。蔡皋欣喜于这种心有灵犀的发现。她说，蓝色代表着未经污染的澄明，如同湖水一般。在孩子碧蓝如水的目光里，狐精瞬间就现出了原形。

天上的星星与神明，地上的艺术与儿童。蔡皋以一双童年眼睛，守望着一个至纯至净的世界。

无论走多远，童年都是她温暖的起程。

二

民间是什么？是泥土与草根，劳作与隐忍，是朴素与丰富，气象与精神。

十七岁的蔡皋，考入湖南第一师范。其时，她已随父母下放至株洲。在一师，美术课王正德老师、语文课曾令衡老师都曾为蔡皋启开过一扇一扇美与文学的天窗，让她的青葱岁月神采飞扬。

三年后，蔡皋从一师毕业。留校一年，分配至株洲县文化馆。次年，"归队"分配至株洲县太湖乡太湖小学，成为一名乡村小学的美术教师。那一年，她二十四岁。做过六年村小教师之后，调至株洲县师资培训班教了一年美术，而后又在株洲县第五中学做了六年中学美术教师。前后十三年的乡村教师生活，为她展现了更丰富、更真实的中国民间。直至1982年，三十六岁的蔡皋凭着引人注目的绘画专业修为，被选拔调入湖南少年儿童出版社，由教师转型而成为儿童图画书编辑。

蔡皋说，大美在民间，那是最朴素的美，也是最丰富的美。在株洲乡下，生活的简陋与清苦，日子的迟缓与寂寞，自不待言。采访中，蔡皋拿出珍藏了多年的油画，那是她先生的作品。其中一幅是蔡皋当年的校舍，学校由庙宇改成，一棵六朝古松，矗立其中，千年不倒，荫庇着那些深黑的瓦脊、砖墙与质朴而欢乐的儿童。另一幅是蔡皋当年的住房，土砖建筑，简陋木门，亦如农家的杂屋。就在那样的环境里，蔡皋以她擅长的水粉画，留下了匆匆岁月里美的瞬间。

那个冬阳里的小姑娘，正坐在门口，她脸如苹果，围着浅绿头巾，一身红色棉衣。蔡皋以写生留住了女生的少年。这是一个沉静的村妇，也侧身坐在阳光里，手里正在织着艳色的毛衣；还有，这一群乡村孩子，正在校园的隙地里游戏，阳光照着，一派简朴而快乐的气息。因为美与绘画，蔡皋从贫寒岁月里开出生命的欢娱。那时候，她的绘画作品就见诸《红领巾》等重要刊物。谁说，美的执着不是一场青春的救赎？

民间之于蔡皋，正如神话中的地母之于安泰，她的色彩、线条、韵律、创意、灵感都来自这里；因此，当命运铺开更大的创作平台时，蔡皋的那些民间体察如同月光与酒的相遇，神秘、芳醇、空灵，而又摄人心魂。

凭着作品，蔡皋的名字越传越远。1993年，蔡皋创作的图画书《荒园狐精》获得第14届布拉迪斯拉发国际插画双年展（BIB）"金苹果奖"，成为获此殊荣的第一个中国画家。五年之后，她创作的图画书《花仙人》由日本福音馆书店出版，同时获邀参加在东京知弘美术馆举办的中国绘本画家原画展，并举办蔡皋绘本作品研讨会。2001年，与被称为"日本绘本之父"的松居直先生合作，创作绘本《桃花源的故事》，并由日本福音馆出版。2003年，《桃花源的故事》被选入日本小学国语教材。2007年，图画书《荒园狐精》易名《宝儿》由台湾地区信谊出版社出版……

蔡皋说，赐予她艺术灵性的，永远是民间的生活，民间的文化，民间的精神。

与"绘本之父"松居直先生合作的《桃花源的故事》，堪称蔡皋绘本创作的一个高峰。

当年陪同松居直先生游览湖南桃花源，并决定创作这一绘本时，蔡皋的心思便久久在魏晋风度与她的乡居体验间来回萦绕，文化的民间与生活的民间在她脑海里翻滚交织，直到这时，她才意识到株洲乡下的民间生活实在太宝贵了。

蔡皋画的是桃花源，又何尝不是她自己的青春岁月？于是，你从画里会看到桃花灼灼的神采，看到溪岸泥土的松软，看到那些散落于山边的蓑衣斗笠般大小的田畴，看到她坐过的草亭、走过的木桥、牵过的耕牛、用过的农具，乃至地上杂陈的尚未削去皮的树木，墙角的红薯，朴素而丰盛的菜肴。

武陵的迷蒙山水与缤纷桃花，桃花源的民俗民风，村居与劳作的每一个细节，哪一笔不是蔡皋生命的厚积而薄发？

那么深切，又如此饱满。

三

中国的儿童读物，始终在世界的坐标中行走。在国外从事绘本创作的，有哲学家、科学家、文学家与画家。他们以奇妙而伟大的创意，将最深的哲学与智慧播进孩子的心里。

蔡皋无疑是绘本画家里的杰出者。她的绘本，是民间的，亦是民族的，是典型的中国风。

《桃花源的故事》之所以收录进日本的国语教材，就在于它是一粒沿溪而行、"追寻美好"的"种"。很早的时候，《桃花源记》就被译介到日本。松居直先生告诉蔡皋，从他记事起，每年三月，父亲就会在家中挂起桃花盛开的山水画。

这个细节深深震撼了蔡皋。赢得如此敬重的桃花源，在它的故乡却面临着功利的漠视。一个故事的寂寞，一本书的寂寞，又何尝不是一个时代文化的失重与精神的孤独？

蔡皋画过《李尔王》《人鱼公主》，但更多的还是中国传统里的神话、传说、民间故事与志异。《干将莫邪》《螺女》《青凤》《宝儿》《七姊妹》《牛郎星与织女星》《聊斋志异》《花木兰》《孟姜女》《阿黑小史》，还有《晒龙袍的六月六》《阿凡提》等少数民族英雄和智者的故事。

且随意打开绘本《花木兰》，听听蔡皋那些隐在其中的画外音吧。

这里画的是，"爷娘闻女来，出郭相扶将"。木兰回来了。"一将功成万骨枯"，多少昔日的同袍，早已战死疆场；而她自己，又何尝不是九死一生？此刻，她回到了温暖的家园，见到了年迈的父母，她会说什么呢？万语千言，化作泪流满面。她唯有在风烛残年的父母面前，长跪不起。跪下的是花木兰，又何尝不是所有有幸回来和永不回来的游子？木兰的父母，又何尝不是天下所有盼儿思归的父母？

画面人物里，有木兰的同辈，有不解其中味的稚童，更有老者。画家特别画了一个富有深意的细节，那白发老奶奶正被她小孙子牵着来看木兰。老奶奶的眼瞎了，是不是因为儿子未归而哭瞎的？画面"语言"留下了巨大的空间。稚子们的无忧无虑，正是花木兰从军的价值见证。而画面的正中，是一口旧时的水井，井边开着一树桃花。"井"像一个中国元素，代表着饮水思源，代表着感恩。而桃花呢，在中国文化里让人想起生命的轮回与岁月。于一片深色里，衬一树桃花的明媚，画中由此充满了美的张力。这张力，正如木兰的女儿柔情与残酷的战争之间的反差一样。

对于蔡皋来说，传统孕育了她的审美取向、艺术旨趣和美术精神，那是她的皈依。聊斋故事《宝儿》在台湾地区出版后，她说，《宝儿》的用色是典型的民间美学，特别是对于黑色的大胆运用。西洋的色彩学不太认可黑色，但中国人认可，它是中国人的颜色。在蔡皋的绘本里，黑色是氛围，也是结构；是对比，也是冲突；甚至还是幽深与神秘的存在，一如闪烁在混沌与苍茫里的眼睛。传统亦现代，民族亦世界，朴素亦丰富。因为黑色的出色运用，蔡皋被日本绘本家誉为"中国的尼克·皮洛斯马尼"。

在空间透视处理上，蔡皋的画，也极具民族特色。她总是巧妙地利用平视、鸟瞰、剪影、并列、铺陈等手法将画面处理得富有装饰意味，显露一种稚拙的儿童情趣。著名画家黄永玉先生看到蔡皋的绘本《晒龙袍的六月六》之后，不禁掩卷称赞：画得真好啊，湖南有福了！永玉先生还特别珍藏了《七姊妹》绘本原图中的一幅。这是对蔡皋的致敬，亦是对传统的致敬。

四

蔡皋对于花草的感情，远不只是喜欢。一花一世界，那里有她对生命的同情，对艺术的理解和对美的信仰。

这么多年，蔡皋的精神就在那"花与画"之间独自往来。于她而言，"花"是"人"的精神开启。

看吧，这是一幅油画，题为《笛声》。画面的主体都是花，绚丽、热烈、生机勃发的花。这个吹笛的少年，这个舞动的孩子，他们都隐退到这一大片花的色彩和花的芬芳里。如是，少年如花，花如少年。花与人，融汇为一个艺术整体。花道，亦人道。在这里，人不是主体，花不是客体。

花人合一，主客无间。这是不是一种生命的哲学？画画，画到最后就是哲学，养花亦是。

蔡皋的目光，久久停在画里。

再看这一幅纸本水粉画。一种花朵盛开的喜悦和敞亮，扑面而来。花瓣、花蕊、花叶，所有的色彩、姿势、明暗，都成了蔡皋的"语言"。在这里，花是画的主角，它占据着画的中心；而所有的行人呢，都被处理得很小很小。蔡皋想，人不再是世界的中心，花不再是人的点缀——这是不是自然至上、万物有灵的生命参悟？

一花一草都在以自己的方式表达着生命的神奇。因此，花与少年，花与笛声，花与春天，花与晨光，花与故园，花与热恋，花与相思……在每一种与花相关的意境里，花是花，又不是花，它是时光、生长、欢喜、怀念与忧伤……

花事，亦人事。蔡皋的画里，有花的"相望"，有花的两情相悦。这一幅叫《它们感觉到有一种召唤》，是不是从花里看见了希望与追寻、速度和力量？《啊，布籽的季节啊》是不是有一种孕育的从容和静美？而《藤草们如是说》，更是超乎语言的生命言说。藤草以葳蕤的色彩在说，以勃发的姿态在说。

这一幅叫《日日是好日》。所有的花，都含蓄从容、默然欢喜。这是不是一种快乐、淡泊、达观的生命哲学呢？

其实，每个日子都是好的，就看你如何定义这个好。蔡皋借画画说过她心中的"好"。那就是："心思一好，一切皆好。即使手法生一点，兴许还会有助于一种拙拙的好的表达。"

花，是蔡皋的创作母题，也是她沉思生命的方式。从花出发，蔡皋的画里总有一种生命的大悲悯、大关怀。

生命不是时间的存在吗？时间，也是蔡皋创作的母题。

《桃花源记》里有一句"不知有汉，无论魏晋"。怎么画出时间与朝代的变迁呢？蔡皋，忽而让整个绘本的色调从桃花、溪水、田地的明丽和生动中退出，顿时进入一片与历史和夜晚相应的安静淡蓝。在蔡皋的画里，时间总是具象的，它是街巷、石板，或是头顶的千古一月。如是，蔡皋的生命达观里，平添了一分文化的温情与厚重。

蔡皋的生命悲悯，更多关注的还是女性的命运。《花木兰》里的木兰如此，《孟姜女》里的孟姜女亦如此。

看看这幅，寻夫而来的孟姜女，站在那以灰色形成重压的长城之下，她的柔弱与笃定，正如芳华一朵。而这个女子的周围都是些什么呢？看不见面孔的、背着青色砖块的征夫。看不见征夫的面孔，只看得见移动的砖块。在孟姜女眼里，这些征夫，没有哪一个不像她的丈夫，又没有哪一个是。他们如蝼蚁一般的生命，背负着那化不开的庄严与重压。霸业与民怨，劳役与苦难，相思与爱情，生存与死亡，那细致的笔触里，涌动了何等浩荡而深沉的生命悲欣啊。

这是千百年的历史，又何尝不是千百年的人生。

五

听蔡皋说话，读她的散文，那种蕴藉与深刻，明快与生动，朴素与优雅，总能瞬间击中你内心的柔软，于轻颤中生出莫名的欢喜。

或许，这也是她作为画家的"文化底蕴"吧。蔡皋说，在作画与读书之间，读书的时间会更多。平日里，读了什么，想了什么，画了什么，她都以文字和图画的方式记录下来。十多年了，那些列在书架上的笔记本里，有她的功课，亦有她的修行。

"只有芬芳，才会相互拜访。"蔡皋说这话的时候，阳台上花香袭人。她打开书本，握起画笔，只为拜访过很多生命的优雅与文化的风华。

蔡皋，以她自己的方式，为这个世界的儿童与成人播种着美与光明。

山水清音

一

山水如此安静，恍如百年之前。

这是佛岭的春天，是您一辈子念兹在兹的故园。阡陌上野花怒放，沟渠里清溪潺潺，油菜花铺开一片油画里的金黄。花香里隐约着您的气息，却又不知道您去了哪里。这是您的来处，您此刻是不是化作了屋后的那一山杜鹃，庭前的那一株桃李？

那个叫同兴堂的小院，听见过您生命的第一声啼哭。石山书院的晨光，还记得您六岁时的读书声。上高小那年，日寇的铁蹄碾碎了这方山水的宁静。长沙沦陷后，父母带着您惊恐逃散，兵荒马乱、风餐露宿。一家人靠打柴度日，于深山密林中整整熬过一年零三个月，直至抗战胜利。"当初本是神仙境，此刻变成竹木棚。雨洒奇花如热泪，风摇柳絮引乡亲。"您的那一首《返佛岭》记下的是不是那刻骨的伤痛？

终于有一线光，穿过您苦寒的岁月。继续上完高小之后，您一举考入长沙私立圣和中学。那是一所由长桥柳氏族人所办的学校，"圣和"之得名，缘于柳氏奉为先祖的柳下惠曾被孟子赞为"和圣"。这所学校创办于公元1943年，柳午亭先生系首任校长。柳先生毕业于日本早稻田大学，文武双全，与黄兴、孙中山先生过从甚密。圣和中学创建之初，只招四个班，战争一来，师生离散。您当年所进的，乃战后所招的秋季班。当时的"圣和"，名师荟萃，声名远播。

您从山田乡下走来，迎候您的是一棵始于明代的巨大香樟。而今，那樟树依然矗立在长沙县一中校内。当年的香樟并不知道，当年那个十八岁的浏阳青年正面临着怎样的生活困窘。您甚至连铺盖都没有，只能和同学共用一床被褥。从山田至长桥，少说也是一百多里吧？每次，您都一步一步走过去，又一步一步走回来。中间横亘的那座山，叫蕉溪岭。炎热正午，烈日照着您小小的身影，饥肠辘辘的您不得不以山泉水填饱肚子。家境实在太清苦，而您又真的很好学。兄长感念您的精神，节衣缩食，百里迢迢赶到长桥，只为将一个银花饼送到您手上。然而，异地求学的日子终归只是勉力维持了一个学期。

次年春，您考入免收学费的浏阳简易师范，插班读二年级一期。您对我说起过，那本文学经典选本，您每一篇都能诵读如流。除了古典功底，您的书法、绘画、唱歌、打球，或许就在那些日子里打下了底子吧。

一九四九年，湖南和平解放。明媚的曙光划破了历史的阴霾，亦开启了您燃犀举火的人生。

二

上世纪五十年代，二十多岁的您，即辗转于浏阳乡间各村小。

从沙市坪上乡的培根小学、萝山小学到山田乡的佛岭小学、山田小学，而后又调到泮春完小。自一九五四年调龙伏完小起，您担任中小学校长二十七年。六十年代初，您受政治运动冲击，放逐到大围山下的张坊，一个人守着一所村小，白天是复式教学，夜晚则孤灯相伴。一个学期，才走路回家一趟。之后到淳口，到山田，直到一九六九年，您再度调入沙市，出任浏阳市第九中学校长、书记，直至一九八一年退休。

山一程，水一程，整整三十二度春。您由小学而中学，由教师而校长，行走的脚步从未离开过乡村教育的版图。

我曾对您的课堂很好奇，那是怎样一种样子呢？我想，以您的博学与机智，那里一定充满了因材施教的智慧，谈笑风生的妙趣吧？您永远那么安静、那么平和、那么谦逊，那里有您的天性，或许也是春风化雨的职业使然吧？

"火树银花照逝川，终身毁灭不鸣冤。余晖化作青烟去，自是无心恋故园。"

这是您所咏叹的蜡烛，又何尝不是您的夫子自道？

不过，您并没有像蜡烛那样"毁灭"，也不是"无心恋故园"。您的光亮，温暖了无数乡村孩子的童年与青年，也撑起了整个家庭的蓝天。从山田、佛岭到沙市、罗福，多少个周末或假日，你总是背一个黄布包，在家与校之间往返。

您并不常跟我们说起学生。直到你故去十年后的今天，我从您的诗行里读到一颗冰清玉洁的童心。白雪飘飘的冬日，您静静注视校园里那些堆雪人的孩童，赞道："瑞雪堆凝在野童，胸怀坦荡裹冰心。仪容洁白新风度，表里裙衣一样明。"

人们都说您有才，可谁又知道您对于书香的看重？在您看来，"书通万卷，价值千金"。您明白自己的生命价值不是功名利禄，而是"一身正气恢先绪，两袖清风裕后昆"。

您说："无能鉴赏《红楼梦》，最好思忖《陋室铭》。"做校长几十年，您从来是至诚待人、宁静淡泊。就像您所写的九中窗外的那株无花果："院内无花果，深秋叶下躲。华而不实人，俯首含羞过。"

您一辈子偏居乡野，低调内敛，却从不失家国情怀。时代风云始终都在你心中奔涌。

佛岭马尾皂水库建设之时，您站在烟波浩荡的水边，为热烈的劳动场景而讴歌："捞刀百里起东坪，绕过山田下洞庭。""两岸田园呼灌溉，千军号角震枫林。"在张坊，您看到并有感于乡间文化新气象，欣然拟联："日场夜场场场有色有声看演员既敲胜利锣又击丰收鼓，文戏武戏戏戏可歌可泣观众莫忘过去苦珍惜今日甜。"在南岳，您看到庸俗势利者塞满道旁，愧然长叹："莫怨沿途多市侩，青天慧眼照凡尘。"在嗣同路，您为这位理想的祭奠者悲歌："戊戌幽燕正午门，冤魂哭号告何人？垂帘听政慈禧耳，不纳忠信信佞臣。"

对您而言，诗就是心灵的吟唱。无论生活多苦多累，您的内心永远都在拥抱那些美好的诗意。

三

夏天戴个草帽，月白汗衫，蓝色棉绸裤；冬天戴顶鸭舌帽，深色棉衣。那是我曾见到您的样子。

我们似乎并没有谈起过诗或对联。您抽烟，喝茶，睡觉，马路上走走，菜地里看看，屋前屋后忙活。您话语无多，偶尔坐在一起的时候，您看我的眼神却是清亮清亮的。

如果不是这一次收集整理您的遗墨，也许我永远都发现不了如此蔚然深秀的风景。您的性情、人格与操守，您的博学、才华与机敏，都令我生出深情相拥的冲动；然而您的肉身不在，只能拥抱您的文字与灵魂。

无论是婚娶雅颂还是临风挽歌，您的每一副对联莫不就地取材，缘事而发。或大雅，或大俗；或宏阔高远，或细腻深情；或典雅庄重，或如话家常；因人而异，因境而生。文字千变万化，深情直抵人心。

隆冬时节，戴、周二姓联姻，您以人名相嵌，接通文化与当下，写道："长子完婚，戴礼联篇周礼；嘉宾送暖，冬天胜似春天。"

木山村与新河村的一对男女结婚，您又以地名相嵌，融贯情缘和地缘，写道："正月月中木山山上声鸿雁，新河河口同渡渡船话鹊桥。"

太多取自经典的掌故，您往往信手拈来，不着痕迹。

"东床坦腹逢知己，子夜探花借斗星。"此中藏着"王羲之"；

"红妆执着书情意，志士张弓中雀屏。"此中藏着"唐高祖"；

"宜男草盛抽新叶，并蒂花明结好瓜。""谈心谈爱如情如意，鼓琴鼓瑟梦熊梦罴。"又都隐约着《诗经》的身影……

您满腹诗书，却没有半点旧式文人的迂阔。您的对联，从不寻章摘句，往往气盛言宜，自成高格。

像"石柱启龙腾日月，金台为案写春秋"这一副，石柱为峰，金台为山，彼此相望。势远，境阔，词雄，不能不说是联之上品。

至于您那些挽联所挽者，多是生于乡野、殁于乡野的寻常小民，他们一生辛苦劳碌，默默无闻。您以极大的深情与敬意为之凭吊，往往妙手偶得，令人过目难忘。

村上的剃头师傅不慎颠仆道路，死时正是八月最后一日。您挽道："八月出满勤九月告长休遗憾转弯过急，仓里有余粮手里有存折类此老汉难寻。"

窑匠师傅走了，您挽道："生前为社会添砖瓦，死后留楷模给子孙。"

木匠师傅于年底辞世，您挽道："别后裔休悲离了今世迎来世，向鲁班问好接着辞年又拜年。"

......

做校长那些年，所到之处，您都是那一带山水里的"文化人"。写诗、拟联、作画、下棋、打球、唱歌，乃至堪舆、取名，您广收博采，样样通晓。闲居乡间之后，您喜欢午后于堂屋伏案作画。您画虾，天性自在，亦如"万籁霜天竞自由"；您画小鸡，惟妙惟肖，神态各异，满纸稚拙与天真；您画荷花，墨酣意满，浓淡相宜；您画山鹰，独立岩头，展翅欲飞，气韵生动……

您的画，意到笔随，水墨灵动，情趣相生，典型的古典心性、传统风雅。您的书法，稳健中不乏秀劲。有一年春节，您在门楣上贴了一个"春"字，从此那字就烙在我的脑海，想起那笔画，就像想起您的面容。

每个人都会遇见不同的时代，每个人都拥有不同的人生。您八十年的生命，宛如山水间的一抹春晖。在亲人心中，您是他们此生最大的恩典；在学生心里，您是他们此生最爱的先生；而在乡民心中，您又是一道文化的光。您的对联，让他们在庸常里打开一个窗口，得以看见那一道不同于粮食和蔬菜的精神风景。

立德、立功、立言，都在您的生命中。你一生浸淫于诗书雅韵，却无意捡拾、存留，以致太多的咏叹都散落于风中。我们越来越深切地意识到那是一笔不可再有的财富。从去年秋天起，我们各方采辑，才辑录到这小小的一部分。在您与我们永别十周年之际，权作后人的一瓣心香，敬献于您的灵前。

我们相信，这将是一阕永不飘散的山水清音。

先生之风

国字脸，戴眼镜，目光温和，举止儒雅。那就是吴稷曾先生。

与他的初次相见，在师专教学楼前的梧桐树下。

那时，他五十出头，如日中天，乃传说中的百年名校长沙市一中语文教研组组长，蜚声全国的语文名师。

快三十年了，当年先生来考察的那个二十一岁的青年，如今鬓已星星也。每当回想起那个丁香花开的上午，便觉时光如一条曲曲折折的江南雨巷。

不早，也不晚，先生正好出现在我青春的拐角处。

一

一九八九年，我从益阳师专毕业，分配至长沙市一中。诚如老校长马清泽先生所言，这里是一片大森林。我以一介专科生厕身其间，除了感恩，亦多有卑怯。

一直记得开学不久后的那节公开课。

上课铃一响，一拨人齐刷刷坐到了教室后排。吴老师坐在角落，镜片上的反光，忽闪忽闪。

"一屠晚归，担中肉尽……"

我的声音仿佛飘进虚空，嗒嗒嗒的板书声清晰可闻。安静一寸一寸加深，空气亦渐渐变得沉闷。我的背上，微微冒汗。

终于下课了。孩子们如释重负，哄然如鸟散。吴老师候在办公室，像座弥勒。他翻开听课笔记，对其他两位新教师的课分别做了点评，却没有说到我。我傻呵呵地暗自庆幸，以为是逃过"一劫"。

我正想逃之夭夭，吴老师笑眯眯地看着我："今晚你来办公室，好吧？我再来听听。"

就在那栋老式办公楼里，墙上挂一块小黑板，我讲，吴老师听。听过一小段，他摘下眼镜，叫了声暂停。

"小黄，文字都是有气息的。你看这里，孤身一人的屠夫，置身荒郊野岭，又逢暮色苍茫，两只狼步步紧逼，穷追不舍。这样的氛围，我们是不是感到其中的紧张一层胜过一层？叶圣陶先生说'入境始与亲'。你今天的课，拘泥于解词析句，学生没有一种身临其境的感觉啊。"

豁然开了天窗，羞愧却到了耳根。想起白日的教学，那哪是两只"狼"的步步为营呢，分明是一只"羊"的慢条斯理。

就这样讲讲评评，直至夜深花睡。走出办公室的时候，晚风中的香樟树沙沙作响，明月照着一长一短的两个身影。

吴老师成了我的"师父"。可他并不像"师父"，对于一堂课，他从不说该怎么上，往往只在关键处启发几句。

大概是一年之后吧。有一堂全市青年语文教师赛课，教学篇目取自课外读本，题为《绿叶》。试教时，学生提出一个极好的问题，可以"牵一发而动全身"。可是，我只想着教案里的流程，并没有太在意那个精彩的生成。那天课后，从没有见吴老师那么急急忙忙找我说："哎，刚才那么好的一个问题，你怎么不就着学生来呀？"吴老师身材高大又微胖，他忽而站起来，手势像顺水推舟一样。

"就着来"是长沙方言表达，意即课堂里要因势利导，不囿于文本与预设，敏锐地感知学生的思维方向。

多年之后，我一直记得吴老师当年的那个手势，仿佛那下面有一条奔涌的江。

吴老师对课文总有独到发现，却从不要我照着他的观点与方法来。有一次，我上公开课《枣核》。听过试教之后，他意外地和我拉起了家常。他说，年岁越大，就越想回老家看看。和我一样，他老家也在长沙县，那里有座影珠山，他常常想念那里的老屋、小路、溪流与秋天的银杏。"一个人的乡愁，往往在一些细节里、在寻常的物事中。像课文《枣核》，这里写到庙会啊、杨柳啊、明月啊，在一个海外华人心里，那都是最具中国文化内涵的意象咧。所以，你的教学得在品味言外之意上下功夫。"

吴老师说这些话的时候，一抹斜阳正打在他脸上。那一刻，我仿佛听见萧乾的内心在文字里有了回声。我忽而懂了，这就是由"文心"看见"人心"，就是文学阅读中的"明心见性"。

多年后，我师从周庆元先生读博士，研究百年中小学文学教育史，吴老师的话语常常在那些清寒的夜色里醒来。

二

我进一中的时候，吴老师在湖南乃至全国中语界，早已遐迩闻名。常有各地语文同人慕名，不远千里而来。我因入室弟子之便，近水楼台先得月。

听吴老师的课，严谨中有开放，变化中见自由。在他的课堂里，爱如春风化雨，思如清溪出涧，境若百川归海，仿佛苏轼为文，"常行于当所行，常止于不可不止"。

记得那是一个春天的上午，听吴老师上朱自清的《绿》。那天，吴老师还特意系了一条浅色领带。他站在讲台上，亲切儒雅，亦如惠风和畅，再加之目光顾盼，板书灵秀，话语温和，整个课堂仿佛都泛出油油的生命绿意。

吴老师上课，始于学生质疑。讲台下伏着的男生女生，因为他的循循善诱，一个个站起来，如雨后春笋。对这群训练有素的高中生来说，课堂为他们而存在：他们以疑问面对文本，以思想叩问思想，以发现表达主见。

每一个声音里都响着自信，而每一种见地都溅起回音。整个课堂，没有看见一丝卑怯的躲闪、沉默与嗫嚅。那些十六七岁的少年，仿佛站成了一棵棵独立的树，在吴老师满面春风的启发下，树上的花朵次第开放。

"便觉眼前生意满，东风吹水绿参差。"这就是吴老师的课堂。他从不被教参"画地为牢"，更不在一己之见里"固步自封"；他所看重的，永远是平等对话中的每一个鲜活生命；他怀抱"目中有人"的朴素理念，自觉地将语文课的重心由"教"转向"学"。于是，他的课堂里没有僵化的结论、没有肤浅的标签，而永远是"开窗放入大江来""于无声处听惊雷"。

他的阅读教学就是一片绿色的春之原野——如切如磋，如琢如磨，而学生的思维和情感，语言与人格都在那里同生共长。

吴老师的课打得很开，常常纵横驰骋，却从不天马行空。他的课堂始终贴近语言的"大地"，指向文字的"正道"。看他的板书，永远不乏细酌慢品的文眼字眼，亦不乏对经典语言的细细涵泳。

吴老师以其聪慧的天性和自我成长的切己体验，得以窥见语文学习的深深堂奥。他的语文课既彰显现代教育的主体性思想，又始终立足于"不愤不启，不悱不发"的传统根基。

吴老师的课，返本开新，守正出奇。他那张方正而生动的国字脸，亦如其精神面相。

三

几十年来，吴老师的岁月里总开着一瓣古典诗心，流着一脉汉语雅韵。

他的文字亦如脚印，大多印于语文教育的探索之途。偶有遣意抒怀，均发而为诗。参观田汉故居，他想起这位国歌词作者的一生遭际，叹道："轻挥彩笔卷风云，艺苑青葱满目春。一曲狂飙惊宇宙，可怜难救作歌人。"读《红楼梦》，他想起曹雪芹先生生前的寂寞与苍凉，咏曰："冷粥蓬门秋夜雨，殇儿破被灶头冰。丹忱蘸血临霜写，白眼凌空向俗横。"……

更多的时候，他则像徐特立先生一样，让那些平平仄仄的格律与绝句成为他与学生的对话方式。

一个春寒料峭的早春时节，学生提醒吴老师兑现承诺，带他们去游览岳阳楼。可当时的天气尚不宜春游。吴老师便在黑板上写了一首《答同学》的小诗："洞庭犹是寒流涌，绿隐花藏春到迟。待到清明花斗艳，登楼同读杜陵诗。"哪里知道，一向被吴老师鼓励要敢于质疑的学生纷纷指出此诗中的"杜陵诗"不好。为什么呢？岳阳楼因范仲淹的"记"而出名，登岳阳楼自然要吟诵《岳阳楼记》。学生并不是不喜欢杜甫，一千多年前那种"凭轩涕泗流"的痛苦忧伤，与当下心旷神怡的春游心境亦不相契。第二天，黑板上便出现了《试改吴老师的诗》："洞庭犹是寒流涌，绿隐花藏不见春。待到清明花斗艳，登楼同读范公文。"

这只是吴老师与学生诗书唱和的一个缩影。几十年间，他始终站定一个终身学习者的立场，以读写丰盈生命，更以一个研究者的姿态，拥抱时代，走进学生的内心。

有一年，他应邀赴湖北给初中学生讲作文。在那个几百人的会场，吴老师三言两语就找到了跟孩子沟通的"密码"。

"同学们，你们见过我吗？"大家摇摇头。"上完课之后，你们认识我吗？"大家又点点头。"那你们怎么认识我的？""我们都记得你的样子啊。""呵呵，对，我们今天就学习外貌描写。"……

之后，他要求每个学生都用文字给班上的某一名同学"画像"，不道出其姓名，当众朗读后让大家"猜猜他是谁"。评评议议之后，最后全班给新来的吴老师"画像"……

先口语，后写作，一切来得那么自然。近二十个孩子走上讲台口头作文，猜测的过程更是笑声不断，高潮迭起。创意缤纷绽放，文字艳惊四座。吴老师内心清楚，那课堂来得如此不易。如何在作文教学中培养学生的创新思维，他已在这条路上兀兀穷年。

在一中的教师大会上，我曾听过吴老师关于作文教改的分享。

在他班上，学生面对一轮月亮、一枚树根、一个数字"0"，往往会被激发出极广阔的发散思维与求异联想。那种"和而不同"的课堂文化，那种"独立不羁"的自由表达，曾令我深深羡慕那些有福的学子。后来，我在校友文集里读到过考入北大中文系的学生给他的长长来信。

我相信，在无数学生的生命中，吴老师一定是那个改变人生的"重要他人"。问世间，还有什么样的价值，比影响"人"更深刻、更长远、更美好呢？

四

孕育奇迹的土壤，往往都是生活的日常。

吴老师并没有很高的学历起点，但一辈子"学，然后知不足；教，然后知困"。行远必自迩，登高必自卑；知止而有定，宁静以致远。这些成就了他温润如玉的君子之风。

长沙市一中语文组，历来卧虎藏龙。盛名之下，吴老师一点都没有清高之气，相反，他的好脾气亦如天生。那么多年过去，我从未听他说过一句重话，也未见他与人红过脸。他不争名利，不论是非，不唱高调；永远都那么从容、那么谦逊、那么淡定。

一九九六年，于中南片语文年会上，我代表湖南执教公开课。吴老师带我前往海南。当时，我上的是《寓言二则》，最后一个环节有我的一个创意，即让学生欣赏两幅画之后创作一则寓言故事。画很简单，都是班上学生的作品，一为《帆与船》，一为《大树与小草》。

那天，我的课安排在下午第一节。没想到，就在我们由宾馆去会场的路上，穿过熙熙攘攘的人群时，那画被人偷走了。当时，两幅卷起来的画作，插在吴老师的背包里。或许是吴老师的文质彬彬误导了小偷吧，他以为那是什么值钱的名画。眼看着就要上课了，教具却不翼而飞。吴老师急得来回寻找，却无功而返。我一时情急，竟也怼了吴老师一句。他却像没听到似的，一个劲安慰我。进到会场，他不知从哪里找来一块小黑板，气喘吁吁地搬到我面前，嘱我赶紧用粉笔画来代替。

现在回想起当年的海南之行，公开课的记忆已然模糊，吴老师的君子修为却深深印在我的脑海里。他的沉稳和淡定轻轻化解了那场"意外"，我的课给与会者留下了深刻印象。因为这堂课，时任海南师院文学院院长的文达三先生特地找到我，真诚地表达了他欲引我至高校的殷殷美意。

五

每个人，都是时间的孩子。

风风雨雨半个多世纪，吴老师由一个偏居乡野的小学教师成长为全国著名特级教师，成长为新时期中学语文教育的标杆性人物。他守望的是"苔花如米"的青春少年，书写的却是"牡丹花开"的生命传奇。

他，是我心中真正的先生。

历史的风雨来了，他以沉默和隐忍表达着理性；时代的机遇来了，他又以责任与使命拥抱着青春。

在漫长的岁月里，他不跟风潮、不务虚名，始终以一方书桌和三尺讲台安顿人生。从自编教材到课堂建模，从阅读课堂到作文教学，从学科建设到人才培养，先生始终结善缘，交同道，特立而独行。

一直很喜欢先生名字里的那个"稷"字，稷麦青青地，社稷苍生福。那是一个与稼穑、与耕耘、与内心虔敬相关联的神圣意象。

吾师吴稷曾先生，一辈子怀着对土地与五谷的敬重，日就月将，春种秋收。而今，先生年逾八旬，将一辈子在语文教育上的探索、思考与成就结为一集。面对如此丰厚的岁月馈赠，学生实在不敢妄评一字，相信读者诸君自能开卷晤对，会心不远。

先生之风，山高水长。

半个多世纪时光荏苒，吴老师是在守望校园的青翠与饱满，又何尝不是在拥抱社稷的春天和远方。

最美遇见

许是 2004 年的一个春夜吧，长沙城南，田汉大剧院的走廊上，一个青年男子正望着远处的夜色和灯火。

他六岁的孩子，正在旁边的围棋教室练着定式。而他，早就陷入接与送的生活定式之中。

手机响了，是他夫人。她说，师大周老师打电话来，今晚，不管多晚你都去一趟他那里。

其时，这个供职于某省级教育杂志的年轻人，正跟着周老师攻读在职教育硕士。

那个男子，就是三十六岁的黄耀红。

大约十点多吧，驱车至湖南师范大学棠坡宿舍，坐在庆元先生家的客厅小桌前，坐在一屋子柔和的灯光里。

先生的微笑，亦如寻常，像弥勒一样亲切。他在桌上，摊开了我提交的硕士论文《新中国中学文学教育的流变与反思》。

先生给我沏了一杯茉莉茶。说，耀红啊，你文章很不错咧，蛮有思想，有才华。我刚刚看过，很兴奋，所以叫你来了。

那一刻，我忽有一种奇妙的幻觉，仿佛先生并不是坐在咫尺对面，而是坐在我心灵的边上。因为他，那里听得见花开的声音。

其实，在此之前，我与先生的交流并不很多，甚至当初论文开题时也是匆匆忙忙。

就在那天夜里，先生从一个青年的文字里看到了一束光亮。他轻轻一拨，那束光亮便洞开了漫天料峭的春寒。

我相信，那一刻，先生的心里半点儿功利之心都不曾有，只有一份纯净、一份欣赏、一份珍惜。一切，都是超越功利的美。

他那么急切地想给青年以肯定。他一键一键地按下，"滴"声响起的那一刹那，这个灯火夜里的青年，他的人生就在一种看不见的命运神光里发生着奇妙的改变。

因为先生的鼓舞，硕士毕业次年，我报考了他的博士。

这对于一个从师专起步的学子来说，是何等重要的一次改变啊。

至今还记得拿着博士通知书去师大报到的那一天，先生像带新生一样领着我去办了一系列手续。

他的目光，以及目光里的期许，都像种子一样落到了我的心里。

后来我博士论文的选题，依然沿着文学教育的路径做了百年开掘。还记得在湖南涉外经济学院对面的那个小饭馆，我一度打算只写五四一段的文学教育，先生目光笃定地望着我说那太单薄，且价值不大，还是百年中小学文学教育研究吧。

关键时刻，先生有一种登高壮观天地间的气定神闲。

这篇博士论文后来获得了我毕业当年的湖南师大"十佳博士论文"。倘没有先生的指导，是不可能的。

论文通过答辩的那个晚上，想起读博时的种种煎熬，不知不觉间，我就喝得烂醉，以致倒在先生办公室的沙发上胡言乱语。

夜深了，先生微笑地坐在桌前，不时问我要不要喝水。

与接到电话的那天一样，那也是一个醉人的夜啊。

博士毕业后，在先生的引荐下，我一度跟随谭桂林先生进入博士后科研工作站。可惜，我被种种俗务拖累，加之个人疏懒，最终并未出站，实在有愧于先生的用心栽培。

人的一生就是一场遇见。一个重要的他人，可能会打开一个世界，成全另一种可能。

庆元先生，是此生最美的遇见。

挥不散的记忆

转眼间，离开长沙市第一中学已经十年。

每次驱车从清水塘经过时，我都会不由自主地放慢车速，向着那扇油绿的校门投去匆匆一瞥。每次都是如此，像条件反射一样。那种复杂而微妙的心情实在难以言说。有"近乡情更怯，不敢问来人"的紧张，也有"每颗心上某一个地方，总有记忆挥不散"的沉醉，更有"轻轻回来不吵醒往事"的深情。种种清晰而模糊的感觉混杂在一起。

从二十一岁大学毕业到二十九岁接近"而立"，我在一中工作了九个年头。这是我职业人生的第一站，是我教育生活的开始，也是我寻根问源的地方。这么多年了，为什么总对这所学校保持着一份特别关注甚至怀着一种深刻的敬畏呢？也许，这个叫清水塘的地方，真的藏着"半亩方塘"，映照着我青涩的青春岁月和无数"天光云影共徘徊"的日子。

离开一中的这些年，我以一个记者的身份采访过三湘四水的许多学校。不论走到城市还是乡村，只要一脚跨进校园，我总是联想到"我们的一中"，甚至情不自禁地去暗暗对比。

与一中相比，不少校园更宽敞、更漂亮，教学楼建得更气派，办公室装修得更牛气，标语写得更新颖，理念说得更动听。但我无论怎么比，一中这所百年名校依然表现出独有的魅力。我喜欢她，喜欢那份闹市中的静谧，喜欢校园里安静的阳光、如盖的香樟和校门口飘香的桂花树，喜欢晨风里清越的鸟鸣和琅琅的书声，喜欢夕阳西下时绿树掩映的红墙，喜欢从球场上下来的那些个生龙活虎的小伙子。我喜欢这里的生活方式，喜欢那种相对纯净的人际关系。

在我看来，那些看似"现代"的校园，它们在张扬着科技伟力的同时，也隐隐透着些许浅薄与滥俗。我总是觉得，这些校园里缺少某种东西，某种可以让心灵安顿的东西；或者说缺少一种力量，弥漫于周遭，却又不见影踪的力量。一句话，它们缺少一份深厚的文化。

文化是什么？对于一中来说，就是百年积淀、百年沧桑、百年底蕴。它如此厚重，如此含蓄，如此深刻，濡染着一中人的思想，塑造着一中人的心灵。我们不禁想问：一中文化的具体内涵到底是什么呢？是公勇勤朴的校训，还是校史陈列室里那些发黄的照片？是丰富多彩的学生社团，还是青春飞扬的田径场？是不断刷新的学生获奖信息，还是写在大门口的"每周一言"？是教师的发型、穿着、行为举止，还是学生的整体风貌与气质？是见证着岁月的香樟树，还是教学楼前流淌着款款深情的阳光与草地？应当说，这些都是"一中文化"，但又都不是"一中文化"的全部。

理性地说，文化其实是人类不断创造并沉淀下来的一种无形的"程序"，是一种为了人更真、更善、更美的"取向"。一所有文化的学校，意味着维系教师精神的，不只是章程、纪律与规约，而是独有的精神文化氛围。"人"始终是文化的中心，因此，一中文化不可能不通过"一中人"表现出来。文化表现为一个人或一个群体如何对待他人、对待自己和对待自己所处的自然环境。

在我的记忆中，印象最深刻的"一中人"要数当年的校长马清泽先生。第一次见到马校长，还是上世纪八十年代末。他那时五十开外，穿着一件干净的蓝色中山装，眼睛特别有神，浑身透着善良与热情、精干与务实。他说话声音很响亮，夹着一点点湘南方言，抑扬顿挫。我记得，在他家那间有点暗、有点潮的客厅里，我们第一次见面就聊着书法与文学。在我这个中文系还没毕业的毛头小伙面前，他居然兴致很高，满脸是笑，没有一点校长的架子。

我们聊得很投机。不了解内情的人，或许会以为我跟马校长之间有着什么深厚而特殊的交情；其实，我跟他非亲非故。若论"交情"，我父亲倒是帮我去马校长家找过一回"关系"。

父亲是个地道的中国农民，我大学毕业的那个春天，他正好在长沙市南大十字路一处民工建筑队的工地上守材料。父亲何以知道马校长呢？原来，马校长的夫人龚必寰老师乃长沙县人，而她的姐姐（已故）恰好就住在我老家的上屋朱家祠堂。于是，父亲特地找到易家厚老人，跟他说起我的情况。他说：

"我妹夫马清泽在长沙市一中当校长,你可以去找他一下。"就凭着这么简简单单的一句话,父亲独自一人找到了马校长的家。我想,在马校长家的所有来客中,我父亲一定是最无权、最无钱,处于社会最底层的人物之一。可是,当年的马校长是如何看待我父亲的呢?多年后,他告诉我:当时你父亲戴着一顶草帽,一见到你父亲的样子,我马上就联想到自己远在家乡的老父亲,我知道他供一个孩子上学的不易。就这样,什么"礼"都没送,马校长记住了易老和我父亲——这两位标志式中国农民的"重托"。父亲走后,马校长竟写了一封信给我们当时的教学法老师邓开初先生,询问我的在校表现。有一天黄昏,我正在校园里散步,邓老师忽然将这一信息告诉我,我才知道马校长其人。急急忙忙,便从一本《中学语文教材教法》的著作上找到他的大名,冒昧地给他写了一封自荐信。这封信写了好几页,字斟句酌、文采郁郁,书法也特别讲究。我有意想博得这位未曾谋面的马校长的好感。果然,一切如愿。还没见到我的人,马校长就对我的这封信赞赏有加,一再表扬我有文采、有灵气,并且说字也写得潇洒,是做语文教师的好料子。

　　我与马校长之间的第一次交谈正是建立在这样的背景之上。交谈之后,马校长约我第二天到办公室去接受面试。我记得,在当时的第二教学楼一楼最东头的那间办公室,马校长随便拿了一册沾着粉笔灰的高中语文教材,翻到《改造我们的学习》一课,让我在那张宽大的办公桌上随便写两行粉笔字;然后叫我朗读了一段课文。我不知这算不算面试,也不知面试的结果如何。只记得那天离开学校的时候,天正下着蒙蒙春雨,马校长硬是将他手中的那把折叠伞塞给我。这么多年过去了,不知马校长是否还记得那一幕?我知道,这个温暖而感人的细节将永远铭刻在我的记忆里。回到学校后,我惴惴不安地又给马校长写了一封信,说自己好像在公园里照了一张相,不管是不是拍出了最佳效果,反正是真实的自己。不久之后,马校长就派当时的语文教研组组长吴稷曾、办公室主任赵雅茜(现长沙市一中校长)及工会主席贾培英等一行四人去了我所就读的益阳师专了解和考察情况。考察的结果,令马校长非常满意,后来的一切都变得顺风顺水。就这样,我做梦都没有想到,当年我以一个专科生的身份被分配到享有盛名的长沙市第一中学。

　　在今天的大学毕业生看来,我所叙述的找工作的方式,似乎难以置信。很多人会问：难道就凭着这种简单的拜访、书信、面试就能将"关系"与"运作"的潜规则逐个击破吗？是的，确实击破了所有的"潜规则"。但是，这里有个重要的前提，那就是父亲托人去找的"关系"不是一个当官的马清泽，而是一个有着深刻人文底蕴和平民情怀的马清泽。除这个前提之外，还聚合了太多太多的生命偶然。如果不是因为龚老师那份浓烈的故乡情怀，如果不是易家厚老人的古道热肠，我那老实巴交的父亲也就不可能找到马校长；同时，如果不是所有的交流、面试与考察的结果都令马校长非常满意，如果不是马校长始终保持有一种沧海月明的心境和一双洞若观火的专业眼睛，我与一中都可能失之交臂。

后来我才知道，马校长曾是一中语文教研组组长。他在中学语文教学方面有着很深的造诣，是有着广泛影响的语文教育专家。唯其如此，我当年稚嫩的表现才赢来一双青睐的眼睛，这双眼睛改变了我的人生。

这就是我的幸运。今天想来，我都感慨万千！反观熙来攘往、功利至上的当下，我想，"马校长"代表的其实远不只是他自己，而是一个正直知识分子孤独而苍凉的背影。今天，这个背影早已模糊，但在我心里，马清泽三个字永远散发着荷花的清香。

我知道，也许马校长压根都不愿我提及这些过往。他当年对我的欣赏，与其说是一个长辈对后生的喜欢，不如说是一个校长对员工的期盼。多年后，我意外地在一中校史上读到"慎选良师"四字。我立马联想起当年马校长对我讲的一段话："如果不是你自身优秀，即使你是我的儿子，你也进不来！"

我真诚地相信马校长。从他这里，我切身体验到：一个好校长就是一所好学校！一个好校长就是学校的一张文化名片！

除马校长之外，还有许许多多的"一中人"给了我重大的人生影响。

我不会忘记，当年负责指导我的老教师是"吴特级"——特级教师吴稷曾。吴老师自学成才，长着一张国字脸，写得一手好字，课堂上笑容可掬、循循善诱，让人如沐春风。

我清楚地记得，1989年深秋的一天，语文组打算安排我上一堂公开课，课文是蒲松龄的《狼》。那时，我还刚上讲台不久，试教时难免手忙脚乱、背心冒汗，课上得不怎么好。下课之后，吴老师居然没说什么，只是很和蔼地笑了笑，说晚上再聊聊。就在那天夜里，在初一备课组办公室，吴老师让我将课文重新讲一遍给他听。我讲一节，他评一节，还不时示范。在雪白的灯光下，我们一直讲到深夜。

直到今天，那个神奇的夜晚依然清晰地存在于我的记忆里。我不知道，今日之一中，是否还有这样温暖而感动的镜头，是否还有这样"美丽的夜晚"。

语文教研组充满着一种关爱和向上的人文氛围。我带第一届学生的时候，一直跟特级教师杨中琦先生同坐一个办公室。他精瘦精瘦，说话的声音却洪亮而清脆。他穿着并不时尚，却干干净净、精精致致。他乐观、开朗、幽默，成天呵呵笑，你绝对不知他已逾知天命之年。记得有一年，我到明德中学去参加长沙市赛课。马上就要登台了，不晓得杨老师从哪里弄来了一把梳子，笑着说：慢点，把头发搞帅点咯。说着，踮起脚帮我去梳了梳蓬乱的头发。梳头时，他那细心与专注的神情，真的深深地感动了我。

应当说，我与马校长、吴老师、杨老师之间的关系，在很大程度上折射出整个一中的年轻教师与老教师的关系。对我来说，从老教师那里得到的指点实在太多太多。很多次，当我上完一堂公开课之后，也许在校园花坛边或某一棵樟树下，某一位老教师就会格外主动、格外真诚地给我鼓励，并帮我指出不足。比如满头银发、声如洪钟的李健老师，比如将俄罗斯民歌演绎得淋漓尽致的王咨生老师，比如站着丁字步、深情朗诵的吴振乾老师，比如气质如空谷幽兰而又才华灼灼的肖笃宋老师……

生活中，我与他们的交往其实很少很少。我不知道，是什么力量让他们如此关爱、如此呵护着一个年轻人在语文教学上的成长。也许，这就是"一中人"身上所固有的传统吧。

我常想，当我们不知自己从何而来又归向何处的时候，生命不过是寄于天地之间的一场漂泊。在这场漂泊中，能够彼此传递温暖、关怀、感动与爱，这正是人性的伟大。在一中，我深切地感受了人与人之间的这份温暖、关怀、感动与爱，理解了"文化"即"人化"的深刻内涵。

距离产生了思念，产生了美。我知道，一中九年，将成为我生命中挥之不去的记忆。

突围与救赎

电影《阿凡达》的镜头总在两个不同的世界间切换，而情节就在这种切换中纵深推进。

一是现实世界，亦人类所处的地球世界。一大群忙碌的科学家，正在紧张地实施一项匪夷所思的尖端实验，其目标指向是：彻底驱赶居于某一星球上的纳威人。我们看到，所有与这个世界相关的镜头，都在传达着科研群体的忙碌紧张、征服的阴谋、摧毁的疯狂……

二是梦想世界，亦纳威人所居的外星世界。那是一个怎样神奇的世界。它遥远，不知所由，不知所终，足以超出我们想象的边界；它神秘，神秘得幽深、虚幻，如同梦境；它美丽，美丽得缥缈如仙、超尘脱俗、令人心颤！

与现实世界相对应，这是一种充满原始神性的世界，一个充盈着美与爱的世界，一个如宝石般纯洁、烛光般柔弱却又弥漫着歌声与信仰的世界。

连接这两个世界的，正是剧情的独白者——那个坐在轮椅上的腿残者，那个躺在科学实验室、可以经由梦幻进入潘多拉星球、眼里写着忧郁的男人。

在科学试验台上，他的灵肉可以分离。——腿残者是他的肉身，阿凡达则是他的灵魂。或曰，沉重的肉身在现实世界、在地球，而美丽的灵魂飞翔于梦想中的外星世界，成为可爱的阿凡达。

在科学家最周密的计划与最高明的阴谋里，从肉体分身出阿凡达的意义，不是别的，而在于深入纳威人群之中，以更好地实现将其驱逐、征服、摧毁乃至消灭。

电影的深刻之处在于，阿凡达这个脱离了肉身的精灵，居然被另一世界的美与爱深深感化。他非但未能履行"奸细"的使命，相反，他从根本上背离了人类的阴谋。就是说，影片不是阿凡达泯灭了"精神"来成就他的俗世肉身，恰恰相反，他所放弃的是地球上的沉重肉身，真正成为纳威人的一员，成为灵肉合一的纳威一员——阿凡达。

越是看到最后，越是看出这部电影非同寻常的深思，与其说这是一部耗资数亿美元的影片，不如说它是整个人类、整个处于现代性陷阱下的人类，寻求心灵突围与自我救赎的一则伟大的寓言。

至少，我这样认为。

不是吗？科学发展至今日，其创造的神奇和开辟的盛世足以令人类傲视群伦。科学的伟力，足以用无数华丽的言词来称颂。一切礼赞都天经地义，毋庸置疑。然而，我们是否注意到在科学的名义下，人类在与自然、与他者的所有关系中，我们是不是一直信奉的就是对立、征服、格斗？正如科学家毁灭纳威人的阴谋。那么，人们不禁要问，种种征服的意义究竟在哪里？

今天，当科学探索已深化到可能"克隆人"的时候，人类不可能不产生惊恐与恍惚：谁是目的？谁是手段？我们与整个世界的关系难道只能是"征服"与"战斗"？

科学与技术越是发达到尖端，人类对自身存在意义的追问越是变得急切而深沉。

《阿凡达》中两个世界的交替与对峙，有着极为深刻的寓意。

所谓战争与和平、原始与现代、科学与神性、理性与想象、生态与能源，种种困扰当下的问题全在这里汇集。

在我看来，"现实世界"所展示的一切，无不充满密谋与算计，它冰冷而强硬正如大规模杀伤武器，足以碾过所有的柔弱与神秘。这正是我们所看到的环境与语境。我们事实上就被这样一个世界包围着，裹挟着，纠结着。诗意、想象、精神总被现代文明碾压、遮蔽、放逐。

我们身陷其中难以自拔。我们在心灵深处呼唤着思想的突围。

"外星世界"则是迥然有别的美丽的世界。我们看到，生活在这里的纳威人，他们带着原始的野性，甚至还留有人类进化前的长尾。那是一个幽深无底、广袤无垠的童话般的世界，那些贝壳般生长的神奇物种，让你分不清到底是森林，还是海底；那些神奇高大的树种，那些飘然的树根，那些深不见底的幽谷，总是带给我们无尽的想象与美感。特别是那些不知名的神鸟，它们伸着长长的脖子，扇着坚强的翅膀，它们上天下地，壮美如同精灵，有如魅影。意味深长的是，只有当你的心灵与它的心灵获得感应之时，它才会呈现出温良与柔顺。

不得不惊叹，纳威人其实是那么伟大的族类。他们坚贞地捍卫家园，即使在人类强大的攻势下，他们依然如此。在星光下、在被毁的废墟上，他们聚集着、依偎着、歌唱着。那一刻，我们看到的是最美丽的人性和最崇高的信仰。相信看过《阿凡达》的人，没有谁会不被这种人间所不见的美丽与伟大所震撼。

相较于现实世界的战斗与倾轧，这样的世界是一个人性被尊重、神性被尊重、爱情被尊重的世界——或许，阿凡达与纳威部落首领之女的爱情，正是这种爱的经典表达。

让人类回到心灵，回到神性呵护下的自由心灵，回到爱的怀抱，或许，这正是汲汲于战斗与征服的现代人的心灵救赎吧？

让我们守望并保护这样一个属于诸神、属于诗意、属于精神的世界，这基于人类生存目的的一个意义世界。

它让我们回到自己，回到人，回到原初的美丽。这种美丽力量的强大超乎任何高科技的武器，一如魅影骑士。

《阿凡达》，一部深刻的大片，但愿你看到的不只是画面的美丽。

病是一面镜子

一

其实，她是一个病人。她的病，奇怪得有点不可思议。间歇性脖子抽搐，不时发出狗一样的叫声，一切都是这样无可抑制。医学上称之为妥瑞氏综合征。

她容貌姣好，才能出众，甚至拥有两个理学学位；然而，上天让她与此种怪病相伴一生。

如此秀外慧中的一个女子，如此不可改变的生命缺陷，美与残缺之间便生出了一种莫名的张力。

这一生，她究竟可以做点儿什么呢？即使将全世界所有职业都想遍，相信你也不会将她与老师联系到一起。天下有哪一个课堂，可以接受那不时袭来的抽搐和怪声？

然而，做教师偏偏又是她此生无可救药的执念。

一个看起来最不可能做教师的女子，终于做成了教师。岂止是做成了，她简直成了为现代教师职业找寻灵魂的人。

她就是印度电影《嗝嗝老师》的女主角——马图尔·奈娜。

她用一间教室所孕育的奇迹，撕开了一切功利主义教育价值观，让人们从此看见那些隐藏于教育日常中的粗暴、固执和荒谬，也看见人间最高贵、最明亮的灵魂。

奈娜带着十几名学生完美逆袭的故事，像一束光，穿过南亚次大陆的古老文明，照在我们的现实里。

我很多次抑制住泪涌的冲动，长长地吁一口气，走出影院。

那一刻，奈娜美得像人间天使，甚至连同她那止不住的抽搐与怪声，都成了那值得尊敬与怜爱的一部分。

这世上，长相漂亮、说话正常的男人女人无以计数，为什么电影偏偏选择这样一位罕见的病人去切入教育母题？

"漂亮的皮囊满街都是，有趣的灵魂万里挑一。"我想，这种身体与灵魂之间的审美张力，正如《红楼梦》里的空空道人，或如民间传说中的济公，缺失往往会成为完美的反衬。

奈娜为求得一份教职，五年奔波，四处碰壁，被拒绝达十八次之多。然而，她从不放弃，她的内心里始终有一束光的照耀。

那束光来自她的童年，来自那个叫可汗的校长。当年，圣蒂克学校的礼堂正在表演，年幼而有病的奈娜不时在台下发出怪声。当可汗校长得知她的不幸之后，当着全校同学的面，说一定给予她和普通同学一样的公平对待。

那个金黄暖色的舞台，连同可汗校长的温暖的话语，像一颗种子埋进了奈娜的生命。

待她长大成人，当初的种子已然成了内心的根。那就是教师的生命本质：遇见生命，改变生命，成全生命。

是的，当内心拥有如此饱满的种，扎下了如此深厚的根，所谓的嗝嗝之"病"又算得了什么呢？

病是一面镜子。此间的言外之意是：一个人，一旦正心诚意，明乎教育的本质与教师的本质，即令像奈娜这样天生带着欠缺的人都能创造完美的奇迹，又何况数以千万计并无身体缺陷的寻常人呢？

二

百折千回之后，马图尔·奈娜终于回到了梦开始的地方。

在圣蒂克私立中学，在当年可汗校长给过她公平待遇的儿时母校，她终于可以走进9F班的教室。从此，看起来最不可能做教师的奈娜成了脖子依然抽搐，依然发出怪叫的"嗝嗝老师"。

她的"嗝嗝"，不断招来人们的嘲笑、鄙夷和奚落。而她的精神却从未因此而暗淡，相反始终明亮闪耀。

她的病无可遁形，相形之下，她所面对的"教育之病"却掩藏在无数司空见惯之中。

所有的教育病，都在9F班里找得到折射。

9A与9F，是两个班，也是彼此对立、隔膜、怒视的贵族与平民两个阶层。当学校失去了公平与平等，当教师把学生分出不同的等级并打上标签，教育必然陷入傲慢、冷漠与僵化之中。从此，教育就迷失了成全生命的本分与使命，失去了对生命的温情与敬意，吞没了生命的丰富与可能。

太多的情节与细节，表达和强化了这种因分别之心而带来的人际对立与心态恶化。

相对9A班贵族精英的优秀，9F班14名来自贫民窟的孩子，他们的叛逆与自弃，无不缘于社会和学校加诸他们的种种身份歧视与不公待遇。

为什么他们抽烟、起哄、整蛊、恶作剧，极尽粗野、戾气与玩世不恭？为什么他们为一点小事就与9A班学生大打出手甚至群殴？为什么他们为尽快轰走"嗝嗝老师"私下赌注？

一言以蔽之，学校教育价值之病态，必然带来学生发展之病态。

这是圣蒂克中学的"教育之病"，是印度的"教育之病"，当然也是我们身边这种将学生分为三六九等的"教育之病"。

相对于老师的"嗝嗝"之病，这一种病，隐匿得很深，藏在看不见的精神世界之中。

就像悦纳了"嗝嗝"的病一样，奈娜从走上讲台的那一刻起，她就悦纳了教育的病。

她始终以"丰满的理想"拥抱着"骨感的现实"。

她始终是个"与病共舞"的人，不管是显于身体的，还是隐于教育的。

三

《嗝嗝老师》里，真正打动我的并不是"爱的奉献"，而是奈娜的教育智慧，那种直击现代教育痼疾的智慧之光。

单向度的知识传授，无法激起生命的好奇，无法获得创造的原型，亦无法触摸到知识的温度。知识与生活的分离，正是现代课程与教学之痛。

奈娜老师的教学魅力足以令人忘却她那"带病"的表达。

谁说数学课就是正襟危坐？她的课堂在阳光下、在微风里展开。她让学生坐在户外，一一将煮熟的鸡蛋抛向学生，让"抛物线"的知识从此带着温暖的鸡蛋味道。谁说物理课就是实验与公式？她的物理教学由一个篮球开启。谁说教师的道理就是说教？她走访每一个贫困孩子的家庭之后，看见了叛逆表象下那些自卑与脆弱的内心。

修轮胎的阿蒂什，修小车的基拉姆，永远挂着耳机的阿什文，街头赌博的拉芬德，削秋葵的塔曼娜，内心向上而聪慧的欧露……他们，或能说唱，或具心算天赋，或勇于担当，或富于正义感……

奈娜老师所唤醒的，正是潜伏在每个人内心深处的自尊与自信。

她不可控制地发出怪声，可是，对学生的启发却总能独辟蹊径，她的智慧显然非同庸常。

贫民的家长无法来学校开会，她便骑着电动车走进了贫困的街巷深处，之后对每个学生的生命境遇有了"理解之同情"。

她用粉笔在黑板上划出刺耳的声音，掐去一小截之后，粉笔声立马和谐悦耳了。如此直观的举动，指向的却是"为什么"和"为什么不"的哲理追问。

她让学生拿出书本，写下各自的恐惧与害怕，然后领着大家将纸折成飞机，将所有的惧怕与迷茫全部放飞。这是一种蕴含深远的仪式。

如果不相信"没有差的学生，只有差的教师"，9F班上这群深处教育病态与阴影下的孩子，会有一万个理由让他们的老师放弃，这是生活的真实。

电影中，瓦迪亚老师所代表的正是这种普遍的世俗之力，他笑话乃至敌视奈娜的一切创意与努力，甚至怀疑9F班最终的成绩系作弊而来。可喜的是，电影并没有将他塑造为一张反面的"脸谱"，他依然是生动的"人"。在最后的集会上，当他明白9F班的成绩全然真实的时候，他终于承认"嗝嗝老师"所做的一切都是对的。在他的身上，同样看得见教育场域中一个生命对另一个生命的影响与改变。

校长这个人物也挺可爱，是他成全奈娜的梦想，给了她做教师的机会；又是他同意如果成绩优秀，同样可以将勋章授予9F班。

然而，他也是教育威权的化身。与众多校长一样，他在意全国科学竞赛的获奖，以开除为教育惩罚的工具。

四

在我眼里，《嗝嗝老师》就像《小萝莉的猴神大叔》一样，都是表现人性共通主题的经典作品，它的高度与深度，足为世人称道。独特的印度歌舞，不仅带来视听享受，同时也成了组接蒙太奇的特别方式。

《嗝嗝老师》所秉持的理想，中国教育思想里并不缺乏。

两千多年前，在那个教育为贵族所垄断的时代，孔子提出因材施教、有教无类的教育思想，堪称石破天惊。那是划时代的思想。因为它意味着一个由贵族而平民、重心全面下移的教育时代得以开启。你想，无论是哪个时代、哪个国家、哪个民族，对于民间力量的集结与唤起，还有什么甚于教育？

然而，这样的历史荣光并未带来教育的现实辉煌。

我甚至想，倘若《嗝嗝老师》在中国，我们会以什么样的方式来呈现呢？或许，前提就不会存在，因为她压根就不可能成为教师。即使偶然做了，那她可能被塑造成为身残志坚、默默奉献的老黄牛典型。

我们太习惯这种泛道德宣传了。口号大而空，空山不见"人"。

并不是教育的主题就没有力量。像《死亡诗社》《放牛班的春天》之类的震撼人类灵魂的世界经典教育电影不少，为什么没有一部是中国电影？

我们习惯于苦难与悲情，习惯于成仁与成圣，恰恰失却了对教师生命的理想追问；我们满足于神圣的光圈，而看不见那个充满力量的本体。

看这部电影之前，我也看了张艺谋导演的《影》。

满屏充斥着宫廷内斗的血腥，算计与被算计的阴谋阳谋，在"螳螂捕蝉，黄雀在后"式的情节编织下尽显人性的黑洞。为什么五百年历史过去，中华文明对世界发明的贡献率几乎为零？一个民族在人际间纠缠耗散、尽显奸猾聪明。艺术若醉心于帝王或后宫，怎么能从阴暗的心灵泥淖里抬起头来，看见浩瀚的星空？

钢琴奏响的"黑与白"

没有想到，如此宏大、如此沉重、如此复杂的种族问题，作为曾交织着战火与血泪的种族问题，就那样，轻轻化作了一趟轻松、幽默而充满意外的美国南部之行。

人们说，这并不是编剧的虚构，而是生活的真实。我想说，这样的"真实"，幸好遇见了艺术。否则，它将与任何庸常的故事一样，都会波澜不惊。

《绿皮书》，作为奥斯卡奖获奖影片，论者夥矣。

于我而言，印象至深的甚至还不是影片的主题、人物、情节，而是那一架钢琴。

钢琴的琴键是黑与白，那是它的本色。

从始至终，剧情就在一种黑与白的张力中悄然打开。

黑人唐·雪利博士与白人司机托尼，不就是钢琴上天然的黑键与白键？

一架钢琴，就是最好的黑白隐喻。

电影中，唐·雪利是黑人音乐家，极有才华又富学养，其艺术造诣足以融入白人上流社会，他也保持着一种文质彬彬的文雅和审美。

然而，因为他与生俱来的黑皮肤，纵是西服楚楚、领带飘飘、才华横溢，种族却是他心头根深蒂固的痛，他甚至无法凭借自身艺术的卓绝而撼动一个民族累积的歧视目光和世俗偏见。为此，他隐忍于彬彬有礼的文明仪式里，他孤独于月下独酌的凄迷里，他痛苦于夜店的放纵和沉醉里，甚至他慰藉于同性恋的情感取向里。

他是荣光下的"被侮辱者"，却又挟带着同样的"文明眼光"，对司机托尼的粗鲁表示轻蔑。

托尼，是唐·雪利此行所聘的司机，一个意大利裔白人。与唐截然不同，他出身草根，却充满处理问题的街头智慧；他没有太多文化，甚至狂放不羁，但他一直有内心的价值和担当，亦如中国古侠。

所存的张力，其实并不止于黑与白，不止于外显的种族与肤色。随着情节推移，人们看到歧视背后的身份与阶层，艺术与凡俗，文明与野性，孤独与率真，乃至酒食和习俗。

反差，本身就是一种寓意。

黑人唐博士偏偏代表艺术、文明与智识的优异者；白人托尼，偏偏代表底层。

唐·雪利表面处处风光，内心却处处受伤。在他身上，强大与脆弱共存，光鲜与痛苦交织。

托尼在拳脚相向的粗野行事中，却一直保持着他对艺术和美的尊重。在他这里，卑微不掩明亮，粗猛不乏细腻。

电影好就好在，这一次为期两月的南部巡演，对这两个人而言，像是一次奇妙的心灵之旅。

他们都从对方那里照见了自己的"缺失"，又从对方那里发现了不同的"价值"。唐·雪利从托尼那里看见了智慧、力量、正义、善良，而托尼也从他那里懂得了艺术，以及艺术背后的伤痛。

如此过程，正应了一句话：暴躁，平息不了暴躁；偏见，消除不了偏见；但理解，可以带来理解；看见，可以成就看见。

镜头主要聚焦于"南部之行"的演出和故事，并以托尼与妻子的书信串起另一个时空。

托尼的"生活流水账"与唐·雪利的"文学情书"，同样是一种反差。此中的深意是不是所谓的南部之行，所谓一黑一白彼此靠近和懂得，其实一直是在爱与思念的温暖时空里展开的？

在白雪飘飘的圣诞夜归来的那一幕很感人，简直就像是一种召唤。

那是爱对旅途的召唤，更是爱对隔离的消弭。

当唐·雪利披着雪花，带着酒，融入托尼的家庭美好时，我想说，或许那才是"黑与白"奏响的最温暖的人间音乐吧。

黑与白，是种族的对立，却是钢琴的语言。少了黑或白，钢琴不可能奏出优美的乐章。

忽而想到《绿皮书》的"绿"。这也是一种色彩。从法律意义上说，绿代表了自由通行。

但是，从生命意义上说，它代表的是自然与生命。白与黑，就像绿一样，不都是"生命本来"吗？

《绿皮书》这一段两个月的旅程，更像是一段历史、一条心路。

好电影，从来就举重若轻，也从来就含蓄内蕴。

人性的至暗与至亮

集中营、毒气室、焚尸炉……种种灭绝人性的暴行，都是纳粹施之于犹太人的人间罪孽，代表着人类对人性与文明所能践踏的极限。因此，这是不堪回首的历史惨痛，亦是不曾止息的良知忏悔。

当黑夜与寒冬过去，人们或有千万种关于战争记忆的打开方式，亦有千万个讲述暴行的角度。可是，无论怎样讲，或许都会充满悲情与愤慨，甚至可能燃烧起仇恨的火焰。确实，那一场自相残杀的灾难，足以配得上人世间最丑恶、最卑劣、最无耻的一切语词。

但是，你做梦都不会想到，由世界著名导演罗伯托执导、编剧和主演的这部揭示纳粹罪行的片子，用了一个不可思议的词，叫作"美丽"。这种叙事里，何来"美丽"的影子？

当我看完《美丽人生》这部经典影片后，此片的艺术创造确实给了我深深震撼。

在这里，人性升华之后的美丽与人性异化之后的灾难之间，仿佛拥有两极对垒的力量，充满着无远弗届的张力。于黑暗与光亮的博弈中，人性被高高托举，亦如一轮太阳。

没有想到，影片的前半段一直是那种妙趣横生的喜剧调子，处处都洋溢着幽默与诙谐的乐。在这里，圭多言语夸张、动作搞怪，就像那顶帽子一样，一切充满了魔法般的意外和趣味。

来自乡间的犹太青年圭多与美丽的女教师多拉于农舍的草堆旁意外邂逅。从此，他自称为"王子"，每次优雅如绅士般向多拉问候"公主，早安"。圭多与多拉的身份与奇缘，与《泰坦尼克号》里的杰克和露西颇有几分类似。在歌剧院，在街头，在深夜，他们创造了无数心动的瞬间。最高光的时刻居然在鲁道夫与多拉的订婚晚宴上。在高朋满座的餐桌之下，多拉忽而避开男友鲁道夫的视线，在餐桌底下与圭多一吻定情，然后以机智的出走和逃离成全了那一份"情不知所起，一往而深"的浪漫，也成全了一个"王子和公主从此幸福地在一起"的童话结局。

从此，这幸福的三口之家，靠着一间书店，过着从容静美的日子。然而，这一份现世的安稳在孩子约舒亚五岁生日的那一天戛然而止。因为是犹太人，圭多父子被德国纳粹强行抓走。在父子俩生死未卜的关头，优雅而美丽的多拉以其不可思议的坚贞和决绝，主动登上那趟可能是开往死亡终点的闷罐火车。

待到纳粹集中营的铁门、电网以及黑暗里散发恶臭的囚牢出现，我们看到圭多、多拉分别编入男女集中营，佝偻的身体、窒息的沉默、硬得像石头一样的吃食、肮脏的条形囚服扑面而来。此时，电影前半段那明亮而诙谐的调子忽而变成了凝重和压抑，前后之间兀自形成了一种"美好"与"美好之毁灭"的悲剧张力。

倘若电影仅仅停留在这种"美的毁灭"上，那至多只是一个寻常的悲剧，它所带来的或许还只是感情的唏嘘或理智上的痛恨。问题是罗伯托不可能堕入这样的平庸之中。

我们看到，自圭多一家被抓入集中营之后，圭多自始至终没有在五岁孩子面前表现出过痛苦和绝望，甚至他在和孩子说话的语气、调子里都始终保持着那一份快乐和轻松。他的内心，或许弥漫着长夜饮泣的绝望，但他有一个信念支撑，那就是他无法让这个五岁孩子童年的纯真毁灭在那恶臭和死亡气息弥漫的集中营里。

他冒充集中营里德国军官的翻译，纯粹就是为了让天真的儿子增加对他所说的关于"游戏"的信任砝码。他在竭力保护儿子人身安全的前提下，始终守护着那个关于赢得积分、兑换奖品的"游戏规则"。与此同时，在枪口威胁生存的集中营里，圭多甚至抓住了机会以集中营的广播向他的"公主"喊话，提醒她那冲破生死与绝望的深爱存在；他居然又偷偷用集中营里的那台留声机让意大利歌剧在浓重的夜色里飘散，让他的"公主"听见那依然生长于内心的真爱与美好。当他最终被纳粹发现，即将被枪杀的那一刻，他依然以一种夸张的游戏姿势展示在躲在铁桶里的儿子面前。

我们看到，一个充满恨与杀戮的沉重故事，就这样奇妙地融入了爱与幸福的暖流。

由是，一边是纳粹对于人性践踏的冷酷和阴暗，一边却是圭多一家对于爱和温暖的守护。这就是电影叙事艺术的奇妙张力。

这令我想起美国学者浦安迪在《中国叙事学》里提出的观点。他基于中国阴阳五行哲学，认为中国小说叙事艺术的核心是"二元补衬"和"多项周旋"。那么，在《美丽人生》里，美丽与残忍，又何尝不是一种"二元补衬"？这就像文学手法中所说的"哀情"与"乐景"一样，亦存在二元间的张力。

在所有关于法西斯主题的作品里，《美丽人生》独独将生命的灭绝与孕育放在一起，将人性里的罪与爱放在一起，将不堪回首的历史和伤痛与可期许的人性和未来放到一起，这就让对战争与灾难的反思深入人性复杂的探索中。

因之，《美丽人生》没有流于警示或复仇的平面思维，而是以一束人性的亮光去拂开历史的灰暗。我们从最后美国大兵让约舒亚坐上坦克的细节中，从多拉与孩子在草地上相见后，悲喜交集地将孩子举向天空的镜头里，是不是看见了这一束光正照耀着人类的未来？

当然，除整个叙事上的这种大张力之外，电影里还有诸多细节体现出张力之下的人性思考。比如，圭多的叔叔甫入集中营就要被推入名为浴室实为毒气室的地方，但当他看到集中营一名纳粹女军官气势汹汹迎面向他走来而差点摔了时，这位犹太老人仍保持着文明优雅的习惯予以她温暖而关切的问询，一个细节上的对照，关于人性的本质已胜过万语千言。最后，一辆庞大的坦克开进来，而失去了父亲的小男孩站在它的正前方，惊喜地以为是"游戏"结束。他一动不动地站在坦克前，被大兵抱了上去。这个细节有一种莫名的力量，像是一种关于战争与人性的暗示。

《美丽人生》最开始的台词里有一个词叫寓言。是的，与其说这是一个故事，不如说这是一个关于人性的寓言。

圣旗与罪恶

如何理解独裁统治？这可能是政治命题，也可能是历史命题。在应试语境里，这个问题的答案可能只是一些知识要点。然而，在产生过纳粹党的德国，在那位名叫文格尔先生的课堂上，这个"问题"成了为期五天的一场关于纳粹能否重来的实验。

这是电影《浪潮》为我们带来的一场独裁统治由无到有的精彩复演。自以为有着善良人性的人们可能都相信，"纳粹"离自己很远，"独裁"与自己无关。然而，《浪潮》击碎了所有的一厢情愿，它让我们不无悲哀地承认：每一种罪恶都可能发生在圣旗之下，而每一个自我都可能被所谓的"浪潮"裹挟。

一

这部由丹尼斯·甘塞尔导演的电影，改编自斯特拉瑟于 1981 年发表的同名小说。那是发生在 1967 年美国加利福尼亚州一所高中的真实故事，教师罗恩·琼斯发起了一项关于法西斯的"浪潮"实验。法西斯出现于德国，而反思法西斯的电影也出现于德国。这种不为历史隐讳、真诚反思的普世态度确实令人敬重。

电影始终以"故事"的方式展开。为了让学生接受"纳粹依然可以重来"的结论，文格尔先生构想了整体实验。作为教师，他的教学艺术令人叹为观止。他的课堂不像楼下那位讨论"无政府主义"的教师那样充满着高头讲章。他永远只是课堂讨论的组织者，所有的问题都来自学生的经验与认知。

他引导学生归纳形成独裁统治的要素，如领袖、集权、纪律、团结等。没有哪一种要素、力量不具有义正词严的正当性，然而，随着实验的展开，我们又都眼睁睁看着它以集体之名一步步在绑架个体、异化个体乃至绞杀个体，整个活动一步步逼近泯灭个性、消除异己、处决叛徒的纳粹本质。

问题在于，这并不是一场学理和逻辑的推演，而是人性弱点与人性黑洞的赤裸呈现。

二

在我们的文化里，集体主义的命题往往转换为传统文化中的家国伦理与公私位序。这显然不是《浪潮》所持的文化立场。

《浪潮》所反思的"集体"，其实是一个极权主义乌托邦。然而，这样的"乌托邦"并非凭空建造，它隐秘于人性深处。因此，太多的罪恶，都来自那些习焉不察的"常识"。在这场实验中，我们看到，文格尔作为精神领袖存在，他就是一个"集权"的化身。他拥有让每个人称他为文格尔先生的权力，拥有制定发言纪律的权力，拥有让所有不服从学生离开课堂的权力，更重要的是，他拥有着独自操纵整个实验过程的至高权力。

集体之于个体的魔力，源自人性。因为无论个体如何强大，终归是有生命脆弱的时候。而集体恰恰会以其强大的组织力量给每个生命以生命的安全、价值的认同和集体的荣耀。

影片中的蒂姆是一个被集体吞食掉"自我"之后的典型人物。他是一个被称作"软脚虾"的内向学生，在"浪潮"实验之前，经常被校园恶势力欺凌。即使他低三下四地向那些"流氓"献媚和讨好，并以"兄弟"相称，也没有摆脱被霸凌的处境。然而，在"浪潮"运动中，他拥有了白衬衫和牛仔裤的身份标识之后，"浪潮"这个集体就赋予了他前所未有的力量。他被集体保护，也因此汇入集体之中。在霸凌者面前，他终于实现了由"虫"到"龙"的质变，并建立起他对生活的信心和对这个集体的信仰，也找到了生命的意义支撑。

然而，我们不能只看到"集体"对他的"给予"，而看不到"集体"对他的"剥夺"。人是个体性存在，又是社会性存在。从个体性出发，我们强调尊重人的个性、自由与权利；从社会性出发，我们又强调组织、集体和团队。

到底是个体尊严胜于集体，还是集体意志凌驾于个体之上？不同的理解缘于不同的人性理解和文化传统，它们所带来的既是东西方的文化冲突，也是个人主义与集体主义的价值分野。

对蒂姆来说，"集体"生长之时，正是他的"自我"死去之日。在集体的鼓动下，他以不可思议的勇敢将"浪潮"标志刷到了市政府的大楼之上；他的人格开始了依附，甚至无法抑制住对文格尔先生的领袖膜拜，以至于跟着他回家，要成为他寸步不离的保镖。在他看来，"集体"才是他生命的全部价值。影片最后，当文格尔先生宣布"浪潮"结束的时候，突然之间，蒂姆全部的信仰轰然坍塌。他陷入疯狂：先是开枪打死同学，后将枪口对准文格尔先生，最后在绝望中开枪自杀。影片就在这充满死亡气息的氛围里悄然落幕。

三

坐姿、步伐、服装、手势以及图腾，这些都可以视为"语言"，也可能成为一种集体无意识的审美。我们看到，当这些细节以"统一"的方式出现时，它们全都是"集体观念"的赋形。因为这些"统一"的存在，集体拥有了共同的价值、个体拥有了共同的身份，纪律与团结拥有了共同的精神纽带。

令人深思的是，就是这些追求"统一"的细节，足以产生出意想不到的消除异己的力量。它们附着于"集体"之上，成为对个体的绑架和对个性的剿灭。在所有人都穿着白衬衣的班级里，女生卡罗坚持穿着红裙子，这本来是她作为个体的一种权利和自由。然而，现实的境遇却是她立马被"集体"孤立，连男友都以自私指责她。

与"服装"同样意味深长的细节是那场步调一致的踏步。特别是当这种"一致性"成为对敌方式（"让我们的敌人吃天花板上的灰"）时，所有人就融成一个整体，形成了"集体的力量"。

四

《浪潮》无疑是一曲极权主义的葬歌。在电影的结局部分，文格尔先生站在大礼堂，发表了一番充满鼓动性的演讲。其时，他以一种上帝视角指陈贫富悬殊，揭示统治阴谋，全方位煽动起群众的仇恨，以激发起底层人们的对立和愤怒。我们看到，"浪潮"让在场的每个人内心奔涌或燃烧。

就在这个时候，一个叫马尔科的学生提出中止"浪潮"的异议，于是，他迅速成为整个集体的异类与叛徒。当文格尔先生命令将其押上台、当众征求公众意见之时，马尔科立马被推到"集体处决"的悬崖边。一场实验，让人们清楚地看到纳粹与独裁者们清除异己、惩肃敌人的独裁本质。

令人尴尬的是，此种独裁的基因并非存在于别处，它就在每个人的内心。它所摧毁的，也并不只是国家，而是人间的一切美好人性，不是吗？马尔科在暴怒中掌掴了深爱的女友卡罗；文格尔先生本来与妻子恩爱有加，可最后还是释放出他潜藏在内心深处的怯弱与自卑。在人伦关系上，集权就是一个魔鬼，即使是灵肉相融的情侣，都可能因之而失去了爱与宽容。

伏尔泰说："人人手持心中的圣旗，满面红光地走向罪恶。"这说的就是独裁。人类的每一种独裁从来在假高尚之名。对独裁的正视，本质上就是对人性复杂性的正视。

这正是《浪潮》这部电影的精神高度。

重阳的沉思

在我心中，重阳似乎是那"满城尽带黄金甲"的菊黄日子。

秋山之巅，层林尽染，衣袂飘飘的王维，就立在他乡的秋风里。从此，孤独与思念，总在游子的心间生起，亦如一轮明月。

独在异乡为异客，每逢佳节倍思亲。遥知兄弟登高处，遍插茱萸少一人。

此诗题为《九月九日忆山东兄弟》，典型的重阳诗。古人以奇数为阳，而九为阳数之最。九月九日，阳者相重，故名重阳。

重阳作为一个节日，远溯先秦，成于汉魏，盛于唐宋，其古老比肩于春节、清明与中秋，较之后世之六一儿童节、五四青年节之类，其文化厚重远不能同日而语。

登高，系重阳旧俗，源远流长。

梧桐叶悄然飘落的时候，那扶杖而登的皓首红颜，亦如松间石径上苍老的秋色。中医说，阳气足则身体旺。因之，重阳登高，与其说是一览众山的游目骋怀，莫如说是致敬深秋的象征仪典。

这一天，每一抹色彩，每一种声音，仿佛都汇入高远和辽阔，回响成"人寿年丰"的人间祈福。

登高仅仅为那延年益寿的俗世欢愉吗？不，在诗人那里，登高的精神意蕴更在于超越。

登高的诗意，不是大地上生物的迁徙与延展，而是生命站立后世界的奇崛。

遥想远古岁月，华夏文明起源江河润泽的平原之地，旷野千里，屋舍俨然。如此博大的山川地理，孕育出农耕文明的自足与自守，亦滋养出和平、缓慢、内敛的民族心性。人们朝耕夕作，从土地那里获得蔬菜、粮食与温暖，获得日子的安稳。

垄亩青青、阡陌纵横，登高似乎成了衣食无虞之后的眺望。登高，给人们以诗和远方。

白日依山尽，黄河入海流。欲穷千里目，更上一层楼。

为什么寻常的"登楼"意象被王之涣轻轻嵌入苍茫与雄浑之后，竟有如此撼人心魂的力量？

在这里，"登楼"所唤起的体验，与其说是视野的扩大，不如说是自我的超越。白日与黄河，山与海，千里目与一层楼，这些都远不止工稳的修辞意象，而是不可分割的磅礴气象、元气淋漓的生命气象。

生命不就是一场目送吗？前不见古人，后不见来者。念天地之悠悠，独怆然而涕下。

当陈子昂登上幽州台的那一刻，或许他听见了时间的水声吧。那水声，卷去了历史，又吞没了现在，空对着未来。那流动着的是漫无边界的空寂啊。生命倏忽而逝，天地万古悠悠。一个人立在幽州台上，立在这无数人曾伫立、凝望的古台之上，想起宇宙的辽阔、永恒和生命的卑微、飘忽，那时那刻，怎么不怆然而泪下呢？

是的，"万里悲秋常作客，百年多病独登台"。一个登临者的千年孤独，今天还有谁在聆听，谁在共鸣？

"站起来，你就超越了空间，看见了时间。如果你只知道左右，而忘了更要站在高处张望，你是很难找到自己的方向的。什么时候，当你超拔于时代的苦难之上、人群之上，你能从自己出发，以内心的尺度衡量自己的人生，你才可能是自由的。"若以熊培云先生关于"自由在高处"的见识为鉴，"登高"的重阳祝愿，固然离不开"生命长度"的祈盼，更离不开"生命高度"的自觉。

我们愿生命健康而长久，更愿生命明澄而高远。

这才是一种有质量的生命。生命的质量就是诗意的质量、哲学的质量，关乎形而下世界的体验，更关乎形而上世界的关怀。

重阳佳节，登高是我们面对"山"的态度，而敬老则是我们面对"河"的态度。

不过，这不是自然的河，而是生命的"河"。是那条亲情与血缘的长河。

时间川流不息，生命一脉相承。我们对老人的"孝"，就像是面对生命所来的"上游"；而对孩子的"慈"，仿佛是面对所往的"下游"。

大家知道，中国文化的本质是基于血缘的伦理型文化。一部《论语》，几乎就是一部"人之为人"的思想问对。在孔子看来，"仁"是心灵的境界与价值的根本，"礼"是内心的约束和人间的秩序，"君子"则是完善的人格与真理的化身。仁也好，礼也罢；做人也好，为政也罢；人之为人的根本就是"孝"。此所谓："君子务本，本立而道生。孝弟也者，其为仁之本与！"

对于"孝"，孔子一再强调的是发乎内心的敬与爱。在他看来，如果"孝"不是将基于约束的"礼"化作基于血缘的"仁"，就无法由内而外，无法"劳而不怨"，就可能"色难"。

敬老事亲，不在于"能养"，而在于"无违"，在于像理解不同国度的人们一样去理解不同时代的长辈。

龙应台先生的《天长地久》，对此提供了极好的见证。与当年《野火集》的激越相比，这是一本深情的书，充满了对父母一代的历史回望和深度理解。在她眼里，父母所走过的战乱、飘零、山重水隔的岁月，亦如时间的白雪茫茫。我特别喜欢她关于时间与代际的理解。

"如果你能够看见一条河，而不是只看见一瓢水，那么，你就知道，你的上游与下游，你的河床与沼泽，你的流水与水上吹过的风，你的漩涡与水底出没的鱼，你的河滩上的鹅卵石与对面峭壁上的枯树，你的漂荡不停的水草与岸边垂下的柳枝，这些都是你，都是生命的构成。

"如果你懂了，你就会自然地明白，要怎么对待此生。上一代、下一代，和你自己，都是那相生相灭流动的河水、水上的月光、月光里的风。"

"孝"是内心的仁，亦是因循的"礼"。这是个体面对生命来处的敬意。

然而，就文化气质而言，我们却不能因为对"老"的顺从与尊仰，而让整个文化气质染上过多的世故与风霜，而失却少年的纯真、青春的热血与人生的天问。

敬老是感恩的深情，顺从却不是思想的趋从。于重阳而言，敬老之情与登高之志，代表两个不可或缺的不同维度。

成就语文湖湘

历史峰峦如聚，世界万水千山。

当阳光升起，2020 年闪烁成古老而清丽的湘江，或是那星汉灿烂的洞庭。当你的思考沿着它的笔触飞翔，它就幻化成一幅大地的版图，恍如一个大脑的侧影。这，就是我们地图上的湖南。这，就是我们血脉里的湖湘。

湖湘，是山川地理，更是星斗人文；是文化气象，更是精神基因；是历史荣光，更是未来期许。

千载以降，吾土吾湘曾如此深刻地影响和改变着吾国吾民啊。卓越的湖湘之子与绵延的湖湘精神，总在相互激荡、彼此见证。

那是一串闪光的名字，如漫天星光，照亮我们的精神故乡。

那是一串长长的名字，如湘江水击，卷起时代的惊涛骇浪。

此刻，我们就沿着湖湘的精神版图开始追溯吧。那站在时间上游的，是屈原，是贾谊，他们都曾怀着逐臣和贬客的忧伤而来，却又以湖湘的沧浪之水为墨，写下了震古烁今的清怨和忠贞，亦播撒着源远流长的诗意和思想。

尔后经年，湖湘的力与美又从不同向度、以不同方式一一打开。以周敦颐、王船山为代表的原道者，探寻宇宙与文化的大本大源；以魏源、郭嵩焘为代表的思想开放者，看见文明和远方；以曾国藩、左宗棠为代表的经邦济国者，彰显坚忍和担当；以谭嗣同为代表的维新变法者，血祭青春与理想；以黄兴、蔡锷、宋教仁为代表的民国创建者，为终结帝制、重塑文明立下汗马功劳；以毛泽东、刘少奇、彭德怀、胡耀邦为代表的杰出政治家、革命家、军事家为新中国的缔造和建设建立了不朽的功勋……

还有，像田汉、齐白石等艺术创造者，像袁隆平等科学探索者，他们都以不同的方式定义了伟大的湖湘。他们像一群擦亮星星的人，擦亮着湖湘，擦亮着岳麓书院那举世瞩目的对联：唯楚有材，于斯为盛。他们是一个时代的背影与正面，更是从历史照向未来的光。

我们心里，湖湘从来就不是一枚述说荣耀的干枯标本。江河入海，明月高悬，早就让这两个寻常的汉字与音节，充满着奔腾不息的力量。因此，当2020年以风驰电掣的速度扑面而来的时候，我们再度以语文的名义集结湖湘。

湖湘之于我们，并不是分门立派的标签，而是语文教学和研究中所共同秉承的文化传承，所共同彰显的精神气质，所共同召唤的价值追寻。

湖湘是我们的土地，语文是我们的家园。土地与家园，既为我们肉身的居所，亦是我们精神的皈依。我们注定与湖湘的天地人文共在，朝乾夕惕，念兹在兹。于此，则朗月清风，太极悠然可会；衡云湘水，斯文定有攸归。

无论湖湘有着怎样挟风带雨的气势，当时间散去，给历史提供证言的，唯有不老的文字。那么，还有什么样的集结比语文的名义更能指向未来和恒久呢？

当二十世纪二十年代初升的阳光，兀自照着无穷的远方和无数的人们，湖湘语文人的纸与笔，我们心中的良知与使命，是不是如草木知春，山川觉醒？

我们敬重语文，敬重文字，就像敬重大地与苍生。我们深知，一张纸就是一片文字的山水。每一张纸的前世都是木头，都是漫山遍野的树，它们与早春的布谷、盛夏的绿荫以及深秋的明月连在一起，就像我与你连在一起，文字与脚印连在一起，大地与海洋连在一起。

我们有什么理由不让根植于湖湘的语文教育成为莽莽苍苍的旷野和密林？

可以预言：二十世纪二十年代及其以后的岁月，必将迎来一个人机共存的智能时代，未来的语文教育将被时代重新定义。当智能机器人的算法战胜了代表人类复杂智力水平的棋类冠军之时，当基于大数据开发的智能软件所写的古典诗词能以假乱真之时，当机器人作为医生诊断病情、和教师比试上课的消息不断传来之时，我们不得不思考一个问题：未来人类之不可替代的地方究竟在哪里？

无论如何变，人类的伦理与操守，价值与审美，语言与文学都将是我们安身立命的精神领地，一切人之为人的终极关怀都是智能机器人无法抵达的。故今之所谓"得语文者得天下"远不只是决战考场的浅俗功利，而是生存论意义上的语文之于生命的价值。

写作的三种喻象

一棵树

1917 年，沈尹默发表了一首现代诗，题目叫《月夜》。

他这样写道："霜风呼呼的吹着，月光明明的照着。我和一株顶高的树并排立着，却没有靠着。"

此诗出现在追求人格独立与自由的五四时代，其中，最扣动人心弦的一句无疑是："我和一株顶高的树并排立着，却没有靠着。"

在这里，树是独立人格的象征，亦如多年后当代诗人舒婷于《致橡树》里表达的爱情观一样："我必须是你近旁的一株木棉，作为树的形象和你站在一起。"

树木亦如树人，自有一种顶天立地的独立美。它们不依附，不攀爬，不纠缠。

这种独立性，正是文字表达的大美。

文字从来不只是工具，它是生命与人格的构成。文字能否像一棵树那样独立，取决于表达者有没有不盲从、不附和、不迷信的独立之精神。

什么样的人格决定什么样的境界，什么样的境界主导什么样的思想，什么样的思想带来什么样的文字，只有人格与思想的独立才可能造就文字的独立。文字与人、与生命都是同一的。

独立是树的姿势，而树的生长亦是文字作为素养与能力的生长。树生于天地之间，一刻都不能失去土地、阳光和雨露，一刻都不曾停止对宇宙精华的萃取与吸纳。如是，方可根深叶茂，大树参天。

与树相类，我们的文字表达，同样离不开丰富而多元的阅读滋养，离不开对生活的静思默察，离不开对世界的好奇与追问、对人性的探索与自省、对众

生的理解和同情。

这些都不是文字表达的"技术"，却是真正赋予文字以力量的，来自人类精神天地的"雨露精华"。

哲人说，世间没有一片相同的叶子，显然也不会有两棵完全相同的树。文字表达之于生命的意义，不是让我们变得和别人一样，而是经由文字让我们都成为独一无二的那个自己。

倘如此，文字就是我们此生的精神面相。

一朵花

一花一世界。

对一朵花微笑，就是我们对于天地众生的态度。那一份微笑的表情，源于内心的安静与丰富，懂得与慈悲，坚守与相信。这意味着任何生命都不是被简单地嵌入这个世界，而是在理解和对话中得以成长和丰盈。

我们与世界之间的关系，不只是科学意义上的认知与逻辑，更有审美意义上的体验和情感。"对一朵花微笑"的言外之意就是让生命的感官全部打开，让我们的眼耳鼻舌身都以"微笑"的姿势向着世界敞开，并以自己的体验和发现重构一个文字里的"世界"。也就是说，耳得之而为声，目遇之而成色的过程都是心得之为文的过程，正如禅师所言，无论是风动、幡动，一切皆因心动。

心间开出了蓝莲或白莲，世界就会显出深幽与纯洁。

心与万物皆可对话，如果我们赋之以深情。比如，我们在沙发边听到最多的或许是那热忱招呼："请坐，请坐。"这是所有人都见到的日常。在这里，人与沙发之间不过是主体与工具的关系，虽然"请坐"可以传递礼貌和友善，但毕竟"我"与"沙发"之间尚没有显出情意间的联系。

可是，这样的庸常细节到了九十六岁高龄的台湾儿童诗人林良先生（刚刚离世）那里，却是这样的诗意表达："人家都说 / 我的模样好像表示请坐请坐 / 其实不是 / 这是一种 / 让我抱抱你的姿势。"

"抱抱你"，既是沙发造型的摹写，更是人间爱意的传达。

在这里，沙发就是我们眼里的那一朵"花"，你给它一个微笑，它就回报你一份懂得。

文学让我们与世界之间建立情感的联系，这个过程充满了生命间的互动。

万物以自己的方式存在，而我以自己的方式去理解、去联想、去建构。如此，我才不会被"我们"所淹没和替代，世界才是我所体验过的那个世界。

对一朵花微笑的主体不是别人，而是我自己。这种主体意识的自觉，我们才可能以自己的视角重建审美的世界，并在这种重建中找到自己的语言和路径。

比如，夏天的晚上，天空有银河、星星与月亮，而到了黎明的时候，草叶又闪动着晶莹的露珠。一般人可能不觉得银河与露珠之间有什么联系，但是，在诗人张战眼里，她以诗意的联系让它们之间有了前世今生的因果关联。

张战《月亮网》："月亮把森林、平原和山峦／轻轻拿出来／放进银河洗呀洗／天快亮了／月亮又用银色的网／把森林、平原和山峦小心地放回大地／清晨／森林平原和山峦洒满露珠／因为刚刚在银河里洗过了。"

我看青山多妩媚，料青山看我应如是。

人与世界之间这种彼此晤对、平等对话的主体间关系，为我们开启了一个万物互联的世界。

在这样的世界里，天人之间，物我之间，人文之间，众生之间都在相互启发，彼此呼应，相互成全。

正如意大利儿童文学作家罗大里的《做一张桌子需要花一朵》所说："做一张桌子，需要木头／要有木头，需要大树／要有大树，需要种子／要有种子，需要果实／要有果实，需要花朵／做一张桌子，需要花一朵。"

或许，在世俗的观念里，花朵只是美的代言，而桌子才具实用的功能；花朵无用，而桌子有用。

诗人以清新而深刻的诗句告诉我们：世界会以美的方式连在一起，人间亦自有其良善的秩序。

一片云

云，轻柔、飘逸、变化万千。

云的世界，充满了遥不可及的仰望，那是如仙如梦的向往。然而，它又不只是高高在上。当它化作风雨之后，又成了滋养大地万物的甘霖。

因此，就文字而言，云的存在意味着我们的感觉不只是在大地上匍匐，更是可以在天空里高翔。

想象之于生命，亦如天空之于大地。因此，一个失去想象力的民族是可悲的，同样，一个失去想象力的文字世界是苍凉的。

有人说，贫穷限制了我们的想象力。我想说，没有想象力，我们才是真正的贫穷。

儿童诗人李少白先生年逾七旬，然而，他一辈子"颐养天真"，在他的《星星名字》里，我们依然遇见了那一份基于童心的美丽想象："我要给每颗星星 / 都取个温暖的名字 / 如果想不出 / 就把地球上每个人的名字都用上去 / 这样，每个人 / 就有了一颗星星 / 每一颗星星 / 都闪耀着一个人 / 不过，写名字的那张纸 / 得和天空一样大才行。"

应当说，没有大自由，就没有大想象。

没有自由而干净的内心，就没有想象的瑰丽与辽阔。

云是自由的象征，我们以想象为之赋形。它不是天马行空，它本身就是天空的"马"，也是雪白纸上那一匹行者无疆的"马"，是庄子笔下那一只"其翼若垂天之云"的大鹏。

想象所能丈量的，就是生命摆脱拘束与定见之后的创造力和建设力。

想象永远是文学经典间对话的母题，因为它本身就不是一时一地的故事，而是见证心灵世界精彩的永恒力量，它根植于人性之中。

从这个意义说，《西游记》或许拥有更大的对话世界文学的空间。

心空不碍白云飞。越是以想象重构的世界，越是充满了召唤。所有的虚构与魔幻，都是文字天空里的云卷云舒，都是现实大地的折射与变形，那里含蕴着上天入地、涵虚致远的生命气象。

中国儿童文学与世界经典的距离，或许就在于想象力的品质和境界上。

然而，当我们将想象力培养的目光投向今日之学校时，心头依然没有云开日出的乐观。

没有自由何来想象？没有想象何来创造？文字追问，其实就是对一切的追问，当然，首先是对生命自身的追问。

从或许走向宽容

从来不曾意识到"或许"的可敬与可爱，直到有一天。

一位教育学者听完一名优秀青年教师的一堂课之后，在赞美其课堂精彩之余，指出课中一个不尽如人意的环节处理。

他说，你的课本来特别注重思维含量，但你在课中却抛出了相当浅层次的问题，并与那个答问的孩子纠缠几个回合，这就影响了课堂的流畅感，也打乱了师生互动的节奏。

学者的话似乎不无道理，不少听课者亦有同感。但这位特级教师不这么看，他说，讨论这个浅问题是否合适，最有发言权的不是评课人，而是执教的老师与学生。

评价课堂表现，其实质是在评述一种生命状态。他人与自我之间，不可避免地存在着隔膜，正如"子非鱼，安知鱼之乐"一样。

对于生命的评述，不仅仅是从理性与概念出发的行动唯一性，而是从同情与体验出发的理解多样性。课堂的理解，教育的理解，都是对人的理解，对生命的理解。而对于人的理解是从"或许"开始的。

胡适说：宽容比自由更重要。而在一个懂得生命的教育人看来，从"或许"出发才能走向宽容。

很多时候，"或许"所打开的是不同的理解路径，呈现的是不同的可能性。

从心灵走向心灵的路，永远不是线性的，而是因为无数种可能而看见丰富，看见博大，看见理解之境的不断扩大、不断升华。

从"或许"出发，情绪、话语、思维都不再非此即彼，不再主观臆断，不再自以为是。

"或许"其实就是一种假定。假定就是一种联想，联想就会生出故事，故事就会开启传奇。

　　现在，试着从"或许"出发，看看上面那个问题的背后可能是什么。

　　或许，这个注重思维培养的教师，今天特意是要提一个极浅显的问题给班上那个最自卑的学生。他平时从不发言，目光遇到他，他就会游移与躲闪。他平时从不发言，今天这么多人听课，老师想要给他一个特别的机会，不露声色地让他找到自信。他故意提一个极浅的问题，也故意请这个孩子来答。或许，这也是教师与这个孩子的一次秘密约定。而这些内心的秘密，是听课的学者无从知道的。

　　这个故事还可能继续"或许"下去。这个被学者视为败笔的课堂细节，却成为这个孩子三年来最风光的一次体验。当着那么多人的面，他第一次答了问题，并且老师很有爱，一点都没有烦他的样子，满面春风、不急不躁。他从没有像今天这样高兴。那天晚上，他跟爸爸妈妈围在一起吃饭，一扫往日的沉闷与灰色的愁云。他的脸上有开心的神色，告诉父母今天在公开课上他答了问，大声地答了问。

　　爸爸妈妈正为孩子的不自信焦虑多日，今天看着孩子这样，他们内心忽而敞亮。他们都异口同声地表达了对孩子的赞美。或许，他们还给老师打了一个电话，描述孩子的变化。

　　一个细节带来了多少人的快乐与美好。

　　还可以有更多的"或许"。或许，这是一个很不幸的家，或许这是一个很贫穷的家。这个细节，成为射进他们生命里的一缕阳光，每个人的脸上都有了光亮。

　　这样的"或许"不是小说，它可以有无数种的开头，无数种的过程，无数种的结论。

　　这就是生命理解，以或许的方式来表达一个行动之后的 N 种可能性。

　　一个孩子在课堂上恶作剧，请用"或许"告诉自己：他可能并不是捣乱，他有他的想法。

　　一个孩子今天很沉默，请用"或许"走进他的心。他今天有点累，或许有点伤心。

　　当教育回到生命成长、回到人自身原点的时候，或许才会有真正理解，又或许才会有深度关怀，又或许才会有宽容，又或许才会有自由与美德。

"1" 和 "一"

"1"是一个起点，一个刻度，一个基准。

"1"的存在，本身即是一个心理联想。因为出现了"1"，人们必定追问"2"；表达了1，就必然有2乃至n与之呼应。

"1"，它天然带着数学的理性气质，它总让天地和吾心在体验与言说的世界里，呈现为一种秩序、一片澄明。

"1"其实成为一种工具性符号，它的背后是世界的量化与计算。

量化与计算是手段与工具，然而，又是目的与存在。

我们无法拒绝计数的力量，无法逃脱数据化的命运。然而，当一切发展开始进入从"1"开始的量化系统，我们看到什么呢？我们看见规模与扩张。

一切量化的指标，我们原以为它只是抵达成功峰顶的手段，然而，当我们在疲惫中回首来时路，却发现，这个手段早就异化为奴役我们自身的一种隐形力量，我们看不到速度与规模之于自身的意义，我们的眼光变得越来越功利，越来越急切，越来越狭窄。

在数理意义上，"一"只是"1"的另一种符号表述。但如果回到"一"的最初，我更愿意重申它所蕴含的哲学意义。

"一"不只是一个数，更是表达一种生命的整体观。

重温"一"的原初意义，其实是想让我们经由这个寻常的语词回到一个生命哲学观念上来，即生命乃一种整全，无可切割、不能分析的整全。

哲学意义上的"一"，正如道家所说的"一生二，二生三，三生万物"一样，它是最高的"道"，而不是1+1的"器"与"技"。

以计算与量化、规模与指标为指向的"1"到以整体关怀、全息感应为表征的"一"，此间远不是文字意义上的辨析，而是对于我们自身存在的重新发现。

一个孩子站在你面前，那是千百人中的"1"，然而，作为个体，作为一个家庭的孩子，那又何尝不是一个代表全部的"一"？你是在乎这个孩子的全部，还是在乎其1次考试、1个名次、1个分数？

你跟孩子共同经历的那些日子，似乎是众多日子里的1个，那些课堂，那些故事，那些交流，万千之中的"1"，又何尝不是此生永不再来的那个"一"。

它们是数量上的"1"，更是体现生命成长全息性的那个不可切分、不可重复、不会再来的"一"。

生命的变化，很多时候无法量化、无法计算，亦如你无法精确预期一朵花开放的早晨，或一片叶凋落的黄昏。

所有的个别都折射着整体，所有的当下都关乎人生，所有的数目的"1"都指向整全的"一"。

仪式是生命的致敬

这是"小王子"与"狐狸"的一段林间对话。

"你每天最好在相同的时间来,"狐狸说道,"比如,你定在下午四点钟来,那么到了三点钟,我就开始很高兴。时间越临近,我就越高兴。等到了四点,我就很焦躁,会坐立不安;我就会发现幸福的代价。但是,如果你随便什么时候来,我就不知道在什么时候该期待你的到来,我们需要仪式。"

"仪式是什么?"

"这也是经常被遗忘的事情,"狐狸说,"它使某个日子区别其他日子,使某一时刻不同于其他时刻。比如说,我的那些猎人就有一种仪式。他们每星期四都和村子里的姑娘们跳舞。于是,星期四就是一个美好的日子!我可以一直散步到葡萄园去。如果猎人不在固定的时候跳舞,所有的日子都是相同的,那么我也就没有假日了。"

"狐狸"对于仪式的理解,更像是一种生命的哲学,关于时间,关于生活,关于等待、期盼、思念、欣喜、自由、闲暇,关于幸福与美好。

此刻,太多关于仪式的记忆,瞬间在脑海复苏。

除夕夜守岁,过年大团圆,正月十五吃元宵,端阳在门上挂艾草,八月十五吃月饼……一年之中,总有那么多约定俗成的时节,带着千年不变的仪式感,成为华人感恩过往、祈祷未来的生命节点,也成为他们以心情去丈量岁月的文化和审美。

遥想漫长的农耕岁月,二十四个节气就是二十四种物候。惊蛰、春分、清明、雨水……每一个节气,每一种物候,其实都是天地造化之于人间苍生的生命提示。而自命为天子的古代君王,往往会在某一个春秋时令率其文武百官至天坛祈年殿敬天法地，以求国泰民安、风调雨顺。或许，在科学主义眼里，那是一场迷信，而我更愿意理解为庄重的生命仪典。

仪式，就是对生活的致敬。如此致敬天地的仪式，让我们懂得万物的丰富与生命的谦卑。

于我而言，每次看到母亲跪在佛前默念的时候，香烛的气息和光影，亦如祝福的肃穆。那一份历经沧桑的虔诚，足以让时间的每一寸都屏气凝神。在致敬神明的仪式里，我看见了生活的神性与生命的庄严气象。

仪式，关乎天地，关乎信仰，更关乎日常。

为什么早晨出门前，你会在镜前整理自己的仪容？为什么在重大活动上，男人们喜欢西装革履、领带飘然？为什么参加某一个重大的典礼时，人们都会收敛起平素的散漫与随意，忽而变得精致与用心？

因为仪式，时间与众不同。因为仪式，我们的心境也与众不同。这样的"不同"不是生活之"形色"，而是生命之"精神"。

我看到，越是庄重而喜悦的盛大仪式，越能看见一个人生命绽放的精彩。

一辈子在建筑工地上辛苦劳作的兄长，平日里总是一副灰扑扑的样子。忽而某一天，他穿上最得体的那身衣服，脚穿皮鞋，头发新剪，胡子也刮得刚刚好。因为，那一天，是他女儿的婚期，是他生命里最重要的一场盛典。环看所有参与婚礼的亲朋，他们平日里都是朴实的农人，而此时，每一个人都有一种异于寻常的整洁与优雅，甚至连说话都变得轻声而文明。

贫寒，并不与野蛮和粗俗为邻。一间扫得干干净净的房间，即令家什陈旧，依然可以看见主人对于生活的敬重，如同时间里那些庄重的仪式。

中国传统文化，从来不乏礼仪与盛典，也从来不乏对于典礼的敬意。太多的古风与仪典，而今都在乡野里存在着。然而，在那段以文化之名而"革命"的时间里，除疯狂的广场检阅与个人崇拜之外，人们都以一种荡涤旧世界的"豪迈"，将太多的传统"仪式"斥之为封建主义的糟粕。人们肤浅地将"仪式"等同于"形式"，进而以"形式主义"的名义对一切"仪式"嗤之以鼻，以庸俗的简单主义与实用主义将审美与文化放逐。

愚昧，总与粗俗相伴。失去了仪式感，失去了敬畏心，无知与迷狂像打开的潘多拉盒子。那是一个人性与审美遭到极度践踏的时代，挑战着人类文明的底线。

青山遮不住，毕竟东流去。今天，我们终于回到了有仪式感的时代，也回到了一个有敬畏心、期待感与审美性的时代。

在这个"仪式"回归的时代，我们看见了政治与经济的力量，也看得见文明与教化的力量。

继央视的《开学第一课》成为最醒目教育策划之后，人们欣喜地看到，"开学"正成为中国学校的一场仪典。不同的学校，都寄望于在这个时间的开始处，以一个特定的仪式来表达学校的历史和情怀、使命与荣光、责任与担当。

于是，开学典礼成为一个重大的创意空间与创意课程，仪式的策划、校长的致词以及色彩、字体、造型、背景等多媒体美学元素的运用，让人们从教室、从操场聚焦到中国教育的内心，看见一代人对于学生盛开与青春飞翔的致敬。

有人说，教育生活本是静水流深。让教育充满仪式感，是不是另一种形式的折腾？不。仪式的本质，并不是广场上的集会与口号。

它的常态，是一种氛围的营造，一种时间的定义，一种不安于平淡的心情，一种心仪美好的内心自觉。

生命如一场漂流，时空是我们的见证。仪式，正是我们对于时间致敬的方式，它伴随着祈祷与眺望，感恩与怀想，提醒与回眸。既然大地离不开山高谷深，时间的流域又何曾少得了心情的起伏与纵横？

总有一些时刻、一些日子令你肃然起敬，总有一些时间的节点会启迪你重新思考出发与归程。仪式就像时间里的界碑，安顿着每一颗漂泊的心。

因为有这样的仪式感，光阴也不再是日历，而是山重水复和柳暗花明。

给教育一些仪式感，我们在时间之路上，将懂得对于岁月的礼赞，对于天地的感恩和对于生命的珍重。

第四辑　心中的桃花源

文字之于生命，
正如烛光之于长夜，
太阳之于屋脊，
春天之于大地

何处是桃源

多年前一个湿黑春日，我站在桃花源的石坊下。

雨，沙沙地下。桃花开了，并不热烈。远处的山垭，正浮着浅蓝的雾。

那片古老的土地，叫桃源。在我心里，细雨中的桃花源，恍惚而迷离。我不知道眼前的桃花源，究竟是陶渊明采菊东篱的心灵归隐，还是武陵人梦断的山水遗踪。这一趟青春作伴的行走，到底是按图索骥的文学游历，还是时光之外的生命眺望。

站在桃花源入口，就像立于存在与虚无的边缘。

这片现世桃花，更多的是文学意境的坐实。

溪水、桃花、山洞……踏着陶渊明的句子悄然走去，每一处景致，似乎全都平淡无奇，并不见遗世独立的美丽。

莫非，作为文学经典的《桃花源记》，已委身于现代导游的肤浅解说？

这是我寻觅的桃源，又分明不是我心中的桃源。

我的桃源在晋代，在诗与远方里。我想，若不是这"武陵"二字，尘世桃源是不是失去了一条古老的线索？世外桃源是不是会失去人间的方位？

其实，在陶渊明的时代，武陵民间流传着这样一则神异故事。

据刘敬叔《异苑》所载："元嘉初，武陵蛮人射鹿，逐入石穴，才容人。蛮人入穴，见其旁有梯，因上梯，豁然开朗，桑果蔚然，行人翱翔，亦不以怪。此蛮于路斫树为记，其后茫然，无复仿佛。"

《桃花源记》隐约带着这个传说的印痕，却又截然不同。它全然被赋予了浪漫和瑰丽。

不再是深山射鹿的追逐，亦不再是逐入石穴的逼仄，陶渊明的笔触，始于一条不知所起，亦不知所终的"溪"。在他笔下，"蛮人"换作了"渔人"，"射鹿"变成了"捕鱼"。

故事与意境，由此而灵动，而幽深。

沿溪而行，亦如生命溯源。桃花流水，哪一样不是那稍纵即逝的美？陶氏的梦境，你我的梦境，莫不因溪水而流动，因桃花而绽放，因诗意而迷蒙。

来，随着文字一起走吧。

"夹岸数百步，中无杂树，芳草鲜美，落英缤纷……"

一树桃花，足以明媚一片山坡，何况还是"夹岸数百步"的桃花，更何况它们还欹斜于青溪之畔，辉映于芳草之间？

浓淡深浅的桃花，如云、如霞、如梦。它们遮断了烦忧的俗世，隐隐启开神思云游。

"忘路之远近，忽逢桃花林。"

忘却功利的世间路径，美的世界才会在不期然间向你敞开。

有时候，文字拈花，像佛祖的微笑。

我正站在这条细瘦而卑微的山溪旁，看现世的人面和陶渊明的桃花。

文字亦如游踪。此刻，心里凝想着陶渊明的句子，游人的表情渐渐在雨里模糊、飘摇、散去。

"林尽水源，便得一山。山有小口，仿佛若有光。"

一重时间结束，正是别一重时间开启。仿佛有光的"小口"，洞穿沉默的山体，亦如洞穿沉默的时间。

世外桃源，在那时间之外。

"便舍船，从口入。"

那一只木船，恰如一个生命的隐喻泊于时光的渡口。它令人想起济世渡人，想到洪水泛滥时的挪亚方舟。

"初极狭，才通人。"

由冷峻的现实抵达温煦的理想，从来都是生命的独辟蹊径，远非吆五喝六的集体喧声。回报"极狭"考验的便是生命的"豁然开朗"，一朵蓝莲花，终归穿过岁月的幽暗。

过了秦人古洞，想象便如烟雨蒙蒙。田园、屋宇、炊烟全都静默于时间里，那是另一种人间。

那田园风光，又怎一个"桑果蔚然"可以道尽？

没有战车的土地，平整而丰茂；没有离乱的房屋，宁静而和谐。田畴如画，阡陌交通。庭前池塘青草，屋后桑竹桃李。

雨，一直在下，陶氏的田园诗意，亦如春雨沙沙。

"榆柳荫后檐，桃李罗堂前。暖暖远人村，依依墟里烟。狗吠深巷中，鸡鸣桑树颠……"

"或命巾车，或棹孤舟。既窈窕以寻壑，亦崎岖而经丘。木欣欣以向荣，泉涓涓而始流。善万物之得时，感吾生之行休。"

农耕岁月的天人相谐，相濡以沫的岁月流长，老安少怀的怡然自得，它们像一束梦的光亮，照进了千年昏睡的历史。

僻处湖湘的一方山水、一片桃林，与其说是山水田园，不如说是心灵净土。

只要人类对爱与美的追求不息，春天就永远桃花盛开，《桃花源记》就注定是安顿内心的经典。

山川，是对岁月的沉默；理想，是对时间的抵抗。

陶渊明文字里的田园风光，更有恒久的人性。

那里交织着儒的治世情怀、道的超逸气度与佛的生死达观。陶渊明的文字里，看得见卑微的"生存"，更看得见丰盈的"生命"；看得见肉身的"苦行"，更看得见价值的"皈依"。

他的精神世界，在于不断回到自身，在于以"自怡""自娱"的方式，守住他的"志节"：采菊南山，登高舒啸，琴书消忧，不忧不惧。只有这样的生命状态，才让他融入天地万物之中。此所谓"先生不知何许人也，亦不详其姓字，宅边有五柳树，因以为号焉"。

五柳与先生，都是吸天地之精华的生命永恒。

桃花源存在于理想，如同"绝境"。在那里，理想与现实隔而未隔。"其中往来种作，男女衣着，悉如外人。"那里的生活方式，这里的民风民情，无不与现实呼应。那里有"设酒杀鸡作食"的善良与好客，亦有"余人各复延至其家，皆出酒食"的纯净与热情。

一千多年后的春雨，依然下在这"理想"的遗址上。我独自撑一把伞，走在芬芳和幽静里，五柳先生的灵魂依然在俯瞰众生。不知有多少游客，还能把这里当作精神的田园，从这里看见内在的风景。

桃花源里并不只是初民初心。那样的初心，映照着所有的王朝与战争，庙堂与江湖。

陶渊明是以一支亦真亦幻的笔，书写自然与人心，理想和现实。

"此人一一为具言所闻，皆叹惋。"那是理想对现实的感慨，亦是理想对现实的悲悯。

一个偶然闯入理想的"渔人"，他的内心从来就带着世俗与功利的熏染。那是他的价值观。他转眼就忘记了桃花源人的淳朴真诚，忘记了"不足为外人道也"的嘱托，很快为"世俗的机心"所主导，亦很快献媚于权力。"诣太守，说如此。"

美，是对功利的超越。没有"忘怀"的境界，即令"所向所志"，又怎么能重回梦中的桃源呢？以高尚而名世的刘子骥，"欣然规往"，亦无法重寻，无从抵达。

《桃花源记》何止虚构了一个乌托邦，它简直就是一篇美的寓言。"后遂无问津者"，是不是说我们早已失去了追寻理想的热情？

离开桃花源的时候，细雨初歇。四野的油菜，铺开一片油画里的金黄。

"此中有真意，欲辨已忘言。"

百年百熙

二十世纪到来之际，中国教育跨入了现代的地界。

划时代的节点，必有划时代的人物和事件。公元 1902 年,《钦定学堂章程》颁行；次年，以此为基础修订的《奏定学堂章程》颁行。至此，近代中国出现了第一个由政府颁行的教育文件，而延续至今的现代学校教育体制亦由此开始。

时间，恍如一扇沉重的闸门。千年科举乃强弩之末，百年学堂正徐徐开启。

在"三千年未有之大变局"中，你蓦然回首，就会看到那个穿着官服的黑色背影。他就是晚清的管学大臣张百熙。

很久以来，人们不知道这个名字。他那些留在转型时代关于中国教育的洞见与智识，长期被历史深深掩埋。

我很早就知道《学堂章程》，但并不知道这些章程的制定者张百熙竟与我同有一个故乡。张百熙出生于长沙县沙坪镇——一个以湘绣而闻名于世的湖湘小镇，但少年时代主要在长沙县春华山度过。

今天，长沙县已建有百熙小学和百熙中学。张百熙的名字，终归还是被现代教育擦亮。

一

去年春，一个偶然的机会，我走进了张百熙的出生之地，沙坪镇金霞村。

山清，水秀，径幽。不知自哪一朝起，这里被唤作金霞。金霞，与其说是一个地名，莫如说是一个意象。我想，那命名的灵感，是不是来自屋脊后的那些曙色与斜晖？

眼前这栋刚刚修葺的民居，白墙黑瓦，跻身在一片大屋之间。据说，那是张家的祖屋。祖屋左边有一棵古樟荫翳蔽日，乡民们就坐在那里喝茶聊天。其右却是一片池塘的水域，一线毗连的屋宇影子倒映于水中，恍如一幅江南水墨画。田畴铺展于两山之间，沿着阡陌与清溪，生出一片片浓淡相宜的新绿。远处云天外，隐约传来鹧鸪悠扬的调子。

那天正好是朋友策划的耕读文化节。门前地里，正有乡民表演耕犁。在春天新翻的泥土气息里，忽而觉得张百熙并不是一个缀在奏折里的历史符号，他的生命还在身后的祖屋里，那里有他消逝了的摇篮和最初的啼哭。

在当地，张府远非寻常农家，而是书香门第、世宦之家。张百熙的父亲叫张启鹏。他中过举，做过幕僚。晚年退而讲学，辗转于湖北安陆、湖南澧阳等地，洣江、石鼓等书院之间，成为春风化雨、播火传薪的旧式先生。张百熙生在那样的家庭，自幼所受的文化熏染可想而知，再加上他的聪颖好学，这就注定了他那一生不可能囿于几间祖居。

那只是他生命的来处，而不可能是生命的舞台。他注定是要远走高飞的。

张百熙长到六七岁的时候，长沙面临着太平军的进攻。为避兵灾，他和家人远赴永州，曾于山崖石窟间颠沛流离。不过，就在那段离乱而伤痛的日子里，张百熙才真切地目睹了晚清中国社会的凋敝与民生的多艰。

张百熙的成长里，有过砥砺生命的磨难，更有得遇良师的幸运。

公元 1870 年前后，他来到长沙城南书院。在那里，正好遇见了晚清洋务派重臣郭嵩焘。这个湘阴人，心怀洒落，目光如炬。郭氏所具备的超时代的现代观念和文明识见，即使放在今天依然让人们肃然起敬。

公元 1866 年，郭嵩焘自广东巡抚任上解职还乡。四年后，他应湖南巡抚之邀，出任城南书院山长。郭嵩焘以四年时间，力除书院之弊。在那里，他发起修建船山祠，开设校经堂。也正是在这段时日里，长沙伢子张百熙得以遇见拥有"芬芳悱恻"之才的郭嵩焘，当时，一个是二十多岁的少年，一个是近五十岁曾任大吏的山长。

城南书院所在的妙高峰上，仿佛看得见两朵云的悄然推动。

公元 1870 年，张百熙应科举乡试，写出了《唐虞之际，于斯为盛》一文。郭嵩焘读后，可谓盛赞不已："圣人此语，上下千古，寄托遥深，文妙能以意运化之。黄钟大吕，铿锵一堂，其妙处正在抑扬顿挫，一唱三叹有遗音矣。"

四年后，张百熙不负众望，从城南书院一举考中进士。从此，他的人生在数千里之外的北国京城拉开了序幕。

二

张百熙中进士的时候，正好二十七岁。这让人想起从岳麓书院走出的曾国藩，中进士时，他也是这个年岁。在帝国的黄昏里，这些春风得意的湖南才俊一夜之间就成了"朝中人物"，他们最初都曾是翰林院的一名编修。

与曾国藩不同的是，张百熙日后的官宦经历大多关乎教育和文化。

他到过山东，后来又去了四川，他做过乡试副考官，做过地方学政，也做过乡试正考官。直到公元1891年，张百熙才被任命为南书房行走，随侍皇帝参与机要。

那一年，他四十四岁。五年后，张百熙升任国子监祭酒。所谓祭酒，即主管国子监或太学的教育长官。次年，他又外调，赴职江西，成为乡试正考官，进而南下广东，担任广东学政。不久，重又回到京城，任内阁学士兼礼部侍郎。内阁学士，即皇帝的参政顾问；而礼部侍郎，即礼部副部长。

作为晚清大臣，张百熙并不是城府很深的那种，他耿直、率真、勇毅。这种性情和他的同乡瞿鸿禨相比更显鲜明。

瞿鸿禨的老家在长沙县福临铺。在晚清朝廷，他和张百熙是同乡、同学，又是同科进士。多年后，李肖聃在张百熙诗集《退思轩诗集》之提要中说："晚清湘籍京寮，瞿、张并称，鸿禨智术深沉，慎于接物，非百熙所及；而百熙宏奖英俊，维护善类，没而门人故吏讴颂不衰……"

就为官而言，瞿鸿禨比张百熙更具智谋。史载庚子之乱后，张、瞿二人均被推荐进入军机处。可是，待到跪见慈禧之后，张百熙大论除旧布新，并举欧西各国为证，言之滔滔，长达万言。瞿则唯求简要，唯略陈兴利除弊。后来，慈禧对荣禄说："张百熙所言，剑拔弩张、连篇累牍，我看去不太明晰；还是瞿鸿禨所说，切中利弊，平易近情，不如用他较妥。"

瞿从此进入军机处，成了帝国权力的核心人物。不过，张百熙似乎并未介怀，他一如既往，一再在奏疏里力陈变法和改革，吁请清政府增改官制、整顿财务、变通科举、广建学堂和设立报馆。

张百熙作为一代名臣的能力是有目共睹的。那些年，他亦屡有升迁，除吏部、户部与兵部之外，他均曾有任职。先礼部，再工部，然后又是刑部，均为一部之主（尚书），又在都察院任左都御史。每履一职，张百熙留给人们的印象都是锐意进取、清正廉明、力行变革。

或许是受当年郭嵩焘的影响吧，张百熙是典型的变革派，他的性格里有着感性激情和火辣热情。他不乖巧，不世故，同时又勇于任事，爱憎分明。

甲午战争期间，张百熙是坚定的主战派。他多次奏请朝廷，一再要求弹劾李鸿章、世铎等主和派人物。《马关条约》签订之后，他又联合文廷式等五十多名京官，上疏请求严惩李鸿章等人的投降误国之罪。后来，张百熙任礼部侍郎，他向朝廷力荐过维新派领袖人物康有为，建议以经济特科的方式予以录用。这是他的胆识，却成了后来的"污点"。《清史稿》记载九月他以滥保康有为等罪名，部议革职，加恩改为革职留任。十二月开复处分。戊戌变法失败后，康有为逃亡海外，张百熙却因此受到牵连。幸得友人营救，才免于刑戮。

张百熙所忠诚的朝廷，在历史的风雨飘摇中，如同一艘行将沉没的船。有人看到了它的落后与朽败，起而革命，试图救民于水火；有人却在船头修补船板或补缀船帆，试图通过实施变革而重现丽日青天。

处于百年之后的人们，又怎么能苛求那些历史行进中的生命个体？又怎么能在那么多人生的选择面前做出黑白与是非的简单判断？

三

二十世纪刚刚降临之际，张百熙被任命为朝廷的管学大臣，主管京师大学堂和全国教育工作。

这个鬓已星星的天命长者，终于赢来此生仕宦生涯里的高光时刻。更重要的是，他像一个富有远见的勇敢"船长"，将中国教育这艘大船带向另一片蓝海。

张百熙主管的京师大学堂即今之北京大学、北京师范大学前身。或许，在人们的想象中，那是朝廷顶级的学府，应当是溢彩流光的所在。然而，这仅仅是一种想象罢了。当年，京师大学堂本因变法而来，后来变法告以失败。皮之不存，毛将焉附？因此，当年八国联军攻入北京之后，当时的管学大臣许景澄甚至建议朝廷裁撤学堂。后来，大学堂虽未撤减，但慈禧一度下令停办。

等到张百熙接手京师大学堂的时候，与其说那是学堂，莫如说是兵燹之后的一片废墟。百熙站在那道斜阳里抬头一望：断壁残垣、校舍残破，哪有半点什么学堂的气象。校舍之破旧尚一眼可以看见，课程陈旧则是朽腐的根源。因此，当时的京师大学堂，虽有大学堂之名，其实质则是一座旧式书院，教学内容无非经史与理学。

张百熙将一切看在眼里又都急在心里。光绪二十八年正月初六，他上《奏办京师大学堂情形疏》。他的奏折说得还很委婉："惟是从前所办大学堂，原系草创，本未详备。且其时各省学堂未立，大学堂虽设，不过略存体制，仍多未尽事宜。"所谓草创，即未定形之意也。

京师大学堂如何定位，张百熙自觉将其纳入国际视野。他说："大学堂理应法制详尽、规模宏远，不特为学术人心极大关系，亦即为五洲万国所共观瞻。"其时，张百熙精研日本与欧美大学，从学堂之办学体制、讲舍设备、附设译局、教材引进、广购书籍和仪器、宽筹办学经费等方面提出一整套建设方案。

相对于那袖手心性、因循守旧的衮衮诸公，中国大学教育有幸遇到了张百熙这个湖南人，遇到这个有思想又有能力的管学大臣。

鉴于当时的形势，张百熙提出：大学课程分政、艺二科。其中，政科包括经史、政治、法律、通商、理财等，艺科则包括声、光、电、化、农、工、医、算。他主张大学设预科和速成科，而当务之急是办好仕学馆和师范馆。其理据是："仕学馆造就已登仕者，以应目前创办新政之需；师范馆则为中学堂教习之需。"

张百熙深知人才之于大学的意义。他说："大学堂之设，所以造就人才，而人才之出，尤以总教习得人为第一要义，必得德望具备品学兼优之人。"他认为"桐城派"领袖吴汝纶之"学问纯粹，时事洞明，淹贯古今，详悉中外，足当大学堂总教习之任"。

当张百熙找到吴先生时，吴却不愿"出山"，百般劝说亦无济于事。情急之下，这位穿着朝廷官服的管学大臣，竟然扑通一声跪到地上，说："吾为全国求人师，当为全国生徒拜请也。先生不出，如中国何？"

吴汝纶备受感动，终于应允。这一佳话，很快传遍士林。一时间，严复、林纾、屠敬山、王瑶舟、蔡元培都汇聚到京师大学堂门下。

当初破败萧条的京师大学堂，不出两年，已是俊彩星驰。1902 年 12 月 17 日，京师大学堂举行隆重的开学典礼，182 名新生站在冬天煦暖的阳光里，站成了中国高等教育史上一道美丽的风景。

有人评价说，张百熙乃"中国大学之父"。此言不谬。

<h2 style="text-align:center">四</h2>

中国现代教育，携风带雨走过了一百多年。

从本质上说，《钦定学堂章程》也并非教育的学术构建，它是一代文臣主持拟定的教育公文。然而，就在"章程"的框架与条款里，我们看得到一种"前无古人"的眼光与超越。

在张百熙笔下，从蒙学到大学，每一份"章程"都保持着大体相同的板块与架构，涵括全学纲领、功课教法、各种规则、堂舍规模，涉及现代教育理念、课程设置、教学原则、教师选聘、学生资质、校舍建设、设施购置等现代学校教育的方方面面。

《钦定学堂章程》一改模糊笼统的官方话语，为现代中国教育提供了第一个思想开放、体系完备、条款周密而又切于日用的制度性文本。

历史，选择了张百熙。然而，统治者却因他曾荐举过维新派人物而始终对他存有戒心。当时，《钦定学堂章程》虽然在全国颁行，但并未落实。次年，朝廷再令洋务大臣张之洞和清室满族大臣荣禄，与张百熙一起对章程进行修订，增加"读经讲经"之内容，并于次年以《奏定学堂章程》的名义颁行全国，史称"癸卯学制"。

前后相隔一年多的两套学堂章程，张百熙都是灵魂性人物，都有见地。因此，张之洞当年在奏折中就说过："臣之洞伏查上年大学堂章程，宗旨办法，实已深得要领。"

设身处地地回到历史现场，或许人们更能理解《钦定学堂章程》之于中国教育的意义。当时，千年科举的废除，只需朝廷的一纸文件。问题是，由京城到省城，由省城到县城，如何真正建构起现代学堂教育的体系呢？

建设一个新世界，远远难于打破一个旧世界。百年之后，重读张百熙当年拟定的《学堂章程》，我深深感到：与其说那是一个规定性的政策文本，不如说是一个思想性的启蒙文本。

从二十世纪初的《学堂章程》里，我们看到了几乎贯穿整个二十世纪的义务教育思想。当时，《奏定初等小学堂章程》说："外国通例，初等小学堂，全国人民均应入学，名为强迫教育。"张百熙在《钦定学堂章程》里则说："使人人谋生有具，故谓之义务教育，又曰国民教育。言必入学知大义而后为我国之民，不入学则不知民与国一体之义，不得为我国之民。"

能如此认识到义务教育的意义，实在令人感佩。在课程设置上，则多具"开山之功"。我们知道，旧式私塾教育，多为蒙学及四书五经等固化课程。这一份《学堂章程》则标志着泛经史课程时代的结束，分科式现代课程体系开始进入学堂。

今日之学校课程，几乎都可以从两份《学堂章程》里找到其滥觞。

当时的修身，相当于今之思想品德；当时的读经、作文、习字，相当于今之语文课；当时的史学，相当于今之历史课；当时之舆地，相当于今之地理课；当时之算学，相当于今之数学课；当时之体操，相当于今之体育课；当时之图画，相当于今之美术；当时之手工，相当于今之劳动技术等。人们欣喜地看到，《学堂章程》不仅构建起现代课程的目录，甚至还预留了必修与选修的弹性空间（像图画、手工就是选修课）。

一个现代语文教师，不能不知道《奏定学堂章程》。因为，在人们的观念里，中国现代语文学科之"前世"即《奏定学堂章程》里的"中国文字"与"中国文学"科。翻看当年的文本，我们发现，在张百熙所拟的《钦定学堂章程》里，并没有"中国文字"这样的课程；到了《奏定学堂章程》里，所谓"中国文字或中国文学"，其实就是将钦定版里出现过的"读文、作文及各体书法"三门课程合而为一。这意味着什么呢？所谓现代语文学科的独立，究其本质，其实是读文、作文及书写能力从传统读经教育中的"独立"。这些能力从读经教育中"独立"出来，其初衷就在于凸显母语之于生活的实用价值。当时，传统语文教育对于诗书与经典的倚重，则以"读经"课程相赓续。所以说，中国文字、中国文学名之曰"独立"，实质却是整体功能的局部"分离"。今天，我们若意识不到这一层，人们对语文教育的理解就将陷入一个重大的误区，即我们会一味将现代语文学科的"上游"归入"中国文字或中国文学"，而无视它与"读经"课程的血脉联系。

如是，现代语文课程将不可避免地陷入实用化、工具化与技术化而不能自拔。而传统语文教育的诗性智慧却必然迷失于现代语文教学以实用相标榜的河道里。

张百熙的学养和见识，足以让他在教育问题上著书立说。然而，他终归只是一个文臣，他的文字只是留在那些跪于朝廷的奏折里。

那里才栖息着张百熙的思想和张百熙的语文。除奏折外，张氏借以传世的还有一本律诗吟咏，名曰《退思轩诗集》。诗歌之外，张百熙那一手清俊书法，也是他笑傲书林的资本。

五

每一个时代都会有无数有形和无形的力量交织、奔涌和较量。这种交织、奔涌和较量，往往可从历史大事件中窥见一斑。

且让我们聚焦于公元1907年，随意看看一些历史的大事风云际会。就教育而言，这一年，《女子小学堂章程》和《女子师范学堂章程》公布，女子教育由此取得合法权；也是这一年，在天津第五届校际运动会颁奖仪式上，南开大学张伯苓首次提出成立奥林匹克运动代表队……就政治而言，这一年，康有为宣布将保皇会改为国民宪政会。而其学生梁启超在日本东京召开政闻社成立大会，并宣称：今日之中国，只可行君主立宪……

谁又会想到，这些都是发生在张百熙生命最后一年的历史。这一年，刚满六十的张百熙，人生戛然而止。正月，他刚做了六旬寿庆，门人故吏咸来祝贺。可是，到了这年冬天，京城忽而就传来张百熙溘然辞世的消息。有人说是心肌梗死，更有人传他是死于自杀。

张百熙自杀的原因与大太监李莲英有关。据说，因张百熙任管学大臣时，以其多项革新的措施开罪了朝廷的守旧派，终于招致朝廷申斥。而当时负责申斥他的不是别人，正是人品低劣的李莲英。其时，李深得慈禧信赖，却与长沙王先谦结仇。王先谦与张百熙是湖南老乡，又都先后任过国子监祭酒。李莲英由王而迁怒于张，申斥时，他要求张百熙从大殿上滚下去。

可怜这个声名振于天下的老臣，不得不在李太监尖利的斥责中滚下朝堂。士可杀，不可侮。据野史记载，张百熙回家之后，自觉羞辱不堪，当即吞金自杀。

京师大学堂于岳云别业公祭，有挽联道：有成德者，有达材者，有私淑艾者，先后属公门，咸欲铸金酬范蠡；可为痛哭，可为流涕，可为久太息，艰难值时事，不堪赋鹏吊长沙。

张百熙去世后，清廷谥以"文达"，以表彰他在文教方面的卓越贡献。公元1907年，这位二十七岁即离家的游子终于魂归长沙，葬于长沙县春华镇洞田村。

晚清朝廷死去了，张百熙亦长眠于故乡的青山。然而，张百熙的背影与他的《钦定学堂章程》，就这样悄然汇入二十世纪到来之时的地平线。

朝向世界的阁楼

这是一栋典型的江南木质建筑，依山势，傍嘉木。楼系一进，厅居其中，左右三房。红墙、黛瓦，上为联楣雕窗；飞檐、翘角，侧立一壁青砖。

此屋曰奎文阁，始建于清道光二十三年（1843），矗立于浏阳一中校内，与校内保存完好的孔子文庙相望咫尺。

我们遇见这阁楼时，午后的阳光正照着二十一世纪的人间。

我们所看见的阁楼，与其说是历史的复原和重建，不如说是思想的缅怀与凭吊。

所有的空间，都是时间的遗址。奎文阁超越任何凡俗建筑的意义，在于1895年从这些窗子里燃起的亮光，传递的消息，响起的雷音。

发生在浏阳算学社里的一切都与一个只在人间活过三十三年的生命分不开。他，就是谭嗣同。

走进修葺一新的阁楼中厅，迎面就是他那尊青铜雕塑，并非全身，而是他那颗硕大的头颅。眼睛里的凝重与憧憬，亦如文明与星光般永恒。

如果时光可以穿越至一百二十年前，就在这个屋子，就在这扇窗下，谭嗣同、唐才常、欧阳中鹄诸人为创建浏阳新算学社的热切议论，依然还回荡着。

1895年，谭嗣同正值人生而立。甲午战败，天朝梦断；于诗文考据、金石镂印间埋首的这个年轻人，仿佛忽然行至学术与思想的十字街头。"三十之后，新学洒然一变，前后判若两人""地球全势忽变，嗣同学术更大变"。从此"究心泰西天算、格致、政治、历史"。

他是这一年七月回到故乡浏阳的。此前，他在皇城北京。在康有为倡导的强学会周围，云集了不少天下志士。由吴铁樵引介，谭嗣同与名动一时的梁启超一见倾心。

当时，梁氏所居的新会馆与谭氏所在的浏阳馆相距咫尺。忧思与图存，让那些年轻的心热血沸腾。据梁先生日后回忆，他与谭嗣同"每共居，则促膝对坐一榻中。往复上下，穷天人之奥，或彻夜废寝食，论不休""我们几乎没有一天不见面，见面就谈学问，常常对吵，每天总大吵一两场"。

可以想象，那些如火种一般的理想，当年如何辉映着青春的脸孔啊。每一个话题，皆如思想的涛声。关于教育、关于政治、关于军事与实业，一切都是刻不容缓的变革大义。

三十岁的谭嗣同，其才其识，其魅力、风骨和个性，无论在怎样的名流圈子里都显得鹤立鸡群。帝师翁同龢见过他，说其"高视阔步，世家子弟中桀傲者也"。与之有深交的梁启超更是与其惺惺相惜，他在给其师康有为的信中这样提及嗣同："才识明达，魄力绝伦，所见未有其比，惜佞西学太甚，伯理玺之选也。"伯理玺者，"总理"之音译也。

这是谭嗣同的天资，更是他三十年来的生命悲欣与人生历练。他勇于任事的性情，他面向新学的思想转捩，是晚清时势所造，亦是他生命的积淀与孕育。

嗣同少时，生母早逝，而继母待其刻薄。这令他"遍遭纲伦之厄"；十四岁那年，少年谭嗣同随同父亲迁居甘肃，由杏花春雨江南奔赴塞马秋风塞北。

那是他生命的一段传奇。

嗣同常于隆冬时节，携友出塞。飞沙走石之间，漫天雪舞之际，他们策马疾驰，并辔荒野。于人迹罕至之域，载饥载渴。这样的边地体验，给了书生血脉里充沛的豪情野性与淋漓的生命元气。他好中国古兵法，与大刀王五、通臂猿胡七皆为侠义挚交。二十岁那年，他只身赴新疆，短暂任职于刘锦棠幕府。不久，往来于直隶、新疆、甘肃、陕西、河南、湖南、湖北、江苏、安徽、浙江，乃至台湾，以破千卷，行万里的姿态，纵横南北，考察风土，物色豪杰，有着那个时代年轻人难以企及的家国体验。

然而，他的胆识与思想，不在剑影刀光，也不在长路独行，而在他的思想与智识。他看见所有文化的"黑"，亦追随一切文明的"光"。他，始终站在唯新开放的那一边。

甲午海战的败绩，重挫国人虚骄之气。在武昌两湖书院，谭嗣同曾与唐才常、刘松芙反复商议，创办算学馆，亦曾致书数万言于其老师欧阳中鹄："请废经课，兼分南台书院膏火大兴算学、格致。"

谭嗣同回到故乡后，在欧阳中鹄等人的共同筹措下，选址奎文阁，创办算学馆。

在四书五经的经学课程一统天下的时代，这一家浏阳新算学馆立于孔庙之后，犹如一个思想的隐喻立于林间。算学馆之开办，实为湖南全省新学之起步。

何以独钟情于算学？算学馆旧址的泥土里，依然生长着谭嗣同当年强国利民的理想："小可为日用寻常之便益，大可为机器制造之根源，即至水陆各战，尤恃以测绘驾驶施炮准头诸法。中国之所以事事见侮于外洋者，正坐全不讲求之故。"

遥想一百二十年前，老迈的夜色寂静地在窗外笼罩，而这一座小小的阁楼，却兀自射出了一窗又一窗光亮。

那是谭嗣同三十岁之后的精神取向，亦是一个时代心仪文明的方向。这个山坡上的平凡小屋，从一开始，就有了世界的朝向。

在浏阳创建算学馆的谭嗣同无从料想，他的生命会在三年之后成为维新变法的青春祭奠。

1898 年农历四月，年轻的光绪颁布《定国是诏》，维新志士心潮澎湃。"天才卓荦，学识绝伦，忠于爱国，勇于任事"的谭嗣同被徐致靖保荐给皇上，成为"四品章京"之一。他七月初五由湘抵京，疾风骤雨般的维新变法坚持百日，旋以失败而告终。光绪幽禁瀛台，谭嗣同拒绝避离。他对梁启超说："各国变法，无不从流血而成，今中国未闻有因变法而流血者，此国之不昌者也。有之，请自嗣同始。"八月十三，戊戌六君子喋血菜市口，谭嗣同从容赴死。

"我自横刀向天笑，去留肝胆两昆仑。"一百多年过去，谭嗣同的灵魂是否还在他的浏阳故园凌空俯瞰？

我站在浏阳算学馆旧址，忽而生出深深的敬畏。这一处朝向世界的楼阁，是不是苍天上某一个美丽的星座呢？

致阅读者

一、经典照耀生活

清晨，你走在故乡的河边，看阳光越过屋脊，如同一支林中的响箭。

这，就是照耀，一个苏醒而静默的世界。

这一条江，其实就是活色生香的生活，也是波光流转的岁月。

或九曲回肠，急流飞泻。或山高月小，星垂平野。

山拦石阻，那是历经苦难的磨炼；雾罩云遮，那是考验生命的茫然；湖涵海纳，那是朝向梦里的桃源。

你问，有哪一片流域，能绕开柴米油盐，能绕开生活的烦忧与琐屑？我说，又有哪一段航程，能忽略竹外桃花，能忽略波光潋滟？

江流的行迹，亦如人生的寓言。在这里，你听得见理想与现实的对谈，也看得见玫瑰与荆棘的签约。

在俗世的庸常与沉重里，或许，每一颗浮华的心，其实都在寻找另一种草长莺飞，都在寻找另一种云舒云卷。

而这春天、这家园，它们就在我们生命的河边。它们拥有同一个名字，叫经典。

我想，在日复一日的生活之流里，人们如此求索、如此叩问、如此仰望，到底为了什么呢？所有这一切，是不是为了一场美丽的遇见？

生存遇见意义，历史遇见未来；思想遇见智慧，生命遇见经典。就像孤独遇见烛光，黑夜遇见黎明，山河遇见日月。

哲人说，知识是人的第二个太阳。我想说，世间的经典，与其说它是沉积在时间河床上的石头，不如说那是凝望人间的眼睛。这眼睛，亦如苍穹里的星斗，永远临照于人类的心间。

打开经典，世界就是眼前；打开经典，天地不再只是一个空间，生命也不再只是一个平面。让经典，照耀生活；让智慧，照耀你我。因为，我们始终都在追寻，追寻那"活着之上"的澄明与洞见。

二、心中的桃花源

你心中的桃花源，是一个地名、一处风景，还是一页经典、一篇诗文？

是时间之外的栖居，还是索溪而上的追寻？

每一颗充满劳绩的心，都寻求生命的丰盈、诗意与安宁。

每一个相信未来的人，都朝向桃花源的窗子、门扉与小径。

稍纵即逝的美丽，洞开黑暗的光明，安顿梦想的永恒。这就是桃源仙境。

只要还有一颗种子播种人性，只要还有一道使命召唤人生，只要还有一种信仰照耀人间，即使世事无常，饱经患难，备极艰辛，在你的内心深处，永远都可以听得到桃花开放的声音。

因为，一树桃花，就是一树缤纷和自由，一树美丽与唤醒。

因为，一处桃源，就是一方山水和乡愁，一次"忘路之远近"的出发与归程。

真正的美好，总是功利的超越，精神的打开。不是钥匙的打开，眉目的打开，而是智慧的打开，生命的打开。

此刻，我仿佛看见桃花树下的一个少年。他的手里，是一本打开的书。一瓣一瓣的桃花，一寸一寸的晨光，正悄然飘在这一个生生不息的意境里。

书开了，花开了，少年的心也开了。问世间，还有怎样一场生命的开启，会如此庄重、如此优雅、如此充满玄机？

文字之于生命，正如烛光之于长夜，太阳之于屋脊，春天之于大地。生命与阅读，共沐一轮美的朝阳。从开启走向绽放，从追寻走向成长。

千年桃花有意，世界温柔待你。

无论现实多么苟且，读书，只为一场更美的遇见。遇见你，就像遇见更美

的自己。遇见优雅的风景，就像遇见明亮的精神。

有心的地方，就有爱；有爱的地方，就有美。而有阅读的地方，就有孕育和可能，就能看见历史与明天，就能找寻到你心中的桃花源。

三、追寻诗与远方

布谷鸟响在云间，你在窗下铺一页素笺，然后郑重地写下：诗与远方。

阳光下，这洁白的纸面忽而就化作了一望无际的春之田野，油菜花和紫云英一直开到了地平线。

天高地远，万物欣然。那是大自然说给人间的语言。

诗，是情感乘上音韵的翅膀，是文字发出心灵的光。它是人性修炼、湖畔守望、云间栖居，更是所有不曾老去的时间。

远方，是大海上的一轮明月，风雨后的一弯彩虹，春涧里的一线清溪。它是心中版图、脚下世界，更是所有发出召唤的空间。

诗意向内丰盈，远方向外延伸。诗与远方，重构着你我的生命时空。

这是对价值与意义的重新发现，亦是对苟且与沉沦的终极抵抗。

请怀着爱与美的深情和执着，一起拥抱诗和远方吧。

以阅读润泽思想，以脚步丈量世界。身与心，总有一个在路上。

诗是远方，远方亦是诗。

诗，是心灵的足迹；足迹，又何尝不是最美的诗行。

树知道答案

一

忽然之间，对一棵树，肃然起敬。

十年树木，百年树人。以树木类树人，正是天人合一的古老智慧。而在西方，雅斯贝尔斯说得更富诗意："教育，就是一朵云推动另一朵云，一棵树摇动另一棵树，一个灵魂唤醒另一个灵魂。"

教育之道，亦生命之道；教育之美，亦生命之美。

哲人说，世间没有两片完全相同的叶子，那不是在讲个体生命的独特性吗？

春花、夏叶、秋实，此为自然之序、自然之法。有谁寄望于春天做夏天或秋冬之反季节事，这又何尝不是逆天的荒谬？

春叶初生，那是蓬勃的美丽；秋叶飘零，那是不是另一种美丽？

树是哲学家，没有语言的哲学家。

一个教师的永恒姿态，就在于站成一棵树。

树，一个天然的守望者。纵然满世界的心都在追逐，在奔跑，在流浪，在漂泊。树，天生没有迁徙的"脚"，它的"前行"在其葱郁的眼睛里，在其深入大地或岩缝的根须里，在它春华秋实的美丽语言里。

请不要以为这样的"站立"是一种亘古的寂寞，是去不了远方的无奈。树，永远以其静水流深的时间，流向那无比开阔的空间。

树，永远就站在这里。

它不动，它的世界里却充满了无数美丽的相遇。早晨的风与它的叶子细语，午后的白云与它遥遥对视，鸟儿在它的枝丫间歌唱，而它的根与茎却在大地的细切滋养里变得粗壮、变得强大，进而变成一树葱茏的人间风景。

这样的树，不能在物理空间中实现自由迁移，然而，它在人类的心灵世界里却神奇地发生着迁徙。

有一天，我们会惊讶地发现：当年的那些孩子，那些成长中的少年与青年，因为这些树的存在，他们的心里永远有一片绿色，每个人的心里都种下了一棵树；或者说，每个人都站成了一棵树。

好教育是怎样的？

树，知道答案。

二

我们总在遇见童年与青春，总在行走，总在沉思，总在期待。

行到水穷处，坐看云起时。这是一句生命的偈语，又何尝不是一种教育的禅意。我们，能不能重新回到原点，问一问教育的大道究竟在哪里？

成长不是在纸上画一个圆，它是种子舒展的过程；成长的魅力在于它的"不定"，在于它永远充满着无限的"可能"。因此，教育的本质不是等级的划定、优劣的甄别，而是一种成全，让每个人在这里遇见更美的那个自己，教育的力量在于成人之美。

生命不圆，人生不定，人格不器。人，只有人，才是教育、课程与课堂的唯一尺度。

齐邦媛先生说，学生是教师心灵的后裔。

只有建立了教育的"人"字坐标，我们才能以学习丰盈生命的常态，以故事触摸教育的肌理，以心灵之眼去提升思想的水位。

我们才能像一棵树一样，坚定于斯、坚持于斯、坚守于斯。

童心是颗光明的种子

有一天，孩子在他的睡房里发出一声惊呼：奶奶，快来看，快来看，我摸到天啦！

奶奶听见了，急忙扔下手中的菜勺，三步并作两步赶过去。原来，几岁的孩子爬上了双层架子床的第二层，他的小手正好摸到天花板。

在孩子眼里，天花板那么高那么高，简直就是他心中的"天"。

这奶奶，不是别人，正是著名儿童绘本画家蔡皋先生。

这个一辈子都在为儿童画画的艺术家，一下就被小孙子的天真深深感动了。

在你看来习以为常的世界，在儿童那里却充满着发现的惊喜。

是的，很多时候，我们并不了解童心。

你以为童心很小，其实它很大，大到全世界的奥秘都在那里，就像一颗草尖上的露珠，映着整个黎明。

你以为童心稍纵即逝，其实它是我们的一生，就像一粒柔软的种子，贮满人之初的真纯、美善与光明。

在一个儿童画家那里，什么时候失落了童心，什么时候就丢失了艺术的灵魂。

我想，童心是什么呢？

它是不染丝毫世俗杂质的纯粹与透明，是世界的神性与好奇，是想象与夸张，是对一切标签与定型的拒绝，是对一切探索与可能的召唤。

童心，就是儿童的感觉、儿童的思维、儿童的审美、儿童的语言和声音。它是造物主赋予儿童的稚拙与天然，又是生命最原初的美丽与庄严。

童心生来就与诗在一起、与美在一起、与爱在一起，也与朴素的哲学在一起。

在儿童眼里，万物皆为可对话的生命，天地都是诗意的圆融。

在儿童眼里，知识不是理性的工具，情感才是审美的法门。

面对一粒种在泥地里的种子，他会像一个美丽的迎宾员说欢迎光临。

种子未曾破土，他以为那是出于对世界的羞怯；落叶渐渐飘零，他以为那是秋天写给大地的书信。

一个儿童眼里的色彩、线条、造型，都与一个被世俗渐染过的成人之所闻所见、所思所感全然不同。

遗憾的是，一个成人的观念，一个成人的眼光，一个成人的种种定论，随时都可能成为儿童世界的深深遮蔽物。

因为，儿童世界从来就不是成人世界的简化与微缩，而是成人世界熟视无睹的那些美丽与天真。

这个世界，离童心世界最近的人是谁呢？是教师。教师，唯有教师，才是成人世界派往儿童世界的那个天使。

天花板是儿童忽而发现的"天"，童心本身又何尝不是一个儿童画家的"天"，一个小学教师的"天"？

天越高，鸟儿飞得越自由。

天越蓝，白云飘得越高远。

不是什么人都能日夜守望童心。这辈子做了教师，我们不妨自问：此生到底可以与多少童心相遇？我们到底可以给它多少健康的基因？

请记住：童心是一粒光明的种子。种子越饱满，世界越光明。

元旦献词

亲爱大地

所有的祝福和献词，都是语言对时光的分行，都是以未来的名义致敬过往。此刻，告别与期许，奏起欢喜的节律，在天空欣然绽放。

大地，却一如往常。

它有自己的另一种语言。那是山川纵横的辽阔，黑白交替的光芒，万物生长的力量。

大地之时间，是一滴水的冷暖寒温，是一只鸟的天空留影；亦是一条小路的落叶缤纷，是一弯新月的光洁照人。

时间就是众生，就是生命的悸动与呼应。大地，永远为万物赋形。它信奉沉默是金。

大地的语言，是相信。相信没有不开花的岁月，相信没有不燃烧的火种，相信没有化不开的坚冰。

我们置身于一个碎片时代。当语言的碎片拼接不出完整的内心时，请热爱脚下的大地吧。

大地深埋着昨日的世界，也深埋着生生不息的梦魂。每个辞旧迎新的时刻，它们都会以三生桃李、千江明月、万里雪梅，倾吐芬芳、撒播光明、凝聚永恒。

大地不只有掩埋，更有孕育。它孕育五谷，孕育生命，孕育自由创造下的无限可能。

在这个万物互联的时代，在这个移动共享的时代，大地是我们丰富的内心，是我们丰腴的肌肤，更是我们丰盈的灵魂。

生命因为大地的美好而相敬如宾。最美的生命姿态，永远像树一样独立，又像花一样自由。

如是，热爱大地吧。远离喧嚣，聆听安静；撕开标签，注视眼睛；放弃追逐，回到初心。

就像相信爱、相信美、相信人间大道一样，我们相信大地不会辜负雨露，不会愧对阳光。

绿色的春日田畴，金黄的秋日麦田，以及黎明灰色的大海，钴蓝的山间黄昏，每一道色彩都在道一声岁月的珍重。

当你从校园的合欢树下走过，请相信：每一片叶子都有风雨的经历，每一朵花儿都有盛开的花期。

每一寸时间都会开花。且让我们以最大的恒心与诚意来春种秋收，且让我们于浮华世界里找到那个略大于宇宙的心灵。

岁月必有回响

一朵花开了，开在十一层的高楼顶上。

花，那么小；楼，那么高。那么一点点芬芳的消息，却传得遥远而神秘。一只浅蓝的蝴蝶，不知从哪里翩然而至。

一朵花，就是一个世界。花开和花谢，春种与秋收，时间的寓言、生命的哲学都在这里。

2017 年到来的时候，我们忽然发现："年"这个字形，似乎也有着花的风致，玉立亭亭。

"花"和"年"结合在一起，它们有个动听的名字，叫"年华"。

2017 年，如果每个日子都听得见花开的声音，如果每件事情都看得见背后的价值，如果每个人都释放内心的善念，那么，请相信：只记花开不记年，美好终归看得见。

初心念念不忘，岁月必有回响。

相信回响，我们才有面对时间的那份从容。

在教育生活里，"花"是年的钟表，"年"是花的刻度。

且听吧，一个孩子在花园里对播在泥土里的花种说："请出来，不要害羞。"一个孩子对新生命降临的等待与欢欣，化作了他诗一样的心。

　　且看吧，一个少年在墙脚画一棵掉光了叶子的枫树。那不是现实，而是一个画家的记忆。多年以后，那些线条、那些色彩、那些光影，都在他的画作里发出阳光般的回响。

　　一个青年，因为当年中学的诗歌朗诵，因为通向食堂的那一廊精美的板报，因为遇见图书馆的那些好书，多年以后，那些风雅、那些精致、那些好奇，全在他的文学里发出了细雨般的回响。

　　今天，世界越来越喧哗，人们越来越不愿被聚焦。新年到来的时候，我们共勉吧。

　　不要担心你的声音微弱。如果是用真心敲动文字、真诚对待一件事，在世界的某一个角落，终归会有一份懂得、一份欣赏，来自我们的同道。

　　那是一种回响。回响，是这个世界最美的声音，也是最美的哲学。

　　有些回响近，有些回响远，远到跨越生死。明末王船山先生避居山洞而不辍思考，与麋鹿为伴，连纸笔都难以找到，但他相信时间。

　　历史无法掩埋真正的思想，它终于给船山以极深远的文化回响。

　　相信岁月必有回响，就是相信生命有美意。

　　此刻，让我们蘸满新岁的阳光，一起书写这个"美"字吧。

　　"美"字上有两点，故美是一种呼应。日与月的呼应，天和人的呼应。

　　"美"字里有三横，故美是一种法度。均衡、对称、和谐，所有的法度都在那宁静的笔触和间架里。

　　"美"有撇、有捺，故美是一种打开。自由、飘逸、荡漾，所有的灵动、格局和境界都在超越中。

　　美的回响，就像时间开花。

抬头看见阳光

　　这个日子，期待着一篇献词。就像身边北上的湘江，期待着两岸杨柳与一轮明月。

　　我不知道，这是文字对时间的致敬，还是时间为文字书写的命题。

辞旧迎新。辞去的，是干杯的往事，是浮华的心绪，亦是生命的无常与悲欣。而迎来的呢，是未知的流年，是新局的祈愿，是明天更美好的一场暗示。

这是一个带着慈悲的句点，亦是一个霞光万道的回车键。

时光本无新旧，岁月却在翻卷。

或许，2015年到来的第一天，你还记得天空里飘着的那一朵明媚，而现在，你只能看到一年时间留下的碎片与背影。

这一轮春夏秋冬的轮回，究竟留下了什么？这365日的滴答与匆忙，似乎只在俯首与抬头之间。

是的，好多好多的日子，我们都想不起。就像这正在老花的眼，看得见遥远的儿时，却看不清自己的目前。

此刻，世界在你的口袋，历史也在。

且打开自己的微信吧。这里有思想的奔流与暗涌，有资讯如烟花般的绽放与凋零。新闻里是贪腐的肃清与惩治，社会的公平与正义，话语的明亮与忧伤，民间的理解与担当……然而，即使像屠呦呦获得诺贝尔医学奖一样的重磅消息，也很快归于平静。

一切新闻皆成旧闻，它们仅仅以故事的方式消散与存留。

而故事2015，只属于我们的共同见证。它跟我们有关，却又不是我们的构成。

你的时间在哪里呢？微信与微博或许提供了一些线索。风景、美食、心灵鸡汤，各种自拍、行走、遇见、心情独语，各种感喟、收获、反思、点滴成绩与内心的开悟，它们构成了你的一年。你此生行过的，这一年。

于我而言，这一年，送走了年迈的父亲。仁寿高龄，终是生离死别。此种生命的大恸，让我从此看不见"来处"，只看到"归程"。

于团队而言，这一年，我们迁址湘江之西，由车水马龙之地迁入青山绿水之野。在这里，我们隐隐听到传统纸媒的阵痛与呻吟，更触摸到传媒集团化与数字化转型的信心与力量。

不管如何，教育是"以现实求证未来"的事业，学校是每个人梦想开始的地方，每一个校长、每一位教师，我们没有理由不成为中国社会的情怀、智慧与力量。

这是"互联网＋"的时代。重新定义了时空，定义了媒体，定义了经济增长与文化传播的互联网，正在重新定义学校，定义课程，定义学习化的社会与生活。

或许，"低头一族"只是一种行为的表象。它的背后是生活的便捷，是意见广场的开放，亦是观念水位的普遍上升。当然，亦有文化的轻飘与失重。

此刻，且让我们从各种电子屏幕前抬起头，看看天地自然，看看风雨阳光，看看诗与远方。

技术互联网之上，还有上天的互联网，还有生命与历史的共生与共长。

抬头的时候，即使偶见雾霾，道路与田野还是在前方。那里，看得见云霞的温暖与光亮。

由 0 到 1

告别 2020，迎来 2021。

每到辞旧迎新的时刻，时间就不只是流动，而是跨越。它似乎不再是沧海上的波浪起伏，而是桑田上的地界分明。

一夜之间，过去的 365 个日子，成了一串重重叠叠的灰色背影；而未来的 365 个日子，又像黑与白的棋子苍茫地铺展于万水千山之间。

一切过往，都已成确定；而一切未来，都在说可能。

于确定和可能之间，时间像一剑光影，悄然劈开岁月的新旧。

时间成了每个人的心情，成为符咒一样的存在，成为世间不约而同的盛大重温与辽阔憧憬。

其实，刚刚送走的 2020，又何尝不是我们以虔敬的祝福迎来的。

那些写在日历扉页上的温暖颂词，至今还看得见清晰的笔迹。可是，当日历翻到这最后一页的时候，我们才发现：这一年，怎么说都不可能是云淡风轻的。蓦然回看 2020 这串数字里的两个"0"，突然感觉它们已然贮满了叹息之后的凝重。

全球性新冠肺炎疫情，至今还笼罩在人类的头顶。世界各处弥漫着阴郁和隐忍。在这朵巨大的阴云之下，世道与人心越来越成为看不懂的魔幻剧情。

立场对峙、价值撕裂、利益博弈，观点越来越纷繁，而对话却越来越艰难。原以为这场疫情会花开"疫"散，结果呢，新春又将来临，它依然盘踞不动。

然而，因为这场疫情，我们从来不曾像今天这样强烈地意识到：所谓人类的命运其实就是每一个人的命运；你与我，都在人类之中。

没有谁可以自外于世界，就像没有谁可以自外于时间和生死。

我们的命运在一起，并不是因为世界已经装在人们的口袋里，也并不是因为人们的情绪总被资讯的翻滚、生活的闹腾所裹挟，而是因为我们在同一片天空下，在同一个星球上。我们的呼吸吐纳连着宇宙星辰，人类在合奏一首生生不息的文明弦歌，我们都是一群向死而生的高贵的生命。

当数字重新定义生存的时候，我想起古希腊哲学家关于"宇宙起源于素数"的立论，也想起岳麓书院正厅对联里"是非审之于己，毁誉听之于人，得失安之于数"的圣贤遗训。因此，我们愿意将2020与2021理解为两个意味深长的"数"，祈祷它们的更替，是一个由"0"到"1"的寓言。0与1的二进制原理开启了整个数字时代的风云，我们有理由拥抱由"0"到"1"的蜕变。

"1"是什么呢？"1"是人世间一切卓然独立的思想芦苇，是一株株根须相连且叶脉相依的大树。"1"不一定是摩天大楼，它可能只是窗前的那竿迎风而立的竹子；"1"不一定傲然屹立，它可能只是一炷心香。

行到水穷处，坐看云起时。"1"意味着我们都可以从流动的时间里看到崛起的空间，看到日月、群星与众生。

每个人都是世间的唯一，每个日子也是此生的唯一。

唯有以自我重构时空，将自我嵌入世界，我们才会真正懂得爱与悲悯。

我们总以为一年可以干很多事情，可回头检视的时候，才发现太多的想法悬在那里，像一群等待着被擦拭的星星。

对一个以讲台和文字为生的人来说，言说和书写越发致敬着时间深处的工匠。我深深知道，我们所共存的世界，本来就不应当是话语和情绪的垃圾场。

我愿将委屈与烦忧留给自己默然承受，而在文字里写下光明和永恒。

这一刻，我的心里掠过《诗经》里的《蒹葭》。

在我看来，"伊人"所代表的，其实是人类对一切美好事物的追寻。如果说追寻是文学母题的话，那么，骨感的现实和丰满的理想，其动人之处永远是思君不见，却又共饮一江。

且让我们以理想照耀现实。就像此刻，以纵贯365日的祝福来期许新年。

相连

因为互联网，因为智能手机，我们可以将世界装进自己的口袋。曾经广袤的世界，如今成了一个村落。视频、声音与资讯的全方位传递，让世界失去了天涯海角。无论是一群政要的聚首，还是一帮同学的聚会；无论是一栋高楼的倒塌，还是一次富豪榜的刷新；无论是一项新技术的涌现，还是一则明星八卦，人们对信息的获取，都在转瞬之间。

互联网，就这样碾平了整个世界。

时空开始改变。一切数字化的信息，让任何时间、任何地点、任何人都可能相遇，都可以相连。

这是一场技术带来的深刻改变。这样的改变，固然带给我们无以复加的生活便捷，然而，它是不是也在悄然剥夺你我对于世界的那份敏感？

技术，不只是让世界相连，很多时候，它让这个世界变成了一个窗口。窗口，成为世界的象征。

不是吗？人们端坐在电脑屏幕前，或每天捧一个智能手机刷微信、听音乐、聊好友。认识的、不认识的，现实的、虚拟的，公开的、私密的，交流越来越多地迁移为在线的形态。有"流量"的地方，世界就与你在一起。

这可能是人类交往史上的一个重要里程碑。

然而，是否可以想一想，在这样的时代，我们究竟失去了什么呢？

当现代人沉迷于数字信息与数字交流时，人们是否还看得见互联网之上另一种更为本真、更为永恒的相连？那不是技术化的相连，而是人与大自然的相连，人与情境的相连，人与人的心灵相连、命运相连？

是啊，我们有多久没有细细聆听过一阵春雨，又有多久没有闻过一朵花的芳香？我们的赤脚，有多久没有踩过那一地落叶的松软？我们的眼睛，有多久没有见过真正的月色？我们是否还纵情于大海边，呼啸高歌？是否还流连于小溪边，轻轻咏叹？我们是否还能听见窗外秋虫的悠远鸣响？

不得不承认，我们与自然，离得越来越远。失去自然润泽的心灵，变得越来越急躁，越来越粗粝。

五色令人目盲，五音令人耳聋。老子的声音，似乎轻易穿过了几千年的时光。不是我们对自然万物没有感觉，而是感觉变得越来越概念化，越来越求同。

时空的改变，让相思不再有天涯，让鸿雁与锦书变成一种传说，让江边的高楼凝望被痴笑为不可思议的古典。

我们随时与世界相连，却又与真实的自然世界越来越远。

我想，这世界最美丽的相连不一定是那技术的云朵，而是发生在你我心间的传递，发生在爱与善、信仰之间的串联。

此刻，我想到一个故事。

那是上世纪六十年代，一个普林斯顿大学的校报记者，有机会去采访爱因斯坦。正好，他又是物理系的学生。他想问爱因斯坦一个真正智慧的问题。某天下午，这个年轻人提出这样一个问题：作为当代最伟大的科学家，你觉得什么是这个时代最重要的科学问题？大概过了十五分钟，爱因斯坦看着年轻人，眼睛里闪烁着光芒。

他说，年轻人，如果真有什么关于最重要的科学问题，我想就是这个世界到底是善良的，还是邪恶的。

年轻人说，这不是一个宗教问题吗？

不。爱因斯坦说，如果一个科学家相信这个世界是邪恶的，他将终其一生去发明武器、创造壁垒、创造伤害人的东西，他会把人隔得越来越远。但是，如果一个科学家相信这个世界是善良的，他就会终其一生去发明联系、创造链接，发明能把人连得越来越紧密的东西。

对了，这个年轻人就是未来互联网的创始人之一。

我们看到，互联网创始的初衷就是相信世界是善良的，因为善良，人们可以相连。

科技的伟力太容易被人感知，这是一种征服与改变世界的力量。而人文的力量，道德的力量，伦理的力量呢？它们其实是一种改变心灵的力量。所以，一切科学发展到最后，最终都会面临一个人文与伦理的问题。那就是：它的终极目标究竟是什么？发明核武器，是人类科学探索的结晶，然而，它又何尝不是一把人类自己创造出来的、高悬于头顶的利剑呢？

科学让我们与外部的世界相连，人文让我们与内在的心灵相连。那么多的文明成果，那么多的名著经典，它们都是人类最辉煌的历史与记忆，它们都见证着人类精神的高度与广度。

那是另一种文化的相连。人与自然的相连，人与人的相连，人与文化的相连。我们就这样连在一起，成为人类。

因为相连，我们共同面对历史，共同担当现实，又共同创造明天。

一朵花、一棵树、一本书，都是我们与世界相连的信号。

我们就这样与周遭连成一种生态，与世界连为一个生命的整体。

孤独之美

一

孤独，是不是残阳暮色里那个渐行渐远的苍凉背影？是不是形单影只，孤苦伶仃，像风雨飘摇中那一片颤抖于枝头的落叶？是不是站在温暖的灯光处，看着河对岸的凄然、沉默与隐忍？

孤独袭来的时候，我们本能地选择逃离，仿佛那是一个黑色的禁忌。

逃离孤独，如同逃离来自人生欢场的悲悯和叹息。

然而，孤独依然如影随形。

声色的沉醉，欲望的狂欢，功利的扩张。纵使日子如风，对酒当歌，怎敌那孤独的清影午夜梦回。

二

孤身而来，独自而去。人生飘蓬，不过百年孤独。

生命如树，没有一片叶子会是相同。独一无二的存在，注定了孤独是此生的宿命。

众鸟高飞尽，孤云独去闲。那是生命的辽阔，亦是生命的散淡。

孤舟蓑笠翁，独钓寒江雪。此为天地的苍茫，亦为天地的悲怆。

每一株孤独的树，都生长出独立的姿势。

每一颗孤独的心，都感应着遗世的精神。

孤独缘于超拔，而超拔并不是孤独。孤独产生寂寞，而寂寞亦不是孤独。

看得见的孤独是一场逃离与出走，看不见的孤独是情感的沦陷、思想的静默。

　　孤独是一种天然，是际会中的光风霁月；孤独又是一种选择，是安静里的探微访幽。

　　孤帆远影碧空尽。历史所目送的，无一不是那些孤独的背影。

　　湘北汨罗，流着一江孤独。举世皆浊而我独清，众人皆醉而我独醒。那是屈原曲曲折折、九死不悔的清泪与吟哦。

　　其实，不是每个人都在走屈原的路，但每个人又都在孤独中求索。

　　孤独不再是漂泊，而是在心灵回乡安顿，是在雪夜里焐着念想取暖，是在烛光里与自己的悄然对谈、寂然相守。

　　一切孤独者，都在逃离与寻觅，于清溪白云间探问，于时光之外索居。

　　前不见古人，后不见来者。那是幽州古台的余晖里高悬的旷世孤独。

　　芳草鲜美，落英缤纷。那豁然开朗的南方山隅里，每一朵桃花都盛开着陶渊明的孤独。远离战乱与倾轧。晨兴理荒秽，带月荷锄归。桃花源成为美的乌托邦，唤起每个灵魂在静美的岁月里，守拙归田园。

　　那名唤东坡的，并不是一片寻常土地，而是一个人，是"松间沙路净无泥"的孤独思想者。在那个叫宋代的时空里，这个为政为文皆卓越，诗、书、词名动一时的孤独者，几十年人生起伏无定、历尽劫恸，最后飘然一杖，江海寄余生。

　　在万籁俱寂的雨夜里，他左手执白、右手执黑自我对弈；在大江东去的时光岸边，他喟然长叹，邀月同饮，以一杯浊酒还酹江月，还酹那如梦人生的孤独旅程。

　　古来圣贤皆寂寞，唯有饮者留其名。人类的思想，总在孤独者那里散步。

　　宣布"上帝死了"而最终"自己疯了"的尼采，一辈子在小镇上散步的康德，在自然山水间沉醉的卢梭，在瓦尔登湖边将思想的湖蓝色映到书页间的梭罗，还有那《向日葵》般存于世间的凡·高……

　　人类最伟大的思想，最深刻的智慧，最惊人的美丽，一定发源于最孤独的那一颗心。

　　孤独的境界，不是失群的寡欢和落寞，而是活在他处、寂然凝虑的孤与独。

三

狂欢是一群人的寂寞，而孤独是一个人的狂欢。

情到深处人孤独。一切相思，都合于深情的孤独调子。"打起黄莺儿，莫教枝上啼。啼时惊妾梦，不得到辽西。"思妇的孤独是无法止息的一脉冥想。如果说这样的孤独依然美好，那么"可怜无定河边骨，犹是春闺梦里人"则是一种刻骨铭心的生离死别啊。

人间的相思，从来只有省略，没有转折。每一个转身，都不是告别的开始，而是思念的生长。本来，你与世界的情感，亦如水千条山万座。然而，思念的心力，足以令世间的一切隐退、潜伏，甚至幻化成唯一的声音、微笑与味道。而唯一，就是孤独。在孤独的相思者那里，不是全世界都可以失去，而是全世界都失去意义。思想的孤独，指向人类的群体孤独；而情感的孤独，是一个人自身的心灵孤独。也因此，最热闹的去处，或许有着最深的孤独；也因此，每一个更深露重的花园里，都可能生长着"欲诉无人能懂"的青青藤蔓。

四

月亮是长夜里最皎洁的眼睛，它的清辉洒向每一个平等的生命。孤独，是你与自己的相处。这样的相处，不是无视世界的孤高自许，更不是无视他人的孤芳自赏。最孤独的生命里，有最深刻、最幽远的问。问天地苍茫，问何去何从。你说，我不曾有过思想的孤独，也不曾体味过情感的孤独。为什么我的内心仍不断有孤独袭来？一切，还是缘于问，缘于意义与价值的追问。问的峰顶，仰可摘星辰。你凝望的那一颗真、那一颗善、那一颗美，都不是星辰，它被称作相信，抑或信仰。

从信仰出发，我们开始对话，对话一切优秀的文化，对话一种优雅的文明。

真的孤独，无法以语言来传递。千言万语掩饰不了虚无与空洞，而从孤独里开出的花朵，在那淡雅的芬芳里，已生长着万语千言。孤独之境，其实是观照世界的静，问候心灵的净。丰富的安静，流动的纯净，语言抵达不了的呼与应。

微语录

一

花有花的天真，草有草的自信，叶有叶的宽容，光有光的行踪。每一种美，都是天地垂怜，都是因缘际会，都是你中有我。

人类的妒忌、傲慢、自以为是、孤芳自赏，都为一花一叶所耻笑。到自然万物间走走吧，你的笑容和背影才会拥有万里芬芳，我们也才知道宇宙即为吾心。

二

花开时节，只觉这一路草丛都很热闹。扑鼻的、淡淡的、急切的、悠远的、细语的、喧哗的、明媚的、幽独的、欢喜的、忧郁的、天真雀跃的、沉稳安静的、明黄夺目的、朴素无言的，所有的气息、光影、声响、色彩都在说着生命的繁华和繁华里的期许、遇见，就像年轻时的心境，或盛世里的华章。

然而，我们还来不及给花们一个赞许的眼神，花朵就匆匆谢幕，留下一径草色。仿佛一夜之间，这条路就长大了，忽而就到了不爱说话的青春期，默默的清香里分明又有种力量蠢蠢欲动。

我们阅读的世界，其实就是一篇莺飞草长的寓言。

三

牵牛花是昨夜开的。昨天，是她的生日。今天，是她生命的第一天。然而，昨夜今晨其实是人类的时间。于牵牛花而言，或许几个小时就走过了自己的童年与少年。此刻，应是她青春的盛典吧。

四

阳台上的花草醒得早，它们是否在说起昨夜的秋凉？

彼此对望，侧耳谛听，寂然生长，它们和这个世界互道早安。第一次结识碰碰香，是在蔡皋先生那里。她随手摘了一枝给我带回来，而今已满是一盆沉静和翁郁。一花一草，随便什么时候去看它，都有一种不忧不惧的欢喜。

五

桂花嫁给了风，风就再也没有回来。只要秋天在、明月在、池塘在，桂树的心里并无伤感。明年、后年、若干年，它依然可以把所有的平淡都酝酿成芬芳，去嫁给岁月和理想。

六

校园午休了，每一扇窗子的背后话语忽而停止。这时候，校园的飞鸟接过了孩子们的话题，它们在枝丫间议论纷纷。它们的调子、音色、情绪如此不同，意见也互不相同吗？对一棵树来说，寂寞不是没有阳光，而是所有的鸟都选择沉默或撤离。

七

时间行至深秋。光与影，明和暗，阴与阳，冷和暖，一切都在天地调和间臻于平和。莫非，所谓秋天的成熟，除瓜果谷物之外，还有文化与智慧上的中庸？

八

梅花固然有笑傲苦寒的风姿，但我喜欢"独吟古调遣谁听，聊与梅花分夜永"这一句。一夕清夜，人与梅相对而分，那是何其寂寞的芬芳。我也喜欢丰子恺先生说"小桌呼朋三面坐，留将一面与梅花"，那是一种人花同美、天人合一的相知相惜。

九

温故而知新，可以为师矣。少时未解此间真意，唯析句读耳。独立于树达先生塑像前，恍然有悟：人类文化之演进，个体生命之价值，何曾逃得出"故与新"之间的生命往来？温故，是晤对经典的温情与敬意；知新，是开示生命的豁然与懂得。故与新，是追溯与开拓，是已知与未知，是传承与创造，是沉潜与化育，是顺应与改变，是他者与自我，是历史与未来。教育在此二者间的桥上，在此二者间的路上。"温故而不知新，其病也庸；不温故而欲知新，其病也妄。"先生之言，妙哉！

十

耕者的形象在天地之间，天地赐予他粮食与蔬菜；读者的想象在文本之间，文本启发他思想与精神。

耕在左，自然天道皆生垄上；读在右，世间人心悉种行间。

耕在前，生存乃民族基石；读在后，超越是教育天命。

耕在脚踏实地，披星戴月；读在口诵心惟，触类旁通。

耕之美，趁原野春色；读之力，惜窗外晨光。

耕是大地写诗，读是文字立心。

不勤，无以酬岁月；不读，无以达人生。

耕之道，亦读之道；读之道，亦耕之道。故田有心，谓心田；笔有力，谓笔耕。

中华传统教育之精华实由农耕文化孕育。

十一

我们将幸福郑重地写在教育的大地上。每一笔都是虔敬，每一画都是憧憬。这幸福的书写里，沉淀着五千年文明的美好愿景。

在我们的幸福词典里，教育的版图宛如一片舒展的叶子。置身于城市的繁华之中，我们在绿叶里谛听春天的声音。

生命之于生命的影响，生命对于生命的成全，我们都用教育来见证。

山高月小，幸福是个体人生的终极向往；风雨燕来，幸福是美好社会的亘古追寻。

在我们的词典里，永远写着使命和担当。因为它一头担着历史，一头又担着未来；一头指向生命的代际超越，一头又指向文化的薪火相传。

是的，教育是每一个时代最伟大的肩膀。

我们致敬教育的崇高，更致敬教育的创造。然而，对于幸福，我们只愿轻轻地提醒。就像书声提醒黎明，灯光提醒夜色一样，少年提醒中国，现代提醒未来。

朋友，请想象一朵花开在你日日行经的路旁吧，请蹲下身子，听一听那些关于生命与成长的幸福之音。

十二

津者，渡口。

这里正是一个渡口。

黎明，征棹；入夜，灯火。

落英缤纷，那是时光的提醒；芳草鲜美，却是桃源的召唤。

今朝在此，明日在彼；历史在此，未来在彼；好奇在此，探索在彼。

此岸春江暖，彼岸花欲燃。

吾生有涯，而知无涯。

于有涯与无涯之间，于偶然和必然之中，我们相遇在美丽的渡口。

海天辽阔，一苇以渡。

梁者，桥梁。

这里正是一座桥梁。

兴趣的种子播在这头，智慧的花树开在那头。

于知识与人格之间，于接受和创造之间，我们相遇在温暖的桥上。

风雨同行，心如彩虹。

津梁者，其意为水之滋养、木之生长。其境为水之融汇、桥之贯通。

津梁，为你而来，为理想的教育而来。

我们在渡口，等你。

我们在桥上，等你。

时间是生命的计量

时间，它显示于塔顶的钟、腕上的表，显示于电脑、手机以及各种广告界面和显示屏。

这个日子叫元旦，新年的开始。因此，它注定被人间的祝福与祈祷重新定义它的象征性和暗示力。

旧岁与新年，告别与迎候，历史与未来，似乎都在钟声响起的那一秒。亲，你是否谛听到时光交替的那种悦耳和神圣？

或许，只有在这样的时刻，你才会有奇异的察觉，时光并非物理的计量，而是生命的计量。

时间不是人类的发明，而是人类意识的赋予。

不妨想想，如果哪一天我们完全失去了时间表达的话语、规范与系统；或者，如果我们哪天完全失去了共通的时间意识，那么，我们所失去的绝不只是一种物理计量的表达方式，更是一种有限度、有终点的生命紧迫感和匆忙感。

因此，时间观的丢失，其实就是生命观的丢失。所谓"山中无甲子，寒尽不知年"，那一定不是真实的人间，而是凌云的仙界。

子在川上曰逝者如斯夫。我们不乏关于时间的诗性隐喻。然而，当我们将时间量化为钟点之后，现代人早就不知不觉地将时间视为物理的计量单位。

物理计量意义上的时间，就是那个等幅的摆，就是无始亦无终、保持恒定速率往前走，以不变的滴答滴答或隐或显地击打节拍。

这样的时间，可能让你想起一把无形的尺子，时间便是那尺上的刻度。而这把尺子，则如笔直的道路一样伸向不可知的远方。

也可能让你想到那一环套着一环的金色齿轮，永不停息地转动，大型的、中型的、微小的不同的齿轮彼此啮合，永不改变节奏地转动。正如宇宙里的月亮、地球与太阳，在转动中创造出晨昏午昼和春夏秋冬。

物理计量下的时间，为生命所提供的无非一种工具、一种手段、一个参照系。它如此理性，如此客观，全然成为一种非生命。

非生命的时间，不可能还有表情、气息和温度，当然也就没有心跳，没有由心跳所决定的生命节奏。

于是，时间成为日历上没有个人定义、只有公共普适的一行数字、一个节点、一种标识，正如高速路上车子所显示的里程。

物理计量下的时间，甚至不再是东逝的流水，不再是花开花谢，不再是更深露重。在科学与规范的意义下，时光之河上所有的激越或柔情均如浪花死去，时间只是一种流动。

无声的流动。正如夜色或晨光，渐渐加深或慢慢启程。

然而，时间果真只是这样存在吗？如果真是这样，每个日子全如电脑编程，只有自动，只有相同。一切都失去了对生命的恭敬，亦即失去了对自我的敬重。

每到岁末年初，我们对时间总会无端生出一种微妙而幽远的感受。年终挤满了各种年度的总结与回眸，因此，年尾的日子显得特别紧张、特别局促，走路不得不风风火火，连呼吸都在传递忙碌的气息，时间如粗重的 G 大调。

仅需一夜，新年伊始。阳光照着山河，照着满坡即将长出嫩叶的冬树。忽然觉得，日子原来这般舒缓、这么从容，山野不会因为你不奔跑、不追赶，而生出寂寞。时间其实也可以如柔缓的夜曲。莫非时间并不是物理计量上的公共切分，而是心理意义上的个人体验？

懂得时间是一种个人感觉，时间就开始成为生命的计量。我们开始用心灵、用自己的价值观来重新界定这些分分秒秒。

当你爱着自己所做的那一份事情，你可能会情不自禁沉醉其中而浑然不觉，那时候时间不是丈量深浅的刻度，你在忘我的同时忘却了时间；当你与自己心仪相爱的人一起谈笑，从树影斑驳的午后到明月惊鹊的深夜，你甚至恨时间总是走得太快。时间，不在生命之外，而是生命的构成。

心跳就是节奏，心态决定速度，心境标识深度。这就是以生命计量的时间。

这样的时间，不是实验室里的匀速直线，而是天高地远的飞翔，柳暗花明的行走。行当所以行，止当所以止。行到水穷处，坐看云起时。从此，你的表情，就是时间的表情；你的呼吸，就是时间的呼吸；你的声音，就是时间的声音。你的温度、厚度与高度，就是时间的温度、厚度与高度。

时间存在于他处的时候，那只是物理计量；时间存在于自我的时候，这才是生命计量。你可以定义时间的长短，正如你可以定义生命的长短。

当时间成为生命的计量，你会发现，它不再只是滴答前行的声响。作为生命计量的时间，每个日子如画，流动着或绚丽或沉着的色彩；每个日子如花，散发出或浓郁或淡雅的气味；每个日子如精灵，或轻盈凌波或野性奔放。生命的时间成为一种美的自觉，一种个人化的性情和执着的力量。

忽而想起丰子恺先生的那幅有名的漫画《人散后，一钩新月天如水》。

常人审美，莫不偏爱月圆和花好、良宵与欢聚，雅士们更喜品文袭茶香、谈诗应酒兴。这些都是浮生的欢娱吧。以丰先生的艺术情致和造诣，其生命雅聚定然不少。为何先生竟要以一幅漫画来表达人散之后的茶桌、椅子、梧桐、星月与苍天？难道"散"里会蕴着一种生命与艺术的张力，难道"散"亦是一种美丽？

从生命计量的时间来说，"散"的美丽或许关乎宇宙和人生，接近宗教的圣灵。"散"，是此时此事此景此生的消散，一去不返的消散，"散"的前提一定是"聚"。聚散有缘而无恒定，这就是人生，亦是生命。人生，都是一段有限的岁月，不满百的一条线段吧。一拨一拨，一代一代，我们终将"散去"，人间终将换新。这是何等惊心动魄的一种"散"啊。"散"之后呢，宇宙依然是美丽而永恒的存在。新月如新，夜色如新。当"生命的有限"置于"宇宙的无垠"之中，一种生命的苍茫感会让你彻头彻尾地意识到时间真的是生命的计量，它不只是数字所标识的日子。

时间是生命的计量。所有的过往，无论我们看得如何清晰，记得如何深入骨髓，终归，那是回不去的过往。恰如一篇永远无法激活的文档，你可以一遍一遍地读，却只能读，无法改写。要写就得从新建文档开始，从下一行开始。

上一行是历史，下一行就是未来。时间就这样铺展，这样流逝。

这就是我们的生命。

梦里蓝田

蓝田种玉，在三秦旧地；梦里蓝田，却在涟水之滨。

在地图上，你可能找不到这一个湘中小镇。然而，如果穿越时空，回到那个山河破碎的时代，你会发现这一处蓝田对于风雨飘摇的战时神州来说，无异于一抹梦里幽蓝。

这里是国立师范学院所在地，今涟源市第一中学校址。八十多年前，烽烟炮火之中，群山环抱的这一方天地里，曾回响着一曲艰苦卓绝的教育弦歌。

在这个深秋的夜晚，我来到蓝田故址。其时，夜色正浓，灯影幢幢。历史的气息，仿佛弥漫于清冷而寂寞的晚风中。

时空定格在公元1938年的中国。此时，由东北到华北，由关外到中原，由华东至华南，到处是日机轰炸过后的城市废墟，到处是呻吟的田野。国土沦陷的消息不断传来。一场充满屈辱与血泪的战争，以呼啸的炮火、无情的子弹和闪着寒光的刺刀，疯狂地蹂躏着文明的家园，焚烧着历史的记忆，践踏着一个民族的文化与尊严。

斯时斯域，生存，还是毁灭？这不再是一道哲学论题，而是战争加诸中华的时代拷问。土地可能沦陷，城池可能毁损，文明可能遇难，然而，生活不会停止，一个民族的精神气节不可能湮灭。或许，相对于抗敌御侮彰显的现实战斗力，文化拯救与薪火传承只是一盏柔软的烛光。然而，假若没有这烛光的存在，人们又何以从烽烟里看见亮光，何以从黑夜里看见黎明？

于战时中国而言，希望的孕育在群山之间；而文化的种子在课桌之上。颠沛流离之中，中国教育开始了前所未有的大转移、大迁徙。西南联大、西北联大以及国立中央、中山、浙江大学，构成战时中国高等教育的版图。国立师范学院，肇始于此时的湖南。

历史，选择了蓝田。其时，国民政府教育部成立了国立师范学院五人筹备委员会。上海光华大学副校长廖世承被任命为主任，成员有四，即当时的教育部高教司司长吴俊升、宣传部副部长潘公展、湖南省教育厅厅长朱经农、西北联合大学汪德耀。七月受命，十二月开学，国立师范学院从无到有，仅仅五个月时间。从选定校址、筹措设备到遍请名师，此间艰辛，非亲历者又何能道其万一。

那是流火的湖南九月，廖世承先生正满头大汗地四处奔波。正在为师范学院选址而焦虑之时，他在长沙街头偶遇长郡中学的时任校长鲁立刚。其时，长郡中学与其他三湘名校一样，皆迁址安化蓝田。鲁立刚说，选址安化蓝田，可取"安定文化，青出于蓝"之义，这与国立师范教育的志业和国家的期许极为契合。

生于上海嘉定的廖世承先生或许未曾料想，他的壮年岁月竟然会在湘中蓝田的青山绿水中绽放。千年静候的蓝田也无从得知，它所迎来的这群远行者，从都市的文明里走来，从遥远的海外归来。首任院长廖世承，今天回看他的青春履历，每一行都是同龄人眼里的骄傲。十八岁求学于南洋公学，二十一岁入读北京清华学校高等科，二十四岁赴美国布朗大学深造，四年后获得哲学与教育心理学双博士。1919年回国后，任南京高等师范学校教授兼附中部主任。

于廖世承而言，对中国基础教育的改造与建设，无异于"天将降大任于斯人也"。在南京高师（后改为东南大学），他起草学制改革案，将其时的"七四"学制改为"六三三"学制，延续至今。他所编著的《教育心理学》和《中学教育》成为中国最早的高师与中师教科书，而他与教育家陈鹤琴合编的《智力测验法》亦为该领域的开山之作。自1927年起，先生任上海光华大学副校长兼任附中部主任，在沪上繁华里，他平静地度过了十年书斋生活，始终立足于中学教育，对它的历史与现状做了极为系统的研究。我有时想，如果没有战争的影响，像廖世承那样的一代海归，他们对中国近代教育的改革与重建将会产生怎样深远的影响啊！

历史无法假设。"八一三"事变之后，上海沦陷，中华民族岌岌可危，大批名校纷纷转移至山间水滨。战争的阴霾，离乱的中国，无法释怀的教育使命，就这样在廖世承的心间翻卷、交织、升腾。在"国破山河在"的战乱中，他临危受命，创建了第一所独立的国立师范学院。

廖世承来了，他从上海出发，绕道广东、广西，舟车辗转，风尘仆仆。他来了，情怀在心，使命在肩。蓝田的山水，给了他一个战火之外的寂静时空，也滋养了他精神自强的家国之思。

在这里，他清晰地听见杜鹃啼鸣，看着那不解战事的花草露珠。在山水中国的幅员深处，他意识到文化不死、种子破土的力量。

他发现，这一片湘中小盆地，水路、公路皆便利，而且远离京广线，较少日寇侵扰。这里，正是烽火中国的别一处存在，是上天赐予的孕育未来的地方。

其时，蓝田小镇上存在一片屋舍俨然的庄园，谓之李园。主人李卓然先生乃辛亥志士李燮和之子。国难当头之际，仅半日磋商，他即慨然将祖居的房屋租予国师。稍事修缮之后，建设校舍的燃眉之急得以纾解。紧接着，国师于附近的光明山上新筑校舍。至于教师，则普遍租住于附近民舍。其时，国家战事正殷，经费短缺可想而知。安徽大学、山东大学存放于桃源的一批图书，以及铁床、仪器及教学设备，皆一箱一箱打包成捆，载入船只，经水路运抵蓝田。所有这些旧物和那群知识分子一样，皆自远方而来。对蓝田乡间来说，哪一件都带着文明的光泽，哪一件都带着历史的期许。

人曰：大学者，非大楼之谓也，乃大师之谓也。廖世承先生来自上海，出于他的地缘、人脉、理想、人格和影响，当年蓝田国立师范学院的名师之中，籍贯吴越者居多。密布的战争阴云之下，这里却上演着吴越文化与湖湘文化的一场盛大融汇。

无锡钱基博先生，从已迁往江西的浙江大学而来，执掌国师国文系；其子钱锺书先生自牛津大学、巴黎大学回国后，旋又从清华南下，受聘于西南联大。为照顾老父，钱锺书又从上海出发，历经34天长途跋涉，来到蓝田之野，出任国师英语系主任。著名物理学家章元石先生，一路上辗转了一年多时间，方才到达此间。几年里，国立师范学院，可谓名师荟萃。毕业于上海圣约翰大学并于华盛顿大学取得教育硕士学位的孟宪承先生来了，民国著名评论家、《观察》社长兼主编、复旦大学教授储安平先生来了，曾求学于伦敦、剑桥、巴黎大学的刘佛年先生来了，著名语文教育家、中国第一个语文教学论硕导阮真先生也来了……

所有当年来国师任教的，无一不是不远千里。这些先生们费尽千辛万苦，一个个都站到了蓝田的讲席之前。想想当年，当他们漫步于乡野的晨光之中，徘徊于寂静的山月之下，凝望于夕阳西下之时，这个寻常的湘中小镇是不是有了一种斯文在兹的气定神闲，是不是有了一抹梦里的幽蓝穿过阴暗的天宇？

当时，在蓝田小镇的书店里，人们可以买到朱光潜先生的《文艺心理学》、林语堂先生的《生活的艺术》等名著。

"石韫玉而山辉，水怀珠而川媚"，此之谓也。

当年，担负着育人大任的国立师范学院推崇的理念是"体育第一、德育第二、智育第三"。对国师人来说，这一方山水之静的意义，是力量孕育、精神安顿，而不是浴血之外的偏安与放逐。正如当年钱基博先生题在国师大门的对联所言："山对光明，毋玩日曷月；士希圣贤，好由义居仁。"

而今，蓝田的山水白云依然记得当年师生们于山间晨读的背影，记得钟楼传来的时光提醒，更记得光明山上响起的校歌：

国师，国师，文化的先进，国民的导师。陶甄人才，作育多士，建树一代良规。忠于为人，勇于克己，披荆斩棘，履险如夷，宏施教泽，百年以为期。

国师，国师，青年的先导，建国的良师。爱护幼童，扶植少壮，创立和平始基。诚以待人，义以接物，摩顶放踵，念兹在兹，风行草偃，千载有余思。

那是物质匮乏的时代，又是精神饱满的时光。光明山，这一个平常而寂寞的湘中山脉，当年所焕发的却是一种青春与文化的神光。国师的学子，大多是流亡青年，他们中很多来自江西。在这一带山水之间，晨昏午昼之际，课余活动之时，他们在蓝田打球、散步，排练话剧《雷雨》，创办文学刊物《新星》……

当年的国师学子邓志瑗写于1943年的一首小诗足以窥见一种青春的姿态。

晨起携书出，鱼鳞满布天。
高声开卷读，回响遍山转。
花惨零朝露，林昏带晓烟。
敌人犹犯国，深愧似修仙。

廖世承先生当时勉励诸生"寇深围危，不宜自逸。国立学府，人心所系"，这一帧晨光里苦读的剪影，又何尝不是学子们不敢自逸的精神写照。

一路还乡

学子尚且如此，遑论先生。在蓝田国师任教时，廖世承先生曾写下《师范教育与抗战建国》《师范学院的使命》《抗战十年来中国的师范教育》等论文，多年以后，这些硝烟背后的静气文字依然掷地有声。

他说，中等学校教师必须具备"高尚纯洁之人格，严正真诚之态度，丰富有用之学术，继续研究之精神"。他对于师范教育的远见，即使放在今天，依然是一种卓识。

钱基博先生乃一代国学大师。当年他置身蓝田的时候，便从文化地理着眼，阐发了他对于湖湘文化与湖南性格的深刻洞见。

他说："湖南之为省，北阻大江，南薄五岭，西接黔蜀，群苗所萃，盖四塞之国。其地水少而山多。重山迭岭，滩河峻激，而舟车不易为交通；顽石赭土，地质刚坚，而民性多流于倔强。以故风气锢塞，常不为中原人文所沾被。抑亦风气自创，能别于中原人物以独立。"

至于教授公民课的储安平先生，他躲进简陋的民舍之中，饱蘸南国山间的星光与月色，写下了思想和远方。他的《英国采风录》《英人·法人·中国人》等著述都在蓝田写成。

遥想当年，因为大师与学术的存在，一个蓝田小镇，吸引了世界学术的目光。1944 年，国师与哥伦比亚大学交换教育资料；1947 年，联合国教科文组织主动要求与国师交换资料。更让人无限感慨唏嘘的是，即使在那样的艰难时世，蓝田的形胜风光仍然给大师们带去了温柔抚慰，更在他们的内心酝酿出清晰的诗意。

看今天涟源的光明山，沉默而苍翠，似乎显不出它的殊异。然而，它在钱基博先生的笔下却是这样美丽的存在。

"距蓝田西一里许，重冈复岭，因山作屋；四面松竹，间以红树，惊红骇绿，抑亦寰宇之丽！而又有清流激湍，映带左右。"

这个秋夜，当我站在现代建筑的窗下，灯光驱赶了夜的神秘。窗棂上早已不再有秋虫的吟唱、竹影的摇曳。然而，当年的钱锺书先生抬头的时候，会见到窗上的竹影，并咏而为诗：

上窗写影几竿竹，叶叶风前作态殊。萧瑟为秋增气势，翩翩类客转江湖。不堪相对三朝格，漫说何能一日无。便当此君亭畔物，高材直节伴羁孤。

这个二十七八岁的年轻人，从世界一流的大学毕业，为照顾父亲，来到湘中最僻陋的蓝田，他的心头自有飘蓬羁旅之感。然而，你听不见他的怨艾，也听不到他的暗自嗟伤。在蓝田的几年间，他几乎足不出户，镇日习书、练字、写书。特别是天寒地冻的冬夜，他在房里燃起木炭火，每晚写一章《谈艺录》，隔两三天又修改得密密麻麻。而那些稿纸，就是从蓝田小镇买来的直行的、粗糙的毛边纸。他的传世小说《围城》，也是在蓝田静夜里开始构思写作的。

1939年农历正月十四，乃蓝田国立师范学院正式的开学典礼。从当时的老照片上，人们还看得见当时贴在大门两侧的对联："冬至春来，礼成开学；梅山涟水，地便藏修。"而教育部发来的贺电里，也充满着情怀和美感，道是："蓝田种玉，古所著名。秦楚异地，事有同情。师资培养，众志成城。复兴事业，乐观厥成。"

从1938年创办至1944年被迫西迁溆浦的6年间，蓝田国立师范学院共培养出学生近800名。当时，学院设有国文、英语、教育、史地、数学、理化、公民7个系，其办学定位在于中学师资的培养。较之承平岁月的高校规模，这并不是多么惊人的数目，然而，斯时斯地，盛开于此的精神气象，却分明又是立于天地之间的挺拔伟岸，亦如大木柱长天。

1944年国师西迁至溆浦，抗战胜利后复迁至南岳山下。1949年并入岳麓山下的湖南大学。1952年，分立为湖南师范学院。因此，诞生于抗日烽烟中的蓝田国立师范学院，正是湖南师范大学的前身，其"仁爱精勤"的精神气质一脉相承。

抚今追昔，环看四周。在涟源一中校址上，国立师范学院的校舍、钟楼等所有建筑无一复存。能为历史提供见证的，除了那些泛黄的照片、碑刻与诗联，只有一中门口那一株两百多年的古樟树。

人间历史，终归化作了草木记忆。就像蓝田一样，相传它的得名与宋代张南轩先生有关。先生行经此地时，说此地宜蓝。后来，果然"艺蓝弥野"。蓝，其实是一种美丽的植物。可现在，蓝也不过是漫山遍野的生态想象。

夜色更浓了，我一个人久久地站在涟源一中的那株古樟之下，看着它黑魆魆的树冠稳稳地撑住了一角天空。一枝一叶都安静如初，像那些逝去的、永不再来的目光与背影，时代及青春。

一株古樟，何尝不是蓝田的一树历史？冬去春来，明月与共。而今，从这香樟隐约的芬芳里，你是否还听得见那一片旷野呼喊，听得见那一曲月下琴声？

心在麓山

一

岳麓山，立于湘江西畔，已是亿万斯年。整个城市的西边天际，都踊跃着它青色的山脊，而湘江像一条闪光的飘带，日夜飘在它的襟前。

江北去，山南来；江宛转，山连绵。

在我心里，岳麓山之于长沙，如同一场亘古的晤对。一城繁华，对着一山幽静；现代红尘，对着古老山林。

不管你是不是见到岳麓的山影，也不管你是否身在山中，岳麓山在那里，仿佛整个长沙城就安定了，所有的"心"安顿于斯，所有的"气"蕴积于此。从此，城市浮华的日子就有了一份笃定、从容与沉着。

你见或不见，岳麓山就像一朵绿色的流云，停在我们的念想里。我有时候忽发奇想，假如有那么一天，岳麓山像太行、王屋那样被某位神仙搬走了，你想啊，失去岳麓山的长沙，将陷入怎样的平庸、肤浅和空空荡荡啊。或许，这座城里最雄伟的建筑消失了，长沙依然是长沙。但是，不能没有岳麓山。它是长沙的依靠。正如老舍写济南的山一样，山在注视一个城市的目光里，有着父爱似的深情。

相看两不厌，唯有岳麓山。

这么多年，我也曾混在观光的队伍里游历过些许名山。在泰山极顶，我曾走过云雾缭绕的"天街"；在南岳衡山的祝融峰上，我曾拥抱过太阳的喷薄；在阿里山，我曾仰望过一株株千年神木……

然而，在这些山面前，我从来都是一个匆匆过客。唯独岳麓山不一样。我熟悉每一条上山的路，就像熟悉自己的掌纹。知道岳麓山的名字，可以追溯至我的孩提时代。那时，普通乡民所吸的一种香烟，牌子就叫岳麓山。在那印制粗糙的烟盒上，我第一次看到了爱晚亭。

然而，一直未曾登临过。直到大学毕业那年，我才隔着一碧湘江默默凝望过麓山青黛的山影。那是夕阳西下时分，我从清水塘骑一辆凤凰牌单车，倏忽之间就到了湘江大桥桥头。我站在那里望岳麓，天空那么干净，就像是一种安慰。我仿佛听见绿野丛中有一种无声的召唤。身后是林立的城市高楼，而真正的大师却在对岸的绿树红墙里。我向往那个山上。几年后，岳麓山果然以其厚重与灵秀，深深地将我拥入襟抱。

木兰路上的木兰开了又谢，谢了又开。在麓山下的湖南师大校园，我从容地念完了硕士，又慢慢地念完了博士。我由一名教师转型为期刊编辑，多年后又由一名期刊编审转型为高校教师。

三年前，我重新回到文学院。当第一次站在讲台上的时候，窗外正好淅淅沥沥地下着秋雨。岳麓山在雨里像长者一样注视我，静静地聆听着。

心在麓山，此生所安。

二

这么多年，不知到底爬过多少次岳麓山。

在映山红开的春光里上山，又在红叶似火的秋色里下山；在浓荫匝地的夏日里拾级，又在白雪压枝的冰天里独行。我听过山风袭来的骤雨，也踩过斑驳细碎的月色，更妙的是，很多次我立在岳麓山顶，遥看着远处的漫天星光与长沙城的万家灯火相映生辉……

那么浩瀚，又如此璀璨。

最喜欢岳麓山路上的幽静与丰富。有时候，遇见一块石头，或邂逅一株古木，都可能引发一份怀古与感发。石头的纹理，古木的年轮，它们都曾是这座山远去的岁月啊。

其实，岳麓山的语言，比我们更古老，也更深刻。每次走在山路上，走在那没有语言的林间，总会被无数细微的生命疗愈或开示。

有一回，我看到一根青藤，正沿着古树向上攀升。新雨后的藤蔓叶，每一片都青绿发亮。但我知道，无论它们多么可爱，并没有人真正喜欢藤蔓。人们说，攀附是青藤的宿命。宿命，意味着无法改变的结局。难道我们寄望于某一根藤蔓也长成你心中的树？万物皆得造化，生命各有本来。草木有本心，何须人教化？一旦放下固有的成见，我才重新打量自然：那株古木其实像一个沧桑的爷爷，而那根小青藤就生长在他慈爱的目光里。是啊，再苍老的历史里都可以看见透明而纯净的人性。

　　岳麓山原本安静。到了秋天，安静里更添了些许明亮的暖意。那时候，一些树木从幽深的沟壑里撑起来。若从山腰俯瞰，它们就像一幅幅苍劲的素描。清风徐来，漫山树木都摇晃着婆娑的光影。那是秋天的调子，应和着太阳的煦暖，与空气的微凉。这时候，你寻一条幽僻的小径走去，满地都可看见灰枯的落叶，而厚厚的褐色松针已将树底铺得软软的。那么，且撩起你的黑色风衣，随意坐到那些松针与落叶之上吧。这时候，什么话也不用说，就静静地看着对面的湘江水好了，它正在秋阳里泛着波光。而远处，是一只云中的江鸟。

　　清晨的岳麓山，是鸟的天堂。多年前，我到岳麓山下参加一个活动。那天去得太早，活动还远未开始，只好到近处的山路走走。晨光里，简直像走进了一个众鸟和鸣的世界啊！树林与树林之间，山坡与山坡之间，屋顶与屋顶之间，远近高低都在回荡着鸟儿的问候与应答。不知它们是在说话，还是在唱歌。

　　一种鸟的声音就是一种性格、一种情调，抑或一个故事。在爱晚亭前的小树林里，我看到枝丫间跳荡着几只小鸟，它们的声音和身子一样秀美。小鸟们的话语不多，温文尔雅、锦心绣口。这与另一种大喊大叫的鸟形成鲜明对照。大声的鸟叫回荡在山坡上，显得粗重而急促。真的辨不出那洪亮的声音到底是来自那些密林，还是来自远处的屋顶。只知道它们旁若无人，高谈阔论，心直口快。相对于林间落叶或流泉的浅语低吟，那鸟语确乎有些粗鲁。但转念一想，那么好的晨光，怎么就不理解它们内心的欢娱呢？每一种鸟都有自己发声的方式。你赶走一种，整个山林就失去了百鸟和鸣。

　　岳麓山上的众生，值得用每一只审美的耳朵去谛听。

三

一座岳麓山，就是半部民国史。

这是壮怀激烈的流血史、战争史，也是日月昭昭的报国史、丹心史。

1917年，蔡锷、黄兴先生都曾在此举行隆重的国葬。这些伟大的灵魂，最终在这里化作了天空闪烁的群星。愿这些辛亥与民国的英灵聚在此间，从此不再寂寞。岳麓山，辛亥革命起义军总司令、前线总指挥蒋翊武葬于此，辛亥革命志士焦达峰葬于此，辛亥革命中任湖南新军副都督的陈作新葬于此，民国奠基者禹之谟葬于此，参与领导萍浏醴起义的刘道一葬于此，以《猛回头》《警世钟》传世的民主革命家陈天华亦葬于此……

一百多年过去，英烈们始终静静地长眠于故乡的明月之中。

岳麓山的历史，以生命和碑文写就，更以野花和思念写就。

上世纪三四十年代，抗日战事正殷。巍巍岳麓成为三次长沙大会战的天然屏障。其时，薛岳将军曾将指挥所设于岳麓山上，再以山头重炮给侵华日军以重创。然而，交战是惨烈的。麓山最终失守，长沙还是沦陷了。无数在浴血会战中牺牲的年轻将士们，最终都血染大地，融入这片脚下的泥土。

我不知道这山上到底埋有多少忠骨，也不知道这山上到底又有多少坟茔。我所愿意提醒的是，那些墓碑上有着太多太多戛然而止的青春。陈天华一生只活了三十岁，焦达峰一生只活了二十五岁，蒋翊武一生只活了二十九岁，黄兴一生只活了四十二岁，蔡锷一生只活了三十四岁……

岳麓山的英雄祭，又何尝不是岳麓山的青春祭？

学正朱张，一代文风光大麓；勋高黄蔡，千秋浩气壮名山。

壮哉！岳麓山。

一座岳麓山，也是一部传道济民、探求真理、实事求是的思想史。

远在宋代，山长张栻在《岳麓书院记》中就明确提出："盖欲成就人才，以传道而济斯民也。"经世致用，才是岳麓山的士子风骨。至近代，公元1917年，宾步程手书"实事求是"四字，将其制匾悬挂于岳麓书院讲堂。二十世纪初，青年毛泽东就曾寄居于岳麓书院半学斋，从他的寓所推开窗，就能看到堂前的匾额。也许正是这四个字，成为他日后改造中国与世界的思想武器。

遥想当年，寓居于岳麓书院的毛泽东，经常与蔡和森等新民学会的"同学少年"在爱晚亭边，在山间石径上，探求宇宙的大本大源，寻求救国救民之路。

四

仁者乐山，知者乐水。心存仁念，亦如山踞千年。水流不滞，日知而智。

如此一来，麓山深厚，乃仁者象征；湘水灵动，又是智者精神。

岂止山水相依、仁知互见？岳麓山站在那里，仿佛就是一个儒、道、释并存的文化隐喻。

山脚，岳麓书院以传道济民为己任，它所崇尚的是"入世"的儒家思想；山腰，梵音飘飘，钟磬悠扬，那里有佛陀的声音；山顶，云麓宫所弘扬的却又是"出世"飘逸的道家思想。

然而，在儒道释的兼容中，最能代表岳麓山底蕴、精气与格局者，当数山下的岳麓书院。

此书院始建于北宋之初。一千多年来，这里人才辈出，弦歌未绝。那挂着"唯楚有材，于斯为盛"对联的书院大门，早就成了湖湘文化的地标，成了我们精神世界的门楣。

在宋代，朱张会讲首开书院会讲之先河，一时天下云集，饮马池涸；至清代，康熙与乾隆两朝皇帝都曾御赐匾额以嘉勉，一曰学达性天，二曰道南正脉。千百年来，一批又一批改变过中国历史的湖湘俊杰都从书院走向了世界，走进了历史与未来。他们以其卓越的思想和功业，彰显出湖南人经世致用、实事求是的文化气象。王船山如此，魏源如此，曾国藩如此，郭嵩焘如此……而近现代以降，于湖南一师求学的青年毛泽东亦曾寓居书院的半学斋。据说，当年他为体会"纳于大麓，烈风雷雨弗迷"，甚至会在雷电交加的夜晚独自从岳麓山巅跑下来，借以磨砺意志。

"千百年楚材导源于此，近世纪湘学与日争光。"诚哉斯言。但我更喜欢讲堂两侧的长联。

是非审之于己，毁誉听之于人，得失安之于数，陟岳麓峰头，朗
月清风，太极悠然可会；

君亲恩何以酬，民物命何以立，圣贤道何以传，登赫曦台上，衡
云湘水，斯文定有攸归。

见天地，见自我，见众生。天人相应，儒道共济。正因为麓山这一份守望，宇宙与吾心无不沐浴在一片澄明之中。

我曾在书院的青石上缓缓踱步。有时，我会天真地想：每天游人散去的时候，墙上那些碑文、诗句与文字，会不会在月色如水的无人深夜，从时间那边泅渡回来，在这山里发出清雅的回响？

岳麓山，在我心里。

后记

还乡，从来就是文学的母题。

乡是什么呢？是通往生命来处的那条路，还是从山头升起的那轮明月？是我们的母语和方言，还是留在舌尖上永远无法抹去的记忆？

昔我往矣，杨柳依依。今我来思，雨雪霏霏。

乡是生命的情感时空。

年岁愈长，怀旧愈多，乡愁亦愈深。

陟彼高冈，我马玄黄。

乡是一次又一次的家园回望。

于我而言，乡其实并不是什么遥远的存在。我与老家之间，不过半小时多车程。然而，那里永远是最能慰藉我内心的地方。

其实，故乡也并不一定就是某一方山水。此心安处是吾乡，能让心灵安顿的文字，又何尝不是另一个精神的故乡呢？

这些年，我陆续写了一些文字，以《一路还乡》名之。因为我喜欢"还乡"这个母题，也喜欢"一路"这种修饰。在长沙方言里，"路"的词义极为丰富："有路""得路""路数"……这个字眼，总叫人想到历史与未来、希望和可能。

感谢十年砍柴兄于百忙中赐序，砍柴这笔名，本身就属于乡土中国。砍柴兄博闻强识、笔耕不辍，于文史方面更是如数家珍，他是从吾土吾湘走出去的青年才俊。砍柴兄的序，早在两年前就已写好。因为全书内容的增改，出版一拖再拖，甚是惭愧。

感谢《长沙晚报》的奉荣梅老师、张辉东老兄，本书部分篇什曾刊于《橘洲》

文艺副刊。

感谢出版人覃亚仄兄。他是拙作《天地有节》的策划人，亦是本书的催生者。

感谢漓江出版社的认真编辑出版。

感谢我的母亲，我的家人，我的朋友，感谢生我养我的故乡。

黄耀红

2021 年 5 月 8 日